U0399040

明人別集叢編

鄭利華 陳廣宏 錢振民 主編

李東陽全集

【二】

錢振民 編訂

復旦大學出版社

李東陽全集卷十一

懷麓堂詩稿卷之十一

七言律詩

橫塘春水

君家住在橫塘北，長見洲邊春水生。窈窕斜通山澗曲，分明直與釣磯平。比鄰鵝鴨應無數，近渚鳧鷖亦有情。明日看花到南岸，小舟搖蕩不須撑。

團墩秋月

庾亮樓前月正明，謝公墩上雨初晴。清光照我雙吟鬢，此夜懷人萬里情。隔竹流螢看不見，繞枝羈鳥宿還驚。天涯一望鄉心切，腸斷秋山笛裏聲。

梅澗

地僻沙寒水更清，老梅偏向澗邊横。風吹落瓣仍低隕，石壓傍枝却倒生。野鶴對人輕欲舞，蹇驢衝雪瘦能行。山翁只在山中老，看盡春光不入城。

和寄莊孔昜

同向詞垣直禁林，每因公暇得招尋。看花出郭春遊遍，刻燭留詩夜坐深。世路風波無定所，天涯時節忽驚心。松林步屧歸來晚，相憶空齋只獨吟。

雪中懷張亨父

寥落城西生事微，朔風吹雪灑人衣。園林黯淡花將盡，海國飄零雁未歸。防病祇須知藥餌，忍寒仍自闔柴扉。無因得見滄洲子，獨坐燈前夜話稀。

鏽溪四景爲汪刑部希顏作

蓮谷棲真

蓮花谷口見深宫，聞説山靈住此中。鐘鼓過村春不雨，旌旗翻日晝多風。揶揄鬼化千年樹，傴僂人扶再拜翁。自笑乖慵違俗久，也隨兒女問年豐。

屏嶂凝煙

衆山煙霧有無中，翠壁青屏面面同。草樹叢生春冉冉，峰巒欲散雨濛濛。高樓正合蒼茫坐，細路深愁窈窕通。醉眼忽驚無定所，亂霞殘照各西東。

斗潭浸月

最愛碧沙潭上坐，幾看涼月可憐宵。山中草樹秋蕭瑟，水底魚龍夜寂寥。素女不眠愁把鏡，鮫人無語卧吹簫。謫仙醉醒歸何處？石上孤魂倘見招。

芳村夜讀

蕭條城市不聞喧，杳杳書聲若個村。空谷響餘虛籟遠，一燈深處野堂昏。月斜孤枕長驚夢，雪打寒窗早閉門。此夜客中渾不忘，隔鄰南語教兒孫。

答明仲次韻

平生高興入秋天，白戰曾驚在我前。詩爲價高投屢惜，席因年長坐常專。南華老子空談白，西蜀詞人罷草玄。怪底相逢語言別，夜來藜杖有青煙。

答奚元啓四首次韻

溪上柴門映水關，比鄰鵝鴨自知還。老年正坐詩中瘦，塵世惟應病裏閑。醉愛客來仍换酒，夢驚春到强登山。比來肺渴今安否？何日相逢解我顔？

詩老龍門晝不關，東壇西社幾人還。看君秃筆何曾住，笑我高眠盡日閑。實怕行塵多似雨，更憐官馬瘦如山。無因一見春風面，空把清詩對病顔。

重簷寂寞閉雙關，俗客來敲到却還。寒燈照影獨自坐，童子無語對人閑。筆牀書架此間屋，側屐短笻何處山？自笑迂疏久成癖，可能羞縮向人顔。

小市春叢不到關，鄰家兒女賣燈還。幽人獨坐兩峰静，啼鳥不來雙樹閒。酒伴有期思白社，俸錢無地買青山。春風萬里江南意，夢裏梅花强破顔。

答陸克深次韻

浮雲如雪亂春晴，却怪行時路未平。杜老霧中真潦倒，韓家花裏較分明。星奴不逐窮詩鬼，風伯空勞訟雨情。忽有清詩慰愁寂，疏燈細字與誰評？

竹林别墅

竹根茅屋兩三間，大阮風流尚可攀。林暝參差隨落照，野涼蕭瑟動秋山。騷人載酒春相過，稚子分泉夜獨還。從此不經州縣路，滿城桃李爲誰顔？

春寒二首

漠漠春寒尚不歸，朔風二月捲人衣。山中宿草深藏凍，塞外秋兵稍出圍。身病懶朝翻起早，世途無事失防微。城東十里郊亭在，把酒看春此意違。

十日沙頭數雁歸，瘦軀仍怯換冬衣。天清晝閣先聞漏，寒重霜林未解圍。北地人煙隨路別，東園草色傍春微。高城匹馬衝風急，書社蕭條事不違。

自笑

鼓角聲寒不出樓，一燈無語照春愁。蒼茫却醒并州夢，寥落真停漢水舟。事偶隨人翻自笑，句非知己戒輕投。閉門只合昏昏醉，强飲無過一盞休。

奉送樸庵先生歸湖南省墓

冉冉青衿白鷺行，十年趨走向門墻。文章北斗心長在，杖履春風坐不忘。宫省樓臺通翰苑，洞庭山水過瀟湘。故園只隔孤帆外，有意扁舟繫草堂。

送周梁石知廣德州

州居地僻簡逢迎，作宦從前懶近名。盡日鳴琴清里訟，一春騎馬看村耕。曲江芳草年年路，南國甘棠樹樹情。人説中朝官總好，我今無補愧昇平。

西山和許廷冕劉時雍汪時用三兵部韻五首

望斷胡塵忽此山，五雲長拱帝宸閒。龍門北去遥奔海，虎陣西來直跨關。虜騎昔聞乘間入，秦兵近報凱歌還。職方遂有觀風賦，健筆無勞太史删。

鑑泉鱗石照無泥，細草清蒲意欲齊。寂寂坐溪看雨到，亭亭駐勒近鶯啼。社中詩友驚頻换，湖上山名問不迷。興發便須呼筆札，酒酣攲側雁行題。

春流曲折去還來，細路縈迴合更開。花落幽人愁未到，日斜歸鳥併相催。祇園紺老雙林樹，古洞青緣半壁苔。紅袖碧籠俱寂寞，新詩讀罷重憐才。

幾家煙火隔林微，林下相逢盡衲衣。老樹攲危當野徑，片雲輕薄駐巖扉。金牀寶刹無年歲，碧海紅塵有化機。可待白頭成斂翼，高林未倦已知非。

半嶺香臺石磴斜，諸空縹緲送天花。新開塔寺雄西郭，舊賜經幢出内家。避暑亭前泉帶雨，回龍殿下水明霞。太平天子無巡幸，頭白山僧誦法華。

送王侍御用之巡按湖廣

帝遣臺臣出北州，繡衣青蓋擁行騶。傳詞禁闕雙龍曙，攬轡高城匹馬秋。吴地青山當楚斷，洞庭春水入江流。故園東下無多路，使節歸來是晝遊。

秋雨答鳴治次韻

客情摇落竟難收，砌草墻蟲亦自秋。月盡俸錢隨例給，雨荒書屋借人修。哀歌莫倚王郎醉，短髮聊同杜老羞。馬上誦詩渾不忘，爲君歸詠水西樓。

竹軒爲徐以道先生作

城裏青山竹外扉，先生於世本忘機。賢如阮籍非耽酒，興比王猷只布衣。秋杖倚風高葉下，夜窗聽雨一燈微。蒼茫歲晚交遊别，歎息林塘舊事稀。

寄張亨父

芳草西郊懶駕車，故人東海忽傳書。篇章斗酒期空到，野宿山行計恐疏。江上放船春水發，燈前彈劍夜堂虚。身名豈合終疏放？辛苦窮年問卜居。

齋夜董尚矩編修出金橘菖蒲煎見餉和韻二首

小試春盤百顆香，齋燈燕坐及新嘗。園林舊採黄金實，風味猶清白玉堂。千載帶酸僧有恨，三更罷渴我能忘？應勞愛客頻沾灑，清夢無因到石牀。

蒼山何處斸雲根，露採風乾色尚存。新製有方傳素手，清齋無意上芳樽。材堪樂物還多賴，名到詩家必細論。慚愧直廬三日卧，蜜盤香筯屢過門。

郊行戲效東坡吃語

荆扃棘徑俱交加，澗葛樛結兼菰葭。劍歌擊角叫急景，車轂過岡經幾家。郊居近稼價減穀，江館隔期歸及瓜。感今激舊更矯顧，闢騎警劫驚孤笳。

過朱文鳴舊宅

生死論交竟憫然，獨堪羸馬過門前。黄金券後書空散，華館賓餘榻正懸。解事小童悲識面，承家稚子望增年。懷君剩有停雲句，腸斷驚風爲絶絃。

送金德潤主事就養南京

南曹地僻迥無塵，上疏多應爲老親。官有簿書還告沐，饌兼魚笋足冬春。浦中碧草空離恨，江上青山是舊鄰。雙闕五年同奉引，豈能無意送車輪？

中元陪祀山陵有述

石徑巑岏入杳冥，峰巒層複坐分屏。天遺劍鼎神靈宅，地識河山表裏形。虎衛旌旗晨擁陛，龍宫燈火夜開扃。十年兩度陪鵷侣，清廟歌成得再聽。

黄土道中李員外同年留宿

雨澹荒溪野水昏，蕭條鞍馬入空村。平沙問渡逢漁子，深樹聞鐘隔寺門。白飯青芻非舊主，細泉嘉果得名園。東曹一榻分燈意，夜下虚庭白露繁。

邢遜之先生輓詩

壁水蓬山共歲華，南宫地位切雲霞。金函一上迎鑾疏，玉節三隨奉使槎。馬援有才終積釁，茂陵無病獨還家。行人落日襄陵道，隴樹悲風起暮鴉。

古劍次韻

望斗樓空紫氣高，古來神物待人豪。化龍浪説歸閩水，斬馬誰能借漢曹？海内書生輕學武，山中良冶半爲陶。千金不買公孫舞，猶恐書成損鬢毛。

松江曹翁松趣軒

松江地盡草堂孤，江上松林野徑餘。聽繞泉聲風颯沓，步斜庭影月扶疏。青山舊伴長留鶴，白髮窮年自著書。日暮逢人問京洛，五陵花柳意何如？

馬上

玉珂朝散紫宸班，馬上詩成按轡還。近侍有名聊作伴，史才無用合教閒。狂過相府慵通刺，貧住京華亦愛山。淺薄未酬升斗在，漫將心事付朱顔。

立春日車駕詣南郊

暖香和霧繞蓬萊，綵仗迎春曉殿開。北斗舊杓依歲轉，南郊佳氣隔城來。雲行複道龍隨輦，霧散仙壇日滿臺。不似漢家還五時，甘泉誰羨校書才？

送李太常之南京兼呈座主劉少卿先生

侍從親承舊賜袍，宦途遷轉十年勞。來經劍閣丹梯險，去識鍾山紫氣高。北闕遥瞻當夜斗，南陵分薦及春桃。文章座主今劉向，相見無煩寄彩毫。

送開州陳同知

十年塵土暗青袍，作宦今看改鬢毛。南國才名非汩没，北州民力正煩勞。貧憐范叔惟塵甑，貴識王祥有佩刀。春興不隨公事了，絳紗籠月坐揮毫。

晴洲釣者爲兵部尚書程公作

一曲晴洲勝浣花，尚書不似野人家。溪頭雨過雲隨日，浦口鷗來水動沙。詩興平生在泉石，宦途憂國换年華。江南舊宅經遊地，分付春風管釣槎。

哭葉吏部

幾日風塵眼正昏，忽聞哀報起開門。聽餘空谷聲猶在，望盡中流浪始奔。菉竹清風東署遠，甘棠遺愛北州存。祇今耆舊摧殘甚，那復能招此老魂？

九峰書屋和曹時和韻

江上草亭新卜築，已聞揚子著書成。每逢社日聊隨俗，久住青山却有情。霜入晚松經歲老，雨繁春笋過鄰生。小堂若許臨江閣，杖履無煩匹馬迎。

哭竹巖柯先生

早將名姓託文章，長憶春風坐玉堂。師席久虚唐祭酒，門生終哭宋歐陽。家無舊草留封禪，國有遺憂在廟廊。一代幾人今更幾，爲誰成就却摧傷？

送文宗儒知永嘉和曹時中主事韻

永嘉地僻還依海，西到金華路復東。孤刹著山浮水上，暗潮乘夜入城中。分封政合歸賢令，述作君兼有古風。已辦牛刀供小試，須知不數簿書功。

和顧天錫九日病起韻

幾年清俸藉爲郎，病起空齋落日黄。歲月半消書卷裏，鄉心偏近菊花傍。門墻地僻秋生草，砧杵城高夜擣霜。聞説簿書催更急，未應瀟灑伴詩囊。

送錢醫官歸鎮江

退食初回鵷鷺羣，小齋詩卷坐斜曛。官閒翰墨翻爲累，歲晚江湖又送君。鄉社衣冠猶近古，故家醫術更斯文。金山寺裏鄰僧在，應共孤亭望海雲。

潘時用秋試病不終卷諗之以詩

一日長楊賦未成，歸來卧病使人驚。王嬙只隔君王面，李廣偏違塞上兵。惱我不堪勞夢寐，惜君非是愛科名。羽毛獨立秋風外，不盡雲霄萬里情。

送高按察致仕歸黄巖得雲字兼柬謝愚得

宦遊江海未逢君，萬里乘驄舊所聞。臺樹忽驚烏鳥夢，野心先赴白鷗羣。人傳漢史東門畫，我愛秦碑小篆文。歸向山中從謝傅，定知塵世有浮雲。

寄殷孝光表兄

風雨蕭蕭過北門，夜堂燈火共清樽。十年舊札寒暄少，兩世通家骨肉存。江北地高鴻雁遠，山中樹老桂花繁。别來無限青霄路，何處相思是夢魂？

和答鳴治見寄韻 悼亡後作。

獨坐寒燈如夢寐，泬寥空館雁聲殘。光陰隔眼三生易，塵事傷心一笑難。白雪冰絃懷舊侶，藥囊詩卷託微官。祇將顔色隨甘旨，漫拂新雛弄羽翰。

送祁郎中順奉建儲詔使朝鮮

聖代山川盡海隅，朝鮮東面一藩如。冠裳舊入周王制，文字全通漢詔書。千里威儀瞻使節，萬年臣妾荷宗儲。兹行大抵關風化，四牡歌成意有餘。

送李士儀歸宣府兼柬鄭克修 士儀，士常兄也。

壯年丰采動人羣，坐愛清風滿舊聞。郤氏詩書還有種，繆家兄弟不如君。移牀夜散城東雨，跋馬朝停塞上雲。因憶鄭虔遷謫久，不勝吟罷立斜曛。

齋夕尚矩編修出金橘菖蒲煎餉客疊前歲韻二首

摇落江南幾樹香，由來北客未頻嘗。栽成雨足新苔徑，摘罷風低舊草堂。朝省故人春共賞，江湖幽夢夜難忘。枯腸坐覺清如水，不待銅瓶繫井牀。

千歲嵩山石上根，舊時風味此猶存。堪隨杞實和仙餌，不學蓴絲戀酒樽。秋逐贛船江上到，春勞楚客坐中論。盤餐幸有明朝約，匹馬朝回正過門。

和明仲修撰舜咨侍讀克勤侍講慶成宴坐上聯句韻

是日以私服不與。

長憶春筵賜坐時，禁門同陟殿東墀。杯分緑醑傳宣遍，舞换朱衣出隊遲。日月正瞻龍衮象，風霜齊肅豸冠儀。鈞天不是人間樂，回首青霄隔路岐。

送蔣宗誼推官還紹興兼柬戴太守廷節

夜拂干將看斗牛，送君何處獨登樓？江東路轉家應近，天上槎回歲已秋。雅興不隨山水放，奇才端合廟廊收。文章太守勞相問，又聽絃歌到幾州。

西山雜詩七首

下馬溪橋散步行，暑風絺紵入林清。村殽野飯匆匆發，碧水青山面面迎。踏盡平堤憐草緑，到來幽谷見雲生。西湖勝事年年別，幾日愁多不出城。

幽巖脉脉細泉通，百里宸遊是夢中。樹底遊魚時見日，石間驚浪或兼風。神靈尚憶蛟龍化，枯朽猶含雨露功。聞道官河新水足，欲題書札問元戎。時會通新河成。

路繞山根斷却連，亂藤深竹寺門前。貧憐白屋蒸藜餉，倦愛清溪枕石眠。載酒欲呼狂客醉，留詩聊結野僧緣。深山六月無炎暑，一坐西風萬樹蟬。

路入西巖小洞天，碧牀青磴許賓緣。山中歲月空寒暑，世外緇黄亦化遷。靈光洞舊本道觀，今爲華嚴寺。崖蘚剥餘猶有字，石泓陰處欲通泉。相逢擬就湯休宿，野性從來不解禪。

望盡孤雲入杳冥，翠微深處一茅亭。高臺地迥秋先至，古榻僧閑晝亦扃。詩思更隨流水遠，醉魂還爲碧山醒。憑虚試徹凌雲調，應有遊人下界聽。

數頃湖田一半荒，野人門巷日蒼涼。鳩啼遠樹雲初合，龍卧深潭雨自藏。幾處犁鋤當暮急，誰家粳稻及秋嘗？蒲團竹几隨緣坐，獨愛山僧午夢長。

潭影蕭蕭碧樹寒，一亭山色俯潺湲。疏林隔寺聞僧語，落日登臺見鳥還。塵事豈知明日異？吏情應識野人閒。丹厓翠壁潘郎興，長恨巉巖不共攀。時用屢約同遊，不果。

雨睡得鳴治詩次韻奉答

十日長安陰復晴，滿庭幽草亂愁生。青綾夢蝶晨猶戀，紫陌聞雞走亦驚。顧影獨憐身似客，出門應覺路難行。知亦散吏非真隱，猶有詩人憶姓名。

祈雪齋居以病不赴雪後和鼎儀韻

禁廬通直愧無能，伏枕偏驚歲月增。好事每勞詩作貺，壯懷兼與病相凌。熏爐夜永青綾暗，水殿風高碧瓦層。惟有闕垣殘雪在，憶君終夕望西棱。

鳴治自齋居以詩來問風火之警次韻奉答

疏燈殘漏五更初，回首驚塵入夢餘。已愧焦頭爲上客，始知容膝是吾廬。垂堂尚憶千金重，處世兼防百慮疏。賴有高情通問訊，數詩清切慰愁予。

送秦武昌廷韶

鳳凰臺上題詩去，鸚鵡洲前建節行。萬里山川佳麗地，六年江漢别離情。悠悠曉夢塵隨馬，漠漠春寒雨帶城。好種甘棠三百樹，他時留詠漢公卿。

和秦武昌赤壁懷古韻

楚雲荆樹擁嵯峨，一棹曾衝萬里波。時代不同嗟我晚，江山如此奈人何？地從割據終全盛，天遺文章爲不磨。聞説宦遊兼吊古，鶴樓東下水聲多。

閏月二十七日再罹風火之警睡起疊鳴治前韻

宿火重驚夢覺初，浮生今得静觀餘。大千劫外竟何物？三十年來惟此廬。甑未破時猶却顧，虎曾談後豈全疏？北窗依舊清風在，未必羲皇勝宰予。

送孔公璜三氏學録 宣聖五十八代孫，是歲新加佾數。

泰山東望入層雲，闕里門墻夐不羣。六十代來孫又子，二千年後我逢君。虞廷禮樂新籩豆，魯壁絃歌舊典墳。兩縣師模三氏學，薦書先傍九霄聞。

和鳴治韻寄乃叔愚得太守先生

楚江離思入芳年，同泛滄浪一葉天。藥裏自開緣我病，詩題偏得荷公憐。已知昨夢非今日，未必相逢是偶然。獨恨嵇康無一字，可應曾著絶交篇？

三月十九日師召邀飲適得家報生孫衆客喜甚即席聯句書于堂壁歸疊前韻二首

我始生男君已孫，且須傾倒共開樽。風流頓合推前輩，奕葉還應大此門。驥子幾時開道路，鵲聲終日傍簷闥。從今阿囝稱郎罷，更把方言仔細論。

曉盤湯餅薦槐芽，載酒同過内史家。三世早知書有主，一翁真喜鬢無華。夢中識面如曾見，醉裏逢人或自誇。我亦居然大父行，爲渠翹望海東涯。

次韻答邵户部文敬前後得七首

忽枉東曹第一詩，夜呼紅燭看烏絲。郎官白璧元增價，翰苑明珠久見遺。伐木每懷鳴鳥意，投桃先愧鄙人私。

張顛自有銀鉤筆，不似公孫舞劍時。邵善草書，是日作楷。滿座一代文章數首詩，幾人贏得鬢成絲。閉門頗笑陳無己，憂國誰憐杜拾遺。滿座圖書嗟我病，十年心賞荷君私。

憑君直欲追風雅，須到周南未變時。

閣吏催成應制詩，御香初散雨如絲。西垣地切層霄半，秘府書存百代遺。通籍久懷明主賜，負暄終抱野人私。

多才獨愧東曹彦，未有賢勞答盛時。

城南風日總宜詩，滿地楊花十丈絲。五夜鐘聲應有恨，十分春色去無遺。山川尚憶登臨晚，樽酒長懷晤語私。

白雪調高空悵望，一樓殘雨夢醒時。

來往郵筒不斷詩，君才真似繭中絲。詞華髣髴三王後，字畫分明兩晉遺。得失寸心元自許，品題今日豈吾私？

吴江落木何須道，渾勝當年未見時。

春興無端久廢詩，愁心終日亂如絲。才疏頗覺非同調，韻險頻勞爲拾遺。時語未工猶好古，官逋多負敢論私？

疏毫短札匆匆甚，又是西垣上馬時。

葛巾芒屨坐題詩，衹欠江邊一釣絲。藥檢舊囊書欲遍，夢回春枕事多遺。人情更與新年别，草色寧知要路私？獨在卷簾深處望，西山無數雨晴時。

齋宿和鳴治韻

禁城鐘鼓報春遲，作宦頻驚歲序移。藤几竹牀三日卧，茗甌詩卷十年期。倉皇不負黄公意，淺薄終慚鮑叔知。共愛開軒坐明月，好雲多事莫相疑。

又和王世賞韻

西垣香火奉嚴誠，坐久空窗白漸生。方朔歲年猶飽飯，子雲詞賦竟虚名。天臨華蓋春星近，月照方諸夜水清。忽有仙郎傳妙句，彩雲東望獨含情。

送李宗衡還閩分題得淮浦聞鴻 户部員外時望之弟。

淮上春深水接煙，遥聞别雁下平川。雲移遠樹猶回馬，風斷高城正繫船。杳杳北天誰作伴？迢迢南夜不成眠。江湖不隔歸時夢，消息應勞萬里傳。

謝蕭文明惠榛子

野簇蹊叢滿地垂，飽霜經雨亦多時。長疑塞外隨車遠，錯恨山中結子遲。竹籠舊封勞夜到，茗芽香碗入春宜。知君情比投桃重，不愛瓊瑶却愛詩。

吴御史父封君輓詩

布衣肯受州縣辟，白首不逢紈綺羣。漢家循吏舊有傳，淮南小山誰製文？西臺仙籍記芳桂，北闕聖恩懷美芹。歲晚江湖憶耆舊，哀鴻獨叫空江雲。

雨和金尚德郎中韻

亂雲深樹雨聲稠，委巷頽垣共積流。平地階除三尺水，暑風絺綌滿城秋。兒童入市還高價，薪米論家豈壯憂？賴有比鄰通問訊，相過一見定無由。

李東陽全集卷十二

懷麓堂詩稿卷之十二

七言律詩

覽愚得詩卷有懷亡弟之作悵然感之因用其韻

楚辭招罷日昏黄，不見幽魂爲返香。寒菊有歌同薤露，秋風無雁憶衡陽。神交不隔江南北，塵世空驚夢短長。去歲兹辰那可問，不勝清淚夜燈傍。

施醫官輓詩 通判度之□父。

三十年前爛漫遊，酒筵詩社憶風流。高名殷地來江左，舊業逢人説汴州。已見王郎爲别駕，空傳謝脁有芳洲。惠山亭上留題在，露濕寒煙蔓草秋。

午日亨父宅分題得蔗漿限東字以下五韻

紫蔗分漿出苑東，仙家元與御廚通。金盤晝永翻疑露，碧碗寒多不受風。佳境惟憐江左客，渴心誰識茂陵翁？芳時綺席頻繁送，坐待西窗蠟炬紅。

費司業廷言留飲題廂壁

壁水橋門别是天，瀛洲東望亦登仙。館中羣士有同輩，廷言自進士至司業纔九年。天下此官無剩員。南京舊多闕，惟北監一人。坐擁圖書消暇日，夢隨冠蓋入新年。廷言未受命兩月，予有是夢。班行舊會今稀少，莫怪相過意惘然。

寄馬抑之同年 馬號清癡，又號華髮山人，養病居蘇州。

不見山人又幾時，浮雲流水杳難期。頭顱自白非因老，心事全清却未癡。賀監有船多載酒，浪仙無寺不題詩。祇應閒却經綸手，獨向空江把釣絲。

邀用貞秋官不果至聞再宿明治南樓小詩奉問

遠別多情近却無，幾回書札費招呼。三年舊雨虚來客，一枕清風獨負吾。未信紅塵催白髮，始知城市有江湖。西垣匹馬經過地，謝朓樓頭日又晡。

予已邀鳴治既不果至且招予同宿未敢輒赴用韻奉答

南樓清灑一塵無，怪底高人不待呼。行止古來真漫爾，主賓今日竟誰吾？雲端紫蓋瞻前殿，雨裏青山憶後湖。獨負兩京三載話，短簷長日未能晡。

復用前韻自慰一首

門掩空堂一客無，雨聲驚夢若相呼。眼中道路非前日，病起形骸是故吾。翰苑朝回懷秘省，洞庭家在隔重湖。繩牀竹几將愁坐，自寫新詩到日晡。

苦雨後和喬師召喜晴韻四首

壞籬頹壁幾家同，苦雨無情也自公。白苧裳衣殘暑後，碧山樓閣晚涼中。天風北掃胡雲浄，海月東來島霧空。滿席清光正回首，桂華庭影夜重重。

陰氣六月窮陰四野同，憂時不羡魯僖公。農夫正恐秋將至，聖主深勞日過中。陰氣漸隨金令伏，陽烏還照火雲空。猶憐怒雨號風夜，破屋飛茅定幾重。

杜陵廣厦萬間同，千載江湖歎此公。蹤迹久慚城市裏，夢魂偏墮雨聲中。官河水決陂塘亂，獨樹巢危鳥雀空。最是晚晴鐘鼓後，夕陽依舊遠山重。

急雨轟雷晝夜同，枕邊驚夢起周公。虚疑矮屋層簷下，如在欹帆氐浪中。萬里山川秋霽合，千家燈火夜愁空。人間月色清如水，先照瓊樓第一重。

立秋雨不止再和師召韻四首

一望頑雲萬里同，長驅無乃困雷公。神靈合在蒼茫外，物態都來頃刻中。媧女正愁天宇漏，鮫翁翻懼海濤空。美人只在蓬山上，咫尺瀛洲路幾重。

溽暑蒸人伏枕同，愁來白髮恐難公。雨聲先到窮簷底，官事猶慚飽飯中。微物有心回兩曜，弱雲無力度層空。陰晴欲問明朝事，知在蓍爻第幾重？閉門泥雨六街同，夙夜何由得在公。憂國衹憑書卷裏，放朝長憶漏聲中。煙連上苑千林暗，火照鄰家四壁空。寄語商羊休更舞，晚來愁見濕雲重。謀國憂民兩意同，獨於詩力愧諸公。風謡合采歸天上，獻納誰能自牖中？漆室婦嗟蓬鬢改，杜陵人去草堂空。閒愁不獨風和雨，一日回腸有萬重。

寄彭民望

斫地哀歌興未闌，歸來長鋏尚須彈。秋風布褐衣猶短，夜雨江湖夢亦寒。木葉下時驚歲晚，人情閱盡見交難。長安旅食淹留地，慚愧先生苜蓿盤。

贈傅神高訓導

彩毫和露寫清秋，親見江南顧虎頭。憔悴忽驚多病質，賢豪今負壯年遊。眼前庶事誰工拙？夢裏浮生有去留。萬里滇池三載別，重來還識故吾不？

寄沈提學仲律

沈侯高行迥不污，偃蹇不受風塵呼。有時開口向知己，寧肯折腰爲大夫？高厓迅筆走風雨，落日解纜思江湖。安得奮飛隘八極，與子汗漫遊天衢。

送周時可文選還南京用羅明仲席上韻

一月京華三見君，匆匆下馬立殘醺。朝辭内苑千峰雪，暮宿荒郊萬疊雲。宵旰席懷當宁寵，平安書報隔江聞。十年忝竊箴規誼，猶帶儒冠學綴文。

宿海子西涯舊鄰

匹馬緣溪却度橋，蓽門疏樹影蕭蕭。東陵舊路元相接，北郭幽期豈待招？滿地月明如白晝，一燈人語共清宵。悠悠二十年前事，都向春風夢裏消。

師召有盲馬售錢六百諗之以詩

六百青蚨十里才，忍將筋骨付塵埃。驚魂已脱池邊險，往事無勞塞上猜。師召已連失二馬。斗酒杜陵堪再醉，用「三百青銅」語。千金郭隗幸重來。知公自是忘機者，一笑能令萬事該。

師召在内直誤繫牙牌角帶以去再贈一首

倦摩雙眼出長安，束帶懸魚總誤看。裝飾不嫌非異物，標題猶喜是同官。酒防太白狂時换，腰愧休文病後寬。堪笑玉堂叢話裏，向來詩筆幾曾乾。

若虛秋官舊有屋一區爲積潦所壞數年不售竟得銀四兩聞師召售馬自謂與此價略相近索予用韻一首

臺署元非駔儈才，直看金璧等浮埃。頹垣已付池蛙管，賀客翻同野燕猜。白老有詩行復問，樂天詩云：「江邊欲買三間屋，問遍人家不要詩。」寇公無地去還來。詞林馬價誰多少，不待相逢意已該。

抑庵 爲陳進士烓乃翁作。

簪組叢中老布衣，肯將名字託光輝。乾坤俯首平生足，貧賤驕人此意非。曾皙更賢狂已甚，武公雖老戒無違。亦知授簡趨庭地，已見先生杜德機。

候馬北安門外遊慈恩寺後園有感

亂溪流水入荒塍，九曲灣頭十丈藤。尋遍野亭無舊主，訪回蕭寺有遺僧。蒼苔斷處看將合，老樹栽時記未曾。莫怪疲僮淹送馬，十年一到竟何能？

雨後與文明遊城南馬上和鳴治韻

乳鳩飛燕總春聲，我亦緣詩太瘦生。十里煙塵新路繞，五更風雨舊愁輕。山亭坐近簷簷碧，水岸花開樹樹晴。不有黄門能愛客，幾人鞍馬得相迎？

陳宗堯侍講輓詩

主恩前後許登瀛，君在同官是老成。千里鶯花南國夢，兩筵歌酒故人情。流光過眼成今昔，別路傷心隔死生。此夜玉堂風露裏，不勝清淚欲沾纓。

宿西涯舊鄰次方石韻

春興無端入酒杯，每逢花鳥共嘲詼。望隨山欲斷時盡，行到水將窮處回。雁影忽驚還北向，馬頭誰遣更西來？夜闌秉燭蒼茫坐，醉後真成夢裏猜。

己亥中元陪祀山陵道中奉和楊學士先生韻十首

十年三赴四陵朝，又逐諸公一舉鑣。龍尾道瞻回輦近，馬蹄塵送入山遥。天開野色川原浄，日出城頭霧雨消。無數晚花秋樹裏，未須風物向春饒。

數村煙火接荒墟，芳草連天入望餘。幾處桑麻還舊業，去年風雨憶空廬。疲童望路心兼遠，野老迎人禮太疏。獨向豐年詢往事，未堪回首意躊躇。

葛衣葵扇一時新，自辦山裝學野人。踏盡柳堤行更遠，掃殘苔石坐還頻。蟲鳴水岸偏依曉，雁度山城正憶春。萬里炎蒸消欲盡，不勞風雨洗蒼旻。

布衣人犯逆鱗龍，一代賢豪此地鍾。香火制存空古廟，策書名在有遺封。劉蕡，昌平人。蕭蕭白髮餘民改，曲曲青山舊路重。欲向五陵還吊古，永安城外數聲鐘。

地闢天開户牖成，古來人代幾回更。四朝陵寢千年固，百里山川一掌平。殿上朶雲當夜捧，空中靈籟入秋鳴。重城複道香煙裏，又聽雲車下紫清。

夜深燈火下齋宫，路轉西巖却向東。四塞河山今古在，諸陵雲霧往來同。煙叢簇簇溪藤暗，秋葉蕭蕭嶺樹紅。獨愧兩都詞賦手，玉堂椽筆待名公。

馬頭殘夢不成酣，似覺薰風爲指南。官燭罷燒猶有月，朝衣初脱尚餘嵐。回鞭懶赴城東宴，揮麈聊同石上談。記得曩時曾宿地，翠微深處一禪庵。

官曹行樂漫消憂，得似周南太史遊。巖勢繞空皆右轉，泉聲赴壑盡東流。八方貢賦歸王甸，萬古山名屬帝丘。同是鵷鸞飛宿地，不應中有一沙鷗。

路盡郵亭始入京，水村山郭幾經行。逢人借屋寧知姓？信馬題詩不記程。沙浦雁回風忽斷，石梁魚落水初清。瓊樓合在層霄外，莫遣微雲綴月明〔一〕。

僕夫催馬劇如飛，望近城樓及曉暉。百里路方辭寢廟，兩宵心不離庭闈。睡餘白日猶高枕，拂盡黄塵更振衣。藤几竹牀安穩甚，任他風雨過書幃。

【校勘記】

〔一〕「明」，原作「樓」，抄本作「明」，今據正。

昌平縣學新構翰林行館奉和謝學士先生舊題韻留楊教諭顯爵夏訓導璉一首

石橋沙路隔東西，宛轉如登十丈堤。涼愛野風清别院，夜聞山雨過前溪。棲鸞樹老多成實，賀燕巢傾半委泥。好種琅玕二百個，重來須就節間題。

和鳴治侍講贈行韻

玉堂人在閬西峰，應憶譙樓五夜鐘。海内萍蹤嗟我遠，夢中山色想君濃。書回直欲憑秋雁，吟苦誰甘學暮蛩？獨有勝遊兼樂事，不堪持爲故人封。

和亨大修撰席上聯句贈行韻

行前一日，亨大以采石一尊爲餞。

石逕緣厓半入雲，獨開齋閣坐斜曛。層城夜閟諸山色，夾路人喧萬馬羣。屐齒不辭狂謝脁，帶圍真減病休文。豪遊竟作醒三日，長憶高堂舊酒醺。

和汝賢修撰贈行韻

樹影穿籬犬吠雲，憶君同宿嶺頭曛。離歌忽漫傳新調，別馬猶疑戀舊羣。秋館圖書違伴直，夜堂燈火夢論文。不知聽雨亭前坐，對酒看花日幾醺？

和若虚郎中贈行韻

赤日黄塵馬倦行，石橋山店有官程。城頭路盡千峰隔，袖裏詩來兩腋清。蟬雜柳風秋漸遠，鶴翻松露夜還驚。欲知小吏將詩意，記取柴門剥啄聲。

和趙夢麟主事東陵見寄韻

翡翠樓臺白玉堤，碧山深處有輪蹄。神宫望接香煙際，閣道旋隨斗柄西。萬乘旌旗雲外合，兩班環珮月中齊。官曹莫歎東西隔，又聽星軺載紫泥。時夢麟將有淮揚之使。

内直大雨留壁上呈諸同寅

苑花庭樹隔蒼茫，急雨顛風驟作狂。欹枕北窗驚夢短，移牀東壁捲衣忙。堂茅幸免三重破，階水真愁一尺强。寄謝諸公前後直，馬頭炎日漫辭長。

與顧天錫夜話和留别韻 時天錫謫永州府同知。

路轉三湘去更深，潞河西岸浙東潯。潛鱗自足波濤地，别馬長懷秣飼心。湘女廟前山似黛，柳公亭下石如林。徵科亦是公家事，民力江南恐未禁。

以絲瓜饋李秋官若虚誦瓜颸詩爲祝若虚有詩馮秋官佩之以和章見索因用韻饋瓜如例并呈二君子

地接東陵路不賒，冷官生計只籬瓜。閒行似愛涼陰薄，醉筆多隨野蔓斜。名自雅歌傳聖代，例分風味與詩家。從今記取宜男祝，賀客來時好薦茶。

大雨次李若虚馮佩之屠元勳聯句韻

醉魂驚散眼花稠，溜下空庭水亂流。卧聽衡茅兼徹夜，坐看絺綌已先秋。排空濁浪騷人恨，蔽日浮雲壯士愁。郎署忽傳歌古調，韻風含雨正悠悠。

體齋宅賞蓮用體齋韻

獨坐幽亭數竹攢，名花何意此相看？一枝已分巢林足，寸步猶疑縮地難。香愛露華濃似酒，静憐秋色冷於官。狂來却怪筩杯淺，直欲全傾翡翠盤。

送王汝瑛院判歸省宜興

梅溪之水清無痕，梅溪主人花對門。開花萬樹復萬樹，流水一村還一村。采藥路迷山遠近，讀書聲動月黄昏。欲知晝錦經行地，盡是天家雨露恩。

和蕭給事元日早朝韻

庭燎光分燭影稀，玉階殘雪向春微。千官夜聽星辰履，九陛朝懸日月旗。地切丹山聞鳳吹，天開黄道見龍飛。海東才子多春興，一日新詩動瑣闈。

郊齋和張養正修撰韻

暖風晴日麗層天，霧駕飈車從列仙。鳴鳳有岐還盛世，神龜出洛自何年？朝班曉躡青霄上，御氣春浮紫蓋邊。珍重玉堂清密地，新詩莫遣外人傳。

慶成宴有述

殿庭開宴引千官，拜舞親承萬歲歡。坐擁日華看漸近，酒傳天語飲教乾。每宴必傳旨云：「滿斟酒。」又云：「官人每飲乾。」青雲舊侶班相望，白雪非才和豈難？十五年來無寸補，一心惟有向時丹。

和明仲洗馬韻二首

竹簡韋編次第評，於君真見古人情。百年事了須聞道，舉世嫌多爲近名。敢謂學非顔氏樂，直將心比伯夷清。塵蹤滿地無由濯，何處滄浪水上纓？

友道陵夷繼者稀，獨予材力尚卑微。無成頗覺初心負，未老先知舊事非。今日中流須砥柱，幾年東壁有餘輝。期君合在風塵外，千仞岡頭好振衣。

上元日與文敬諸友遊神樂觀蒙典簿宅歸馬上作

玉壺沽酒載青驄，同向城南問老蒙。誰信神仙有官府，始知軒冕是樊籠。去年花在開應晚，落日詩成意未工。歸到上元燈火夜，九衢絲管聽兒童。

春闈校文有作呈諸同考

省闈分職重持衡，十載趨陪兩度行。滿地奎光天咫尺，隔簾人語夜分明。空中萬馬神俱驟，海底遺珠夢亦驚。科甲少年今老大，恥將名姓託羣英。

沈禮部時暘行以隻鵝斗酒爲餞家僮誤送于顧刑部天錫時暘去始知之戲作小詩奉寄

隔城風雨送歸驂，斗酒籠鵝意未堪。何令別時無長物，殷郎書到只空函。十年世事成春夢，千里神交入夜談。他日相逢應大笑，亂山深處是江南。

送王成憲歸蘇州省母得難字

曉風殘雨送春寒，一曲離歌意未闌。都尉府中新捧檄，侍郎門下舊彈冠。貧憐菽水爲歡易，老覺江湖見面難。已辨綵衣隨畫舫，風流未數晉潘安。

送樊時登延平訓導

客堂寥落雨兼風，一曲離歌見斷鴻。楊執戟生空識字，李將軍戰竟無功。孤舟野岸蘋花發，五月山城荔子紅。見説儒官非遠別，夢魂長在浙江東。

送桑民懌訓導泰和

民懌蘇人，會試春闈，策有「胸中有長劍，一日幾回磨」等語，爲吳檢討汝賢所黜，又作學以至聖人之道論，有「我去而夫子來」等語，爲丘學士仲深所黜。今年得乙榜，年二十二，籍誤以「二」爲「六」，用新例辭，不許，遂有是命。

十年三度試春闈，親見聲名滿帝畿。甲第久慚唐李郃，奇才終誤宋劉幾。功名歲晚非蓬鬢，湖海官貧尚布衣。試看孤鷹下林落，壯心還向碧天飛。

送宋民止綿州學正

民止，民表進士之弟，前翰林孔目公之子。今年予校其文，中格，用制額退在乙榜。

已見珊瑚拂釣竿，不勝遺恨滿江湍。力窮魯縞心猶壯，望入蓬山路始難。無奈風塵催短髮，且將名字託微官。青氈舊是君家物，又向王郎坐裏看。

送董子仁給事使流求

流求東望海門開，聖代提封亦壯哉。萬里風濤纔七日，六年天使此重來。麒麟有服真殊寵，薏苡無車莫浪猜。歸憶皂囊封事在，殿前風采尚崔嵬。

送張思履司副使流求

尚方新報賜衣成，玉節金書萬里行。嶺外方言通異俗，島中煙火望孤城。由來使者關風化，親見朝廷録姓名。不用殷勤宣聖德，遠人先賀海波平。

送王祭酒先生還南京

盛代聲名北斗尊，錦袍牙笏舊承恩。兩都詞賦多傳世，四海英才半在門。紫塞天高連雁影，石城江落見潮痕。金甌彩筆雲霄夢，姓字應勞聖主論。

和韻寄答陳汝礪掌教

寂寞天涯歎所依，海風江月意俱違。茱萸歲改身仍健，苜蓿秋荒馬不肥。白雪屢傳新調寡，青雲半覺舊人非。家山不隔長安路，應倚南樓望夕暉。

和師召步入西華韻

九衢香霧擁塵埃，望盡仙蹤隔草萊。螮蝀影從橋底見，芙蓉花在鏡中開。碧桃黄竹無年歲，翠羽紅鱗自去來。幾度北安門外路，誤騎羸馬繞城回。

寄劉時雍

望到關山白雁初，離愁多在憶君餘。百年交友通家誼，萬事傷心一紙書。江上流民何日定，里中羣盜可能除？西垣詞賦東曹業，欲效賢勞愧不如。

遊西城故趙尚書果園與蕭文明李士常陳玉汝潘時用倡和四首

漫憶江湖萬里遊，西園風景似南州。青苔地濕頻經雨，白苧涼生不待秋。塵事已醒前日夢，歲華空白幾人頭。松醪載得渾拚醉，莫遣飛花浪作愁。

官曹無計可招尋，坐愛林風滿素襟。醉後頗思醒酒石，貧來須辦買山金。花蹊柳徑稀疏見，茗碗冰壺次第斟。欲問五陵歌舞地，幾家園樹得成陰？

句入西園字字清，葛衣紗帽稱閒行。苔侵翠壁應全遍，果熟青林已暗生。流水斷堤人共遠，片雲孤鳥意俱輕。閒官愛説山中話，爲有歸田録未成。

殘樽繫馬立斜陽，忽送秋聲滿樹涼。花落始知留客久，雨來偏爲作詩忙。山堂竹户寒猶閉，石徑苔泥滑不妨。獨有園人愛沾灑，不隨僮僕問歸裝。

送陸封君歸太倉 鼎儀修撰之父也。

十年池鳳遠將雛，白首飛揚興不無。老去關心惟骨肉，夢來欹枕亦江湖。山川尚憶重遊薊，鄉里猶稱舊姓吴。畫舫載將官市酒，却從林下説皇都。

予素不善飲文明詩來有西涯爛醉欲人扶之句且以二樽見惠步韻答之

夢斷高陽舊酒徒，坐驚神語落虚無。若教對飲應差勝，縱使微醺不用扶。往事分明成一笑，遠情珍重得雙壺。次公亦是醒狂客，幸未麤豪比灌夫。

送鄭瑶夫先生之南京太常

冰霜心事見平生，冠冕文章動兩京。直講舊官纔五品，太常新命接三卿。園陵俎豆春秋祭，江海庭闈日夜情。近説詞臣多簡在，御屏風上恐題名。

送王元常貢士歸省河州 兵部尚書公度之子。

尚書門第切雲高，西去秦山望眼勞。朝論十年歸舊德，家聲今日在時髦。虛聞漢節求良馬，尚有任竿拂鉅鼇。却望故園歸路杳，未辭塵土逐青袍。

刑部郎中括蒼金君尚德之子禧及其弟尚義御史之子祺聞尚義將有謫命自其家赴京師以予託交二君稱契家子來謁予重其孝友篤至悵然感之賦贈一律

舊家門第有清風，眉宇分明似兩翁。春夢忽驚黄耳犬，秋風愁送玉關鴻。徐歌漫有臨岐贈，禰刺深勞昨夜通。薊北遼東俱萬里，天涯回首意匆匆。

李東陽全集卷十三

懷麓堂詩稿卷之十三

七言律詩

幽懷四首

雨深門巷半蒼苔，十日幽懷鬱未開。剛道官閒忙又錯，偶教身健病還來。酒杯尚藉驅除力，詩債慚非應答才。猶有舊堂堪繫馬，水邊鷗鷺莫驚猜。

坐看幽意滿青苔，雨徑煙扉濕不開。藥裹半封塵未掃，棋聲欲定鳥還來。爲園每課山僮業，弄筆先憐稚子才。我瘦不緣詩思苦，騷人相見勿頻猜。

墻根老樹碧生苔，門捲疏簾一半開。巖影乍晴雲欲散，雷聲忽動雨還來。長堤隔水疑無路，瘦馬銜泥念不才。朝往暮歸緣底事？祇須形影自相猜。

懶攜行杖踏莓苔，寂寂殘樽對雨開。開口祇應心獨語，閉門休問客誰來。幽居有道堪藏拙，巧宦逢時亦自才。試問白頭冠蓋地，幾人相見絶嫌猜？

林屋養高

王編修濟之乃翁以光化知縣家居受封，濟之歸省，分題得此，以所居洞庭山有林屋洞天之勝，故云。

隱君新拜紫泥箋，許住東南一洞天。老去折腰羞作縣，醉中因酒得稱仙。門高剩有栽槐地，年好多收賣橘錢。爲報五湖風月道，秋來須載綵衣船。

送黄汝修舉人還太平

文選郎中世顯之子。

京國趨庭見少年，别來風度已凝然。亦知梗概非流俗，未論簪纓有世傳。坐上好書消歲月，江南歸夢繞山川。桃溪太守今前輩，長在春風几杖前。

題敷五菊屏

先生深卧菊花叢，曲几圍屏杳窕通。本爲紅塵辭俗眼，豈因多病怯秋風？交情盡付炎涼外，身計聊憑吏隱中。相過不嫌憔悴質，祇應風味與君同。

用沈仲律提學韻奉邀一首

行囊又挂佛堂燈，可是緣詩尚愛僧？江上踏泥三日屢，城南衝雪兩人曾。别來事與流年異，病起吾慚飽飯能。西望草堂三百步，敝鞍羸馬到須登。

夜坐有懷仲律

草堂寒日下虚簷，露白風清此夜兼。坐榻有塵僧爲掃，客囊無計歲將淹。詩成骨與山争瘦，老去心將玉比廉。還似鶴林蕭散地，未容巾屨學陶潛。

再次燈字韻

布袍書卷擁寒燈，興味蕭條頗似僧。愛酒獨從醒處得，戒詩惟有病來曾。幽棲借屋山人許，再拜升堂稚子能。好是五湖煙水地，幾時舟楫渺然登。

用韻贈林蒙庵和仲律

時蒙庵以車駕郎中謝病，將歸漳州。

病來三月不窺簷，老去心應吏隱兼。萬里江湖甘獨往，一官書簿苦相淹。還尋陋巷貧中樂，解使貪夫去後廉。獨立乾坤雙道眼，静看魚鳥到飛潛。

與仲律飲鳴治宅用原博韻

偶陪驄馬遊三日，復到城南意惘然。山色見如逢舊友，菊花開不厭殘年。幽居地接東陵近，愛客心知北海賢。猶識舊堂曾下榻，隔樓風雨賦詩眠。

飲士常新居和席上聯句韻

寂寞官曹似隱居，清風時動一牀書。花應旋種欄將滿，客不頻來席尚虚。詩好忽驚傳錦字，酒狂真欲换金魚。多情愧有東鄰卜，已辦城西款段車。

送程克勤諭德歸省尚書公

楊修家世本公卿，庾信文章况老成？館閣盡推良史筆，君王親記講官名。金函玉扆丁寧詔，去馬歸舟日夜程。却倚三臺看北斗，鯉庭鸞掖正含情。

戊戌冬至節初赴朝天宫習儀

翰林舊不習儀，是歲有新旨：學士而下，俱令依常參官習儀。

朝天宫闕路逶迤，帝遣儒臣下赤墀。禮重叔孫綿蕝地，恩同文德押班時。五更清漏聞雞早，十里紅塵恨馬遲。館局幸多閒歲月，敢言筋力是吾私？

寄莊孔暘二首

買斷溪南十頃煙，還家無復夢朝天。身如元亮歸田日，詩似東坡過嶺年。蓬島謫來仙骨在，釣臺高處客星懸。十年未洗紅塵耳，誰聽清風石上絃？

背郭誅茅草蓋堂，邊江種柳樹爲墻。舟中夢醒聞春雨，樓上詩成坐夕陽。南紀壯遊餘歲月，北扉遺草舊封章。清時例有逃名客，見説嚴陵本姓莊。

韓貫道黄門見示雪中遊泥鰍寺詩和韻一首

宛轉新詩出袖間，宦情幽事總予關。山迎舊路如相約，雪到今年始放慳。地僻不妨禪客夢，歲豐先動野人顔。空慚突兀東齋坐，如聽車聲帶月還。

齋居和世賞編修韻

半夜開門雪滿坡，清吟無奈玉人何。人間路與紅塵隔，天上春隨翠輦過。靈吹下時神語寂，瓊樓高處曉寒多。笙簫本是虞廷樂，不爲秋風起棹歌。

文明黄門攜太廟東宫郊祀慶成諸作見過和韻一首

織翠華箋共到門，袖中煙霧尚氤氲。龍筵地與天顔近，鶴駕班隨輦路分。禮重圜丘春載睹，歌成清廟夜還聞。鳳池雨露雖同沐，似隔蓬山一片雲。

次韻原博新廬有作

卜築堂高迥出曹，牖風牀雨睡能牢。鴟夷不語聊相伴，褦襶多情豈見撓？迂叟樂應須水竹，醉翁心不在山醪。萬間廣厦君當見，似説蒼生屬望勞。

若虚饋匏瓜仍疊前韻奉謝

野意相看總不賒，園匏雖大亦稱瓜。青叢摘罷煙仍濕，翠籠擎來日半斜。吟有舊題成左券，酌無清酒愧西家。郎曹興味清如此，絶勝春風諫議茶。

曰川饋無花果答絲瓜之贈疊前韻

翠籠珍果望還賒，報我真應愧木瓜。采掇恐沾秋徑濕，傳看不覺夜燈斜。飽知實德非虚語，脱盡浮華是大家。異物清詩兩奇絶，渴心何必建溪茶？

楊武選輓詩

楊名仕偉，文敏公之孫，謫台州通判，卒於途，其妻建安朱氏遣使乞詩。

十載長安夢未醒，離堂風雨思冥冥。書隨洛下舟中犬，身逐台南水上萍。衛國精靈應寂寞，郭家池館半凋零。寡妻稚子銜哀意，誰作張圓死後銘？

大雨次柳邦用韻二首

雨聲吹送滿城秋，委地頽雲濕欲流。環堵不藏原憲病，窮途誤作阮生愁。燒殘官燭晨猶暗，落盡庭花晚更幽。此夜兒童如見月，直應狂喘似吴牛。

風伯何時許放慳？雨師今日未辭頑。虚疑九道乾坤合，坐遣雙籠日月閒。滿地瓜田惟足浪，幾家茅屋尚依山。官曹况切懷人意，一夜清詩强破顔。

士常得男疊前韻奉賀

慶協充閭事不賒，嘉期先報及時瓜。門深賀客車應滿，喜極題書字半斜。周雅祝辭新故事，李膺名姓舊通家。東樓若許吟詩到，聯盡軒轅石鼎茶。

饋瓜楊維立編修以桃見答疊前韻

手種丹桃歲月賒，感君投我勝投瓜。來疑度索山城遠，去恐天臺石磴斜。已託神仙棲壽域，敢教兒輩惱鄰家。餐餘便有通靈意，不待盧仝七碗茶。

饋瓜曾文甫編修以冬瓜見答疊前韻

晚花秋蔓野堂賒，不道冬園別有瓜。未遣階苔封徑合，肯緣籬竹挂簷斜。後時豈敢爲君惜？多子還應勝我家。預報明年湯餅會，嘉期須及雨前茶。

若虚夜饋瓶棗疊前韻

異代神仙事不賒，如瓶丹棗勝如瓜。多情饋客詩兼遠，急脚攜筐步半斜。内苑不勞方朔射，西鄰還切少陵家。白頭正有分甘興，先向高堂一薦茶。

汝賢饋西瓜及檳榔疊前韻

漢使西還道路賒，至今中國有靈瓜。香浮碧水清先透，片逐鸞刀巧更斜。飽德未忘蒙正饐，爲園翻愧老樊家。因君解取南閩俗，更説檳榔可代茶。

九月八日與謝于喬諸公遊朝天宫有作

細草蒼苔石路重，偶從西郭問仙蹤。亭如逋叟長留鶴，徑似陶潛但有松。塵世百年能幾見？洞門今夜不須封。謝家屐齒應無恙，擬上蓬山第一峰。

是日和王世賞韻

厭見秋城捲暮沙，還回仙路出西華。清憐竹笋宜供飯，醉插松枝且當花。閣苑煙霞非昨夢，蘭亭山水似君家。新詩未穩還催就，紙背横書字盡斜。

和馮佩之韻

百尺樓臺四面同，煙霞深鎖洞門中。虚窗地迥猶含日，破帽情多不受風。萬里碧山秋興遠，一番涼雨夜愁空。祇應今度來差早，明日花開定滿叢。

和謝于喬韻

疲驂舊路不勞牽，十載重遊意惘然。丹竈藥成雞已化，石墻陰冷鹿猶眠。仙蹤下與塵埃隔，野色西來島嶼連。不似玄都易摇落，秋來還有看花天。

九日遊慈恩寺疊前韻

偶從農父問田塍，又向禪家話葛藤。久宦北南俱是客，頻來賓主更誰僧？行憐馬上尋詩慣，坐憶湖邊見月曾。到此暫抛塵土累，敢言清世獨無能。

和王世賞韻

石門惟許白雲留，我亦何心戀此遊？竹裏行厨煙未午，水邊蕭寺葉先秋。行貪覓句忘吹帽，醉怯登高不上樓。詩景滿前誰會得？野僧名是遠公流。

和謝于喬韻

鶴翻風樹曉猶狂，頗似任翻卧竹房。石底片雲猶宿潤，竹間殘雨尚餘涼。桔槔亭古荒秋草，鐘鼓樓高送夕陽。猶有丹丘餘興在，坐來今昨兩相忘。

和李若虚韻

芋區瓜圃地相聯，仄徑多從斷岸邊。鄰曲望疑沽酒市，兒時憶上打魚船。年華未改先驚暮，風景重來不及前。更説農家少生事，一番秋水没湖田。

和屠元勳韻

杖屨城南得得來，寺門今日許重開。溪流過雨蘋生岸，林影翻風竹映杯。我醉不辭桑落酒，僧高長住貝多臺。吟風賞月當年事，莫作三生石上猜。

題徐氏含暉堂

家住層峰疊浪中，水光山色動簾櫳。紅塵地少多逢石，畫棟雲輕不受風。陶徑菊松今古在，米船書畫往來通。濯纓誰和滄浪曲？我亦無心謝此翁。

再遊慈恩寺留僧瑢畫卷

軟沙幽草接芳洲，舊路重來問石頭。名似曲江題後到，身如房琯夢中遊。山迎傑閣層層見，水繞長橋曲曲流。吾祖汝師俱寂寞，相逢茶話坐消憂。

韓都憲公雍輓詩

早騎驄馬出烏臺，萬里風雲亦壯哉。嶺海威名天下重，廟廊謀算古人才。寧知晚節終泉石，豈料英魂閟草萊！京國少年思識面，楚歌聲斷使人哀。

諸生有作紅葉詩者愛其末句戲爲補之

碧樹凋餘老更紅，强將顔色慰飄蓬。濃霜未著愁先醉，返照初回望欲空。唐苑情多何足問，吴江句好更誰工？晚來蟻穴無歸路，應恨蕭蕭匝地風。

醉楊妃菊次韻亨父

誰采繁花席上題，偶將名姓託唐妃。日烘花萼醺時面，雨换華清浴後衣。隔坐似邀秦國語，揮毫未放謫仙歸。欲從顔色窺生相，已落詩家第二機。

後園種菊經月忽見數花用亨父韻并呈城東賞菊諸君子

幽花種得偶相忘，步轉南簷却背堂。但有芳心寧擇地，更無佳客亦宜觴。登臨憶冒重陽雨，採掇愁沾昨夜霜。滿袖餘香試披拂，晚來風力正悠揚。

蘇人織蒲爲茵二片置牀倚間藉背及足甚宜冬寒凌季行以書見惠道經敷五太史輒爲所留聊作小詩報季行并柬敷五

輕蒲一簇軟如花，巧織重鋪意未華。吟處迥宜孤背倚，坐來温愛兩趺加。未沾南國佳人惠，已落東瀧病叟家。幸有題封三十字，慇勤留向手中誇。

冬日對菊用陳玉汝韻

摇落霜空萬木飛，一枝無奈賞心微。未成老圃應須學，若在南山便合歸。人道秋香非昨夜，天留晚色共斜暉。陶翁可是忘機者，猶自含情待白衣。

與王世賞重遊朝天宫是日病卧待諸公不至

石徑苔深步屧空，菊花開遍去年叢。重遊誤落秋風後，舊事都消夜雨中。已覺地偏非世界，却憐身病是樊籠。諸公只隔瀛洲路，未遣丹丘鶴夢通。

和世賞韻

偶陪寒日坐空庭，飯有胡麻藥有苓。霜菊多情留暮色，風禽無語墮疏翎。階前藉草衣全濕，石上題詩酒盡醒。莫笑山公歸太早，衹緣多病想幽扃。

楊應寧母安人受封詩

老去逢恩不自知，半生勤儉鬢成絲。家如夫子長存日，身似郎君未貴時。拜憶登堂晨賀早，醉沾開閣夜歸遲。百年桑梓瞻依地，一度生辰一獻詩。

送韓貫道湖廣參議提督武當諸宮觀

神仙官府意何如，親見分符上紫虚。山擁帝宫三十六，地屯兵衛五千餘。人言才大難爲用，我愛官閑好讀書。臨别與君堪一博，肯將青紱换緋魚。

謝邵地官汝學饋陶鼎次韻

感君攜贈出南裝，别路相看似故鄉。詩客品題新定價，野人摶埴舊傳方。茅柴火底春風軟，骨董羹中滋味長。秋去冬來幾寒暖，且將麤糲送年光。

汝學席上賦陶鼎疊前韻

山家形製樸無裝，伴我頹然入醉鄉。人境最宜林下一，丈筵何羨食前方？不辭地僻江湖遠，却愛官貧歲月長。幾見雪堂明夜火，擬從東壁借餘光。

王仁輔見和雪後西華聯句用韻答之

磴雲梯雪迴分層，玉殿瑚闌次第登。敢向内園誇壯麗，似聞南客想炎蒸。淡交情在貧應識，白戰才高老定能。蛺蝶飛來誰解道？當時獨有吕翁曾。

再次王仁輔雪後韻

雪堂高聳玉樓層，驢背寒多不奈登。夜飲略教杯有酒，晨炊誰問甑無蒸？長安病卧袁郎老，野寺吟行賈島能。應恐出門無覓處，沙頭記取屐痕曾。

再次仁輔韻

曉風殘雪上階層，謝朓樓頭客未登。紙帳不知寒日出，硯池初覺暖雲蒸。關心遠道妻孥隔，作伴空齋杖屨能。斗酒綈袍吾欠此，贈君空有笑言曾。

分題得孔林送張廷芳巡按山東

孔林喬木蔽高空，岱嶽西來泗水通。萬古山川神陟降，百王封秩禮尊崇。詩書世豈坑焚後，俯仰吾猶覆載中。却羨東巡張侍御，得先瞻拜仰遺風。

徐用濟秋官和雪詩次前韻并柬仁輔

雪風吹透褐衣層，望盡高臺不可登。滿地茶煙猶帶濕，幾家藜火尚餘蒸。江湖意氣山人老，詞賦風流漢署能。塵土滿胸消不得，瓊琚欲報兩無曾。

再次陶鼎韻答用濟諸君

重爐高蓋擁層裝，規製居然自一鄉。豪客休嫌下箸處，仙家不用辟寒方。味兼小市盤餐別，坐共嚴城漏水長。却有好詩如拱璧，摶泥何意敢争光？

仁輔屢和雪韻而方石不至再用前韻督之 是時仁輔館於方石官舍。

雪裏幽懷百感層，相逢聊復話年登。帳中緑酒香應醉，鐺底黄精濕未蒸。王子扁舟無興到，謝家新句有人能。詩壇定與屏風隔，夢裏高歌達未曾。

李世賢侍講一産二子用瓜祝韻賀之

同官同姓迹非賒，異事還應協我瓜。池鳳水深相對浴，海桃枝重不勝斜。綿綿周雅詩人頌，衮衮徐卿積善家。留取秋菹薦春酒，向來真愛一甌茶。向饋瓜，世賢答云：「謹當醃漬爲菹，以俟他日湯餅之會，今不敢以薦茶也。」

再和仁輔韻　是日雪，將再作。

雲擁高城雪意層，蒼天欲問恐難登。山家未報來牟足，海國還聞瘴癘蒸。勝事園林誰合鬧，豐年歌頌我猶能。王郎更趿何門履，十二街頭遍已曾。

方石堅卧累日忽與仁輔聯句見答始悟其爲合從計賦此挑之

門掩高坡最上層，方石所居名高坡巷。徑深泥滑苦難登。歌殘白雪無餘調，夢醒黄粱第幾蒸？李子合從元有計，亞夫堅卧豈無能？何當再接星堂戰，頭上同雲黑未曾？

仁輔以詩見款復用前韻并柬方石

雪裏降城百二層，素車今日愧君登。力勍豈謂心能怯？顔赭空驚汗欲蒸。謀楚似聞王翦老，御秦猶有謝安能。無端又作衝寒戰，袖手惟應巧匠曾。

雪再作再疊前韻聊用自詠

睡起空階薄霰層，高堂片雪已先登。鄭橋路隔新風景，馬館寒空舊燠蒸。馬融嘗在史館，燠蒸如坐甑，思陰山層冰。清物祇餘陶鼎在，晚交惟有竹君能。孤吟寂寞無人和，時問門前客到曾。

次韻答時雍

誰是乖崖一字師？·須將得失寸心知。君才絕我寧論倍？·世事於人太忌隨。是玉也須懷卞氏，有金休把鑄鍾期。十年道義相看地，猶落殘葩與剩枝。

次韻答若虛

雪外樓高碧瓦層，江南江北望中登。寒愁夜壘軍聲亂，暖憶春湖水氣蒸。酣飲縱教豪客醉，凍吟輸却腐儒能。西堂杳酪清堪比，獨坐懷人此意曾。

立春後一日席上次若虛韻

地近彤樓御氣邊，苑花宫柳意先傳。三冬閏月留餘日，兩度春風共一年。庭淺恨無投轄井，酒窮須辦典衣錢。瓦杯陶鼎能留客，未愧烹肥與擊鮮。

再用韻促諸秋官和章

雪堂開卷坐分層，自掃西階待客登。盟在豈應寒似水？心煩長使熱如蒸。驅車路熟朝停慣，刻燭才多夜坐能。獨有東鄰老同姓，爲予談笑解團曾。

讀楊尚寶叔簡澣縣懷蒙泉岳翁詩有感次韻

門户凋餘祇弟兄，憶公於此最傷情。囊空始信生前計，棺蓋從他世上評。古墓回車誰腹痛？遺文在篋我心驚。楊時語及家集。符臺老友今頭白，幾向荒村問縣名。

賀周原己得男再用瓜祝韻 原己，匏庵外甥。

宜男嘉祝未云賒，吉兆今符第幾瓜。西海又傳桃實大，東樓初記斗杓斜。桓郎未必無佳客，王氏從來有外家。聞説賀筵多異品，尚方新賜小團茶。

題王允達中書所藏宋仲珩草書卷後

蘿山令子華川裔，前後清朝兩舍人。幾世通家同骨肉，數行遺墨在風塵。典刑尚及吾非晚，文獻猶存子未貧。江水舊多元祐鬼，恐驚風浪出通津。

徐用和御史墓山八韻

金山埋玉

金山四面擁佳城，玉樹埋時不復榮。靈氣百年還造化，巖巒千古閟光精。名同郭璞江心墓，恨比何充地下情。欲採生芻無處奠，亂沙衰草正縱橫。

玉屏耀金

玉屏開日耀金精，下見扶桑海色明。綵翠摇空光不定，丹青照眼畫難成。羊郎晚可移牀對，王子朝宜拄笏行。猶有舊題詩在壁，十年風雨緑苔生。

岡鳳翔雲

岡頭晴翠拂雲開，幻作丹山鸑鷟胎。五色宛從天上降，一靈真向藪中來。盛時川嶽皆爲瑞，奕代文章可比才。應是思鄉還感舊，可能重上鳳凰臺？

璧池浸月

古墓前頭月一池，璧紋浮動不成漪。半空影落秋毫見，午夜光生老蚌知。犀火不勞温嶠照，錦袍誰賦謫仙詩？舊遊回首傷心地，又是煙愁雨暝時。

筆架明星

筆架山形奇且牢，上與列宿如相遭。光華照地夜初白，蒼翠插空秋正高。大年登樓手可摘，杜甫上天詩更豪。鄉人翹首望山斗，我亦念之心孔勞。

冠峰湛露

危峰高聳似峨冠，草樹蒙蘢露未乾。袍笏儘消狂客拜，風塵不受世人彈。羽幢朝嶽雲中降，鰲首當空海上看。下有白頭巾屨地，石門空枕夜臺寒。

圭田秋穫

臺府官清只俸錢，十年祭有大夫田。人間耒耜秋風裏，路繞桑麻夕照邊。見説承家須主祀，況聞憂國願豐年。平泉花樹直何物，猶辱先人戒子篇？

茅屋時思

報德難忘寸草私，多愁長廢蓼莪詩。也知春雨秋霜意，猶似晨興夜寢時。種得松楸成古墓，採將蘋藻薦新祠。欲憑此恨東歸海，江水無情去不知。

李東陽全集卷十四

懷麓堂詩稿卷之十四

七言律詩

元日早朝

萬仗攢空簇綵斿，杳聞人語隔香煙。城頭日共雞聲起，天上春隨斗柄旋。荒服五圖皆禹貢，華封三祝更堯年。侍臣獨立瞻華蓋，長記分班黼座前。

賀歲次韻若虛秋官

撲面塵多眼亂花，春來心事劇如麻。九衢路塞車馬集，七貴門深雲霧遮。長怪僕夫遺刺字，每勞閽吏指鄰家。長安舊俗年年在，又是晨雞與暮鴉。

元夕和若虛韻

十里樓臺月色邊，御河東畔闕西偏。杯盤入市多新俗，兒女看春憶少年。紫陌塵香千騎合，玉堂官冷一燈懸。江南風物君休戀，自有宮柑入袖傳。

聞王仁輔買魚瓶俗所謂泡燈者賦此嘲之

買得長安市上春，玉壺清水貯金鱗。却看塵土疑無地，未掣波濤亦有神。眼底功名聊比幻，杖頭風月且教貧。西堂燈火元宵夜，又向東風作旅人。

仁輔遺鶴燈若虛有詩因次韻

不逐飈車與電輪，偶來飛繞帝城春。塵埃誤落空中影，煙霧虛疑夢裏身。千歲有丹應化骨，九皋無唳亦驚人。于公舊價休勞送，自有山翁爲卜鄰。

仁輔魚瓶遂壞意甚不釋疊前韻慰之

白髮華燈一夜春，江南江北兩窮鱗。飛騰有地歸塵土，訶護無錢役鬼神。物以泡名終合盡，家隨身在更何貧？清詩素壁猶堪玩，休羨揚州鶴上人。

李貫道學士輓詩

青霄健翼幾徊翔，蜀水燕山道路長。司馬舊遊題柱晚，子瞻新命攬衣忙。亦知機巧非公事，可獨文章與命妨。南省北扉燈火夜，向來清話正難忘。

送羅大理太常擢廣東僉憲

目極蒼梧嶺外雲，桂江南下海西濆。殊方貢賦諸夷接，十郡山川五嶺分。漢尉官高驄馬出，楚鄉家近雁書聞。即看萬里澄清地，野虎城豺浪作羣。

西湖草亭詩 淮安西湖，史進士效居之，其父參政公致仕，居於家。

淮陽城外西湖好，漫説杭州更潁州。雲裹亂山堆寺出，雨餘春水入田流。官閒了却坡翁事，家在無煩范蠡舟。詩卷畫圖遊子意，幾回春夢繞芳洲。

方石將謁陵愧齋席上贈别一首

百里郊原眺望通，又騎羸馬逐溪風。官清屢伴詞林幕，方石嘗與馮孔目同行，今復與方孔目往。地僻休過泮水宫。昌平學有翰林行館，今廢。啼鳥落花春早晚，亂山殘雪路西東。因君却憶中元事，中元予與愧齋同往。何限高情笑語中。

送尚書黄公之南京户部

早聽仙履下星辰，帝遣南曹屬重臣。財賦國須根本地，衣冠公是老成人。雲連闕角千山起，日暖江頭萬樹春。應向柏臺逢舊吏，更多車馬避行塵。

陳玉汝得孫歸功瓜祝用舊韻賀之

祝子生孫喜更賒，始知爲瓞勝爲瓜。擬分座上金錢滿，來看風前玉樹斜。詩學早傳韋孟業，德星偏聚太丘家。佳期忽與春争到，正及雷鳴二月茶。

林亨大修撰得第四男用舊韻賀之

莫謂三山道路賒，亨大，三山人。人間仙果不論瓜。筵前會客犀錢散，醉裏題詩蠟炬斜。三鳳豈須誇薛氏，八龍今已半荀家。他時細説熊羆夢，夜榻留連到幾茶。

三月六日曰川宅賞接杏緑萼梅限韻

三月長安見此花，東君猶戀北人家。清香有月還疑暗，老態無風也自斜。縱飲不辭杯盡白，苦吟應直鬢雙華。青枝緑萼依然在，憑語詩人莫誤誇。

環翠軒

幽人舊住秣陵莊，石徑巖扉閟草堂。空霧濕衣春冉冉，野禽啼樹月蒼蒼。老於江海遨遊倦，閒覺山林興味長。莫向東華更東去，馬頭塵土又斜陽。

送趙良輔知宿松 良輔，通政參議伯顒之子〔一〕。

銀臺門下見銅章，前後清朝共寵光。意氣古燕慷慨，科名今此漢賢良。山多黍稌知秋熟，縣有絃歌愛日長。十五年前同輩少，杏花陰裏憶陞堂。

【校勘記】

〔一〕「伯」，原缺，據抄本及本集文後稿卷二十四明故通政使司右參議致仕進階朝列大夫趙先生墓誌銘補。

陸參政孟昭輓詩

高才恥作書生酸，開口論事如翻瀾。直遣胸中九雲夢，從教世上一邯鄲。清風庭館賓客散，陸有清風館。落月屋梁魂夢寒。我亦生平舊青眼，詩成不見但長歎。

送汪祀丞歸鳳陽

園陵分祀職清專，況是名家一姓聯？祖似王陵元有母，汪四世祖母嘗令子從義兵，以舊恩膺其世三人。官如茅氏總登仙。汪二兒，一爲指揮，一爲奉祀。山川地識蛟龍氣，雨露恩深草木年。沛上小兒今白髮，當時歌曲可能傳。

原博席上用擊鼓催花令戲成一詩

擊鼓當筵四座驚，花枝絡繹往來輕。鼓翻急雨山頭脚，花鬧狂蜂葉底聲。上苑枯榮元有數，東君去住本無情。未誇刻燭多才思，一遍須教八韻成。

息庵

嵊縣王陽仲壽藏。

掃開蒼翠鑿孱顔，自作堂封更堵環。頗似王樵爲繭室，不勞齊景泣牛山。悟來物理誰稱達？脱盡天羈始是閒。記取平生行樂地，寧論地下與人間？

送陳昌舉會試畢還無錫

春風得意早還家，不待長安滿路花。已覺青袍同晝錦，却看銀漢有星槎。江湖廊廟皆心事，城市山林且歲華。珍重平生治安策，漢庭須召賈長沙。

送徐生下第歸

誤落多才與世譏，暫將幽寂掩光輝。草玄亭上侯芭在，亨父門人也。白璧山中卞氏歸。江雁過雲寒雨暝，渚花飛雪晚風稀。庭闈別有三公養，未必華簪勝綵衣。

次韻答若虚秋官聞恤刑詔有作

西曹忽枉恤刑詩，我在閒官亦自疑。正恐災祥非獨致，敢言繁簡不同司。心中自許神明鑒，筆底真看造化移。今日治安還有象，賈生癡淚莫深垂。

送太倉俞良臣之安州學

青山騎馬入安州，回首京華是舊遊。豈謂功名非適意？漫將詩酒坐消憂。渚芹香濕還經雨，叢桂花遲總待秋。借問婁江今幾派，衹應同向海東流。

次韻答攸縣陳翁鉞

十年衡嶽雁書遲，縱有高懷説向誰？花下一壺狂李白，江頭三弄老桓伊。清風坐裏時生腋，黄色歸時正滿眉。尊俎肯留今日燕，爲君重詠白駒詩。

送吴江陳知縣

曾踏長橋望太湖，至今魂夢繞東吴。波濤歲久魚龍化，雲霧天空島嶼孤。千里風塵長送客，幾人冠蓋此分符。賢勞未有登臨興，不道官閒一事無。

雹

黑雲驅霧忽城東，萬雹飛來勢繞空。和氣不成三日雨，威棱兼助一番風。山中蜥蜴真成祟，海底蛟龍誤奏功。久旱不堪逢此厄，幾時禾黍報年豐？

次韻楊應寧久旱三首

三復來詩百感侵，寂寥雲漢有遺音。終風漫挾揚沙勢，畢宿空懷好雨心。坐待庭苔封蟻垤，夢驚潭樹作龍吟。原田已恨冬無雪，更入新年恐不禁。

萬里長空晦復明，夜窗推枕晝還驚。真看夏日流金石，不見天河洗甲兵。耕穫有期空盡力，流離無地可聊生。緑衣年少誰言事，已識君王駐輦情。

驕陽五月漸生陰，病渴人方起上林。周稼有風還自熟，商郊雖旱豈妨霖？貧增賈客時時價，苦盡農家粒粒心。杜甫不勝憂國願，向來真與海波深。

送陳翁歸攸用前韻一首

衡門門下好棲遲，此意悠悠欲語誰？風静漁歌聞欸乃，夜涼書館聽吾伊。涑川二老皆黄髮，馬氏諸郎總白眉。却憶賦詩相贈地，不應相送更無詩。

送蕭履庵之鎮寧二首

郡佐初傳給舍名，尚疑朝報未分明〔一〕。方驚作客天涯地，況是思君病裏情？暫喜山川經野甸，若爲風雨住江城。春明門外陽關路，細數郵籤第一程。

杯酒平生幾故人，送君南去獨傷神。冰霜不改孤臣操，天地能容萬里身。未論華戎風俗異，直教夷險路頭真。東風合是無私物，瘴草蠻花也自春。

【校勘記】

〔一〕「分」，原作「公」，顯以形近而訛。抄本即作「分」，今據正。

送履庵子鳴鳳侍父南行次韻

爾家門第足清風，十載交遊父子同。辯論有才驚阮籍，吹噓無力送揚雄。山橋樹老還多節，林桂花開未滿叢。應有宦遊兼色養，旅情鄉思一時空。

觀仁輔林黄門宅看蓮詩戲次其韻 林舊爲庶吉士。

老去愁多衹爲花，不堪風雨更泥沙。買栽自笑貧無地，卧看誰憐醉是家。江上路遥隨夢到，袖中詩好向人誇。詞林舊侶風流在，許贈繁香壓帽紗。

次邵東曹借屋詩韻

宦路無心定卜居，又從官邸駐行車。園花不礙東鄰蝶，御水潛通内沼魚〔一〕。白石生雲當户滿，緑苔經雨上垣初。辛勤合似韓京兆，十五年來未有廬。

【校勘記】

〔一〕「魚」，原作「無」，顯以形近而訛。抄本即作「魚」，今據正。

次韻秦武昌見遺之作

使君清鑒徹秋毫，誤識山雞比鳳毛。閉户吟鳶慚我拙，入門下馬讓公豪。文章竟作雕蟲技，歲月能消繼晷膏。見説詩壇高數仞，空將目力送劉曹。

邵東曹墮馬傷足次武昌韻

十年雙足躪詞場，我亦憐君墜後傷。歷塊敢誇千里俊，乘船却笑四明狂。扶顛老僕空隨路，學仆嬌兒更倚堂。應似崔家亭下鷺，獨當秋雨向寒塘。

寄潘興化先生次韻二首

分曹去後抗章前，六載塵途事惘然。忙裏簿書無暇日，老來林壑有深緣。清風盡掃淫祠籍，遺法猶存廢寺田。略試平生經濟手，聲名已許郡人傳。

髫丱曾趨組綬前，重來公已髩蒼然。風塵望隔還山路，杖屨慚無學道緣。遂有冥鴻歸碧落，舊聞仙鶴産青田。明時未合逃名盡，不惜文章與世傳。

廷韶文敬聯句見寄疊前韻一首

日長秋館罷抽毫，自在閒庭落麈毛。忽有詞章傳二妙，敢將名姓託三豪。心清乍可鳴金鏑，肺病何因漱玉膏？身欲奮飛無羽翰，始知塵路隔仙曹。

鷦林書巢疊諸君韻二首

小結書林數尺巢，閒將露翼倚煙梢。居寧擇地心常樂，力不凌雲世所嘲。賀厦漫勞飛燕雀，綴枝聊可藉瓠匏。周靈魯瑞非吾事，休説鶉門與鳳郊。

幽棲無意託聲名，小榜軒居亦近情。四海於身皆俯仰，一枝隨分且飛鳴。山林舊侶心猶在，風雨中宵夢不驚。讀罷莊生齊物論，始知天地有鵬程。

寄都憲桂陽朱公二首

帝命臺臣鎮五戎，豸冠兼帶虎符雄。廟堂出入謀謨在，嶺海華夷節制通。攬轡孤城懷舊志，獻俘雙闕見新功。風霜合遣爲霖雨，天下蒼生正憶公。

鄉里長懷仰止私，不才先已荷公知。敢言元禮通家舊，豈恨荊州識面遲？丸蠟屢傳封後藥，彩毫今見寄來詩。欲知父子同朝地，雲母屏前賜坐時。

再疊鶴林書巢韻二首

詞林別館建深巢，已避雲間第一梢。鼴鼠分同堪共適，蠹魚心苦漫相嘲。飛騰豈必岡千仞，飲啄聊應水一匏。若遣丘園隨野性，未論東郭更西郊。

卜築無材懶近名，暫將微物寄幽情。略同莊子爲言寓，敢效張華託賦鳴。縱有樊籠何足累，更無矰繳底須驚？羽毛欲作填河報，路隔天橋尚幾程。

無錫殷氏婢守節秦武昌廷詔有傳識之以詩

婦家名節本從夫，殷氏分明一女奴。少有清風辭外侮，老將遺業付諸孤。文章郡守能爲傳，忠義鄉人定作模。試問衣冠塗炭地，不知曾汗此顔無？無錫有忠義鄉。

賦得玉泉送王元勳還南京席上作

九曲峰前一派過，誰將壯士挽銀河？天光倒浸空中影，地脈潛通洞底波。泉南有華巖洞，洞有竅，其深無底。詩骨照來先見瘦，醉顔醒後不成酡。因逢玉兔泉邊客，南京有玉兔泉。欲鬬清泠奈遠何？

文敬聞仁甫在予坐以詩見詫因次韻并柬仁甫

不厭緇塵染素衣，此翁身迹信依依。酒狂不作高陽醉，吟苦從教飯顆譏。猶有舌存非是拙，更無家在莫思歸。何須重訪東曹隱？文敬號東曹隱者。風月西壇興未稀。

文明生日以龍尾硯爲壽并致一首

我持龍尾溪頭石，來壽鳳毛池上人。清愛石將人比德，壽看人與石爲鄰。長留天地詩家事，坐鎮浮澆静者身。記取翰林揮翰客，年年來此頌芳辰。

戲效原博坡書辱詩見遺因次韻

坡老書名重雪山，勁如戈鐵轉如環。心同好古生差晚，力欲追君鬢恐斑。聊以師模歸有若，敢將交行比顏般。狂言戲作皆吾過，賴有新詩爲訂頑。

原博詩來戲予還故步再次韻

醉後揮毫力拔山，玉堂觀者堵如環。換羊價重街頭帖，畫虎心勞紙上斑。得趣豈須優比孟？改繩翻愧拙於般。也知真外皆成假，莫大分明點與頑。

三疊韻答原博

坡書新價踊如山，碔石何堪報玉環？搨遍吴箋猶送錦，搦殘湘管半無斑。文心有捧處慚施女，筆陣圍時困楚般。楚鬬般伐宋圍緡。石底老蟆如可學，爬沙雙手不辭頑。評蘇書謂石壓蝦蟆者。

原博和章不至四疊韻督之

書家風采屹如山，拙匠紛紛但坐環。可信龍猪元異骨，誤疑雞鶩本同斑。鄭師乍許三降楚，墨守終能九却般。聞道純綿深裹鐵，評蘇書語。定藏鋒力待堅頑。

原博詩有雪堂獨立語五疊韻謝之

種柿臨書葉比山，空驚歲月轉如環。雲間天馬誰争步？水底山雞自照斑。敢謂逢蒙曾學羿，豈知蔿賈不容般？蘇門七子君須八[一]，我已無心起懦頑。

【校勘記】

〔一〕「子」，原作「字」，顯以形近而訛。抄本即作「子」，今據正。

西莊清隱

山林舊隱不知年，北墅西莊次第遷。桃李春風花縣外，金銀夜氣寶峰前。家貧有業存書卷，官在無心乞俸錢。若向水邊逢孺子，可能重和濯纓篇？

送李提學若虚侯僉憲公矩一首

十載同官别更同，一朝分送兩青驄。湖南使節經江右，浙上行船過泖東。面帶冰霜生朔氣，手栽桃李待春風。他年冠佩還朝地，誰奏天曹第一功？

遊白秉德西園次韻二首

行逐溪流過野亭，望疑山色繞空冥。池魚自躍非因餌，園蝶還飛不受扃。傍渚幽花憐寂寞，舞風疏柳愛娉婷。郎君門地清如水，不待平泉石已醒。

欲采黄花泛緑杯，勝遊幽意兩徘徊。門連甲第三家近，節過重陽六日纔。高厦捲風飛燕雀，短垣經雨上莓苔。松林步屧多餘興，馬上新詩取次裁。

送黄廷威户部還南京

承恩寺裏勞相送，宣武門前復送君。北地黄花開較晚，南都緑酒夢猶醺。也知錢穀能裨國，漫有文章爲策勳。羈旅未勝鄉里話，雁行飛斷楚江雲。

送陳繼昭秋官還南京

早聞天闕載星軺，越客遊吴路未遥。千嶂隔空還共月，兩江分海亦通潮。沙堤樹繞青驄過，畫省詩成蠟炬消。見説聖朝書訟少，幾人清社許招邀。

史千户生輓詩

舉世無端奈死何，誰能生作葬時歌？漫勞莊子憂螻蟻，且勝藤州卧薜蘿。墓木又生人未老，湖亭不動水空波。史官今日書名姓，已附他年達士科。

和張都憲謁黔國公祠韻 平江陳恭襄侯追封於黔。

將壇三世仰先登，廟祀中朝睹載興。賓館久辭珠履客，影堂時掃白頭僧。樓中舊匣藏秋劍，河上行旌見夜燈。猶有姓名傳吏卒，勳勞不愧史官稱。

周原已席上賦十月菊

布袍蕭索不勝涼，坐愛芳心共日光。何用門前看五柳？始知秋後有重陽。故園栽處田應熟，原已尊翁號菊處，原已號菊田。小市開時藥正香。自古交期須歲晚，相過不敢避風霜。

送吕進士卣之大名推官

清時休但愛閒官，錯節須從利器看。我愧孫陽曾相馬，君如仇簿暫棲鸞。交情覆手炎涼易，世路於人俯仰難。至境不關儒者事，百年留取寸心丹。

送孫進士治知臨淮 臨淮，鳳陽舊城。

千里長淮繞縣東，兩城佳氣往來通。封移舊地同周鎬，世有遺恩比漢豐。今日兵戈皆耒耜，當時父老更兒童。循良合是升平事，要録書生撫字功。

送蔣宗誼推官之金華

北來南去幾星霜，又見分符出帝鄉。三入越山身更遠，重遊京國夢難忘。也知吏法兼詩老，未必才名與命妨。臺省祇今須俊傑，看騎驄馬問豺狼。

次韻體齋病起見寄二首

長隨待漏入金門，宦況詩懷得細論。劉向有才方漢閣，杜陵多病且江村。防身戒久同持律，愛國情深比負暄。此境定應閒處識，幾時傾倒向清樽？

坐倚孤笻卧擁衾，重門未放野寒侵。疑蛇已辨杯中影，病鶴長懷海上心。詩券負來應未釋，方書驗後懶重尋。燈前細認銀鉤筆，不待平安報好音。

壽彭詹事先生五十次諸翰林韻

宴後數日復兼學士。

彭鏗家世本神仙，異代長生復此筵。朝罷文鵷班始散，宴回青鳥信方傳。東宫地近恩兼渥，南陸天長景正延。記取八千從半百，是公重到玉堂年。

雪二首次韻彭武選性仁

冉冉瑶姬駕玉軿，墮翹遺佩各飄零。遥從天上諸空界，巧出人間萬幻形。洗墨池冰看又合，衆星堂夜坐還扃。美人獨立高寒外，似隔蓬山數點青。

造化無端類轉軿，晚將恩澤慰凋零。淺深欲試千林色，高下皆隨大地形。羽士天壇宵擁節，龍宮冰海晝開扃。君心自與豐年應，漸覺春回苑樹青。

雪後飲胡彦超冬官歸疊席上韻二首

馬蹄衝雪叩君門，坐愛飛花撲酒尊。簾未捲時先作陣，屐曾來處已無痕。寒簷葉落蛛絲墮，老樹巢傾鶴夢翻。今夕定知何夕是，好風明月未堪論。

醉歌聲裏夜筵收，雪滿空齋擁敝裘。歲事正勞商禱旱，邊心應識漢防秋。山林地僻留清賞，江海盟寒憶舊遊。坐聽蕭蕭成不寐，短窗疏竹未能休。

雪晴和應寧諸君韻二首

雪後餘寒滿素縑，坐看庭綵動星蟾。紅塵迴與東華隔，貝闕高疑上界瞻。墻外經過知馬迹，城頭指點見山尖。聚星堂上多勍敵，白戰通宵恐未厭。

冰溜無聲欲墮簷，雪花何力更窺簾？山橋路滑車猶險，村市寒多酒正甜。甲第好開雲母障，貧家空照水精鹽。眼看珠玉囊中盡，却怪詩人太未廉。

傅曰會舉進士次汝賢文敬韻二首

曾聽干將躍冶聲，又看歐劍發精英。鄉邦望裏論家世，藝苑書中識姓名。御墨親題金榜字，宮恩新賜玉壺清。爲君喜極須雄飲，力盡西江萬里鯨。

上林芳樹倚雲高，長笑高蟾詠碧桃。白戰早收天下捷，春遊不學少年豪。兩蘇才擬當時重，二宋名同舊史褒。應共玉堂詞翰手，鳳凰池上對揮毫。

齋居和舜咨侍讀院署見寄韻二首

數點殘星帶碧寥，五雲城闕路迢遥。乘高直欲登樓坐，望遠空勞舉袂招。何必關山成別夢？幸將名姓託清朝。天涯回首相逢地，楊柳秋風白下橋。

綠槐庭館坐春風，十九年前此興同。未老身猶書卷裏，不眠人在漏聲中。大鵬南去雲連海，羣鶴西飛月繞空。燈火憶君連夕話，不勝幽思滿齋宮。

立春日力齋席上作

雪後餘寒尚滿城，東風花柳正含情。春盤淺送青絲色，晝漏遥傳玉箭聲。杯酒祇供閒歲月，文章應減舊聰明。西臺驄馬東關路，又愧賢勞百里行。

送范秋官以貞謫鳳翔判得真字 吏部擬謫廣南，特改兹郡。

早聞長策動楓宸，十載郎官謫命新。家遠漫爲秦嶺客，恩深不作播州人。一身且向閒時病，萬事還從定後真。蕭索郡齋山樹裏，坐看黄葉漸回春。

次韻白宗璞員外使密雲途中遇雪

薊門春雪尚能花，却望邊城路更賒。應律未回燕谷暖，舞風還濕漢旌斜。青山骨聳如争瘦，白雪詞工欲鬬葩。此夜宫綾寒不寐，未知清景屬誰家？

和楊學士先生東閣趺坐韻四首

院直初歸柳外途，玉堂高坐擁雙趺。應同禮席開函丈，豈有禪心到給孤？聚訟漫勞今日議，如尸誰見古人模？亦知戲笑皆文字，聞説公才似長蘇。

金馬門深入禁途，紅塵無地著高趺。仙人露下秋莖白，太乙燈來夜影孤。禮樂百年周制作，文章一代漢規模。休勞鉅筆稱燕許，誰似張公可配蘇？

名家簪紱是前途，兩世青雲共接趺。金冶外看雙劍躍，木山中見一峰孤。韋賢經學真傳授，揚子文章古範模。衣鉢更多門下士，向來江浙似湖蘇。

目極邯鄲步裏途，獨慚無力繼前趺。瞻依地近公長許，汲引心勞我尚孤。望道若洋徒自歎，學文如虎未成模。百年幾見非虛語，幸是陳郎早識蘇。

得匏庵觀造雨篛竹詩輒次韻

結構親勞較短長，棟材應不棄餘良。平分屋角三重溜，巧借簷陰二尺涼。闤外青山猶可送，簾前紫燕莫愁妨。從今穩作城東客，雨笠煙蓑不用將。

次劉時雍獄中遣懷二首

歷盡悲歡幾歲年，始知安樂是神仙。途危自喜肱猶在，嫁晚非關貌不妍。貝錦有詞難劇辨，圜扉無事且孤眠。眼中同調知應少，莫更高吟白雪篇。

蓬萊通籍屢經年，暫謫人間七日仙。翼折豈妨陶夢吉？頰傷翻益鄧妝妍。休勞吏報催晨謁，却有詩情攪夜眠。世事閱來今已熟，不須重問解牛篇。

送許珵之南雍

驛亭紅樹夕陽舟，十載相逢説舊遊。同學故人多擢第，異鄉孤客且登樓。庭前夜合頻經雨，江上芙蓉可待秋。會有蛟龍藏璧水，幾時雲霧起滄洲？

送李進士玑還西寧 玑，明遠都督冑子。

幡戟門前綽楔高，郎君身已著青袍。龍墀有地陳三策，虎帳無心學六韜。歸蜀漫誇題柱早，入關空説棄繻豪。太行雲外東西路，去國懷鄉兩意勞。

佩之饋石首魚有詩次韻奉謝

夜網初收曉市開，黄魚無數一時來。風流不鬭蒓絲品，軟爛偏宜豆乳堆。碧碗分香憐冷洌，金鱗出浪想崔嵬。高堂正憶東鄰送，詩句情多不易裁。

與佩之詩有誤筆以書見問疊前韻

嘉魚詩罷客筵開，多事詩人獨未來。憶釣每看江雪畫，聞歌如隔海雲堆。釜中舊業空愁屢，濠上高談亦近嵬。愧有惡詞兼誤筆，一時叢雜待君裁。

謝原博惠笋疊前韻

翠籠青笋一時開，爲有清風竹巷來。原博居修竹巷。池鳳羽毛應比秀，籜龍鱗甲漫成堆。襪材有派分洋谷，棚錦無心鬭馬嵬。莫笑北人曾煮簣，久從湘客問烹裁。

佩之惠笋乾自稱玉版老師謂原博冬笋爲吴山少俊疊韻奉謝

玉版山深石路開，東軒真被籠盛來。飽諳南國煙霞味，不入長安酒肉堆。老覺禪心終苦淡，瘦看詩骨共崔嵬。叢林年少休相笑，脱却緇衣更懶裁。

饋佩之新笋用前韻

客路逢師眼爲開，長安塵土去還來。題詩肯附嘉魚什，作供先辭怪石堆。自覺冰姿殊秀爽，笑渠霜骨老崔嵬。西曹漢吏持三尺，高下應勞手自裁。

謝于喬送楊梅乾無詩用前韻奉索

深夜柴門闔更開，楊梅香送滿甖來。霜乾淺帶層冰結，紅爛紛成萬粟堆。坐愛春盤裝磊落，憶從秋樹採崔嵬。莫教俗却先生饋，佳句重煩答後裁。

饋柑于喬世賞用前韻

凍地經寒裂欲開，南柑初載北車來。霜隨玉爪冰絲落，日照金盤火齊堆。高價敢論燕市踊，遠懷還憶楚山嵬。也知黄陸當時傳，健筆應勞太史裁。

和侍郎尹公留别韻三首

南都曾聽八仙歌，諸翰林有八仙會。欲和高風奈遠何？紫禁朝天清夢繞，青雲回首後塵多。褚虞制作唐貞觀，王謝風流晉永和。而我未忘山水地，送君吟鬢欲成皤。

詞源衮衮正無涯，況有勳名爲國華？江漢地通朝海路，星河人識上天槎。回看仙步離塵遠，老覺君恩與歲加。莫賦春明門外别，金陵元是帝王家。

瀛洲無地不登仙，吏省儀曹次第遷。從此略施經國手，向來閒却著書年。亦知憂樂能關世，自卜行藏豈問天？歸路不須馳傳急，似聞宣室正求賢。

李東陽全集卷十五

懷麓堂詩稿卷之十五

七言律詩

體齋賞蓮次韻廉伯宫諭

後堂深閉小盆池，池上花開客已知。索賞故將狂作態，被留真以醉爲期。三年約伴人應少，五月來看事亦奇。不似城東千葉主，有花無酒任人嗤。

送張天瑞福建參議

樹擁層城水帶沙，八閩南望是天涯。民連越徼還殊俗，官似秦藩却近家。今日閭閻須撫字，舊時臺省見才華。詩成不及都門駕，祇爲孤吟到日斜。

徐竹窗輓詩

身是江南隱者流，手開瓜圃接田疇。縱無負郭寧求相，自有東門豈藉侯？不受紅塵欺我眼，誰教白髮上人頭？阪陂陂下多春草，一夜西風滿地秋。

大雨亨大詩屢至疊前韻

急雨雄詞欲鬬淙，未論陸海更潘江。傾殘峽水聲猶壯，挽盡天河力未降。敢謂中流堪比障，故知行潦不宜艭。高歌忽斷浮雲外，猶有晴虹照夜缸。

碧筩酒次韻東傅日會中書

翠嶢深處碧爲筩，照見池頭一丈紅。别有清風來地主，巧將甘露奪天公。香隨緑蟻應潛度，心入靈犀已暗通。我不負花還負此，不勝餘興繞堂中。

少保商先生壽七十

白頭歸老荷君恩，一代勳名衆所尊。自古年華稀七帙，本朝科甲重三元。海中仙子長生籙，洛下先生獨樂園。怪見臺光映東壁，郎官又侍紫微垣。

送焦孟陽侍講子瑞還南陽 時孟陽歸省不果。

翁歸未得遣兒歸，歸着襴袍當錦衣。南極一星方照地，北山羣梓又成圍。晉陽授簡書應在，司馬題橋志不違。九日菊潭潭上水，定和新酒壽重闈。焦大父九日初度。

題黄日升貢士東樓卷

勝地於人似有期，層軒直覺與東宜。杜陵西閣憐花冷，庾亮南樓恨月遲。近市塵埃元不到，背山風景却成奇。十年著得凌雲賦，祇恐君王未便知。

徐用和御史席上偶成

雨後涼生別院東，午窗殘暑坐來空。水光倒射簷頭日，絃籟時鳴樹底風。南國騷人方作賦，西臺御史正乘驄。文逋未覺驅除盡，暫得幽歡此會同。

次韻答王世賞夜雨感懷

何處吟詩成不寐？夜窗殘夢雨來時。清聞木葉隨空遠，暝覺山鐘到枕遲。千里關河遊子恨，一年生事窶人悲。萬間大厦君須作，不用歸心繞故籬。

體齋西軒觀玉簪花偶作

小園紆步玉堂陰，堂下花開白玉簪。浥露餘香猶帶濕，出泥幽意敢辭深。冰霜自與孤高色，風雨長懷采掇心。醉後相思不相見，月庭如水正難尋。

西山十首

日日車塵馬足間，夢魂連夜到西山。近郊地在翻成遠，出郭身來始是閒。雲裏蕩胸看縹緲，溪邊洗耳聽潺湲。秋風忽散城頭雨，先爲遊人一解顔。

日照西山紫翠生，雨餘秋色更分明。蜃樓出霧東浮海，雉堞連雲北繞城。舊識郵亭猶問路，漸多僧寺豈知名？十年幾度登臨約，不盡平生吏隱情。

石橋沙路轉逶迤，青草園林白露時。遥望好山頻駐馬，緩尋流水細吟詩。梅間客到題名久，雲裏僧閒出定遲。也識醉翁非愛酒，筆囊茶具自相隨。

背倚危峰俯碧流，上方臺殿出神州。鐘聲過院日初午，琴響入空山更秋。騎馬客尋青草渡，采芳人在白蘋洲。乾坤不盡東南眼，復欲憑高一上樓。

長爲尋幽愛遠行，更於幽處覺心清。祇園樹老知僧臘，石壁詩存見客名。望入樓臺皆罨畫，夢驚風雨是秋聲。人間亦有無生樂，化外虚傳舍衛城。

野寺林深一徑通，講經臺下見生公。心於簪組元無累，興到山林便不同。坐愛鳴絃清石上，仰看飛錫墮雲中。諸峰絶頂香山路，振袂須乘兩腋風。

千仞高峰十丈臺，坐看秋色轉悠哉。水流澗石叢中響，雲度山墻缺處來。洞口花深無路入，巖根樹老更誰裁？匡廬句好終難和，愧殺當年李白才。古松成蓋竹成陰，十載重來感客心。鳴葉繞空天籟遠，飛流墮地水聲深。湖山勝概此庵足，城市幽期何處尋？出寺高歌重回首，似聞空谷有餘音。竹籬花徑繞山開，盡日無人覺往來。且學山翁遊緑野，休傳御史出烏臺。乍逢野客名相問，慣識僧門手自推。應愛帝城風物靄，詩成不爲黑雲催。徐用和同遊。十里平川一掌如，穩騎羸馬當輕輿。山家犬睡門初掩，僧寺人歸榻已虛。遠興直窮高處望，豪吟多在醉中書。長安飽食真無事，却憶江淮意有餘。時淮南大旱。

中秋飲汝學宅次韻 是日微陰。

對月銜杯莫問天，人間誰是謫來仙？三千界裏應同大，十二回中此最圓。天柱峰高秋雨暝，廣寒宫遠暮雲連。追歡不盡東樓興，猶有清光入閏年。

見山樓題常熟陳亞參卷

虞山青近海東頭，正對元龍百尺樓。半世閒身剛得隱，四時佳景更宜秋。屐曾躡後猶餘齒，簾爲看來懶下鈎。倚遍曲闌人不見，斷雲飛鳥共悠悠。

慈恩寺偶成

城中第一佳山水，世上幾多閒歲華。何日夢魂忘此地，舊時風景屬誰家？林亭路僻多生草，浦樹秋深尚帶花。猶有可人招不得，詩成須更向渠誇。

送太常楊公還南京次韻 時楊公掌尚寶司事。

菊花時節共登臺，南署曾爲北客陪。醉後音書難屢寄，別來詩卷定頻開。吴船最穩纔經月，燕酒雖醨亦滿杯。今日送君如送我，可能無意暫徘徊。

哭女菱

夜堂嬌語坐生嚬，眉目分明畫裏身。誰遣一朝爲骨肉？極知千古共埃塵。回頭尚覺呼名誤，入想猶疑見面真。漫撫哀琴不成調，他年空憶辨絃人。

喬師召編修輓詩二首

禁林仙籍久通名，我里君門數送迎。身病每勞分藥裹，官閑時復對棋枰。北堂萱草三年夢，東國鱸魚萬里情。可是得歸歸便了，竟將勳業負平生。

菊徑松園春復春，醉中光景病中身。生存遺業分諸弟，死有餘恩戀老親。富貴不成空骨相，文章無用祇埃塵。玉堂今夜薇花月，曾照當年伴直人。

雨中種竹 以下次陳錦衣廷用韻。

石欄沙路雨聲乾，爲欠蕭蕭一兩竿。深帶土膏從地底，暝移茅屋過江干。方於辰日依時種，影待晴天拂翠看。試倚蓬窗聽疏密，布袍沾盡不知寒。

茅屋松聲

草閣斜臨野水隈，松聲時過石窗來。飄蕭忽散飛空雨，犖确長驚殷地雷。清和鳴絃生白石，遠隨行杖出蒼苔。詩人聽此難成寐，醒盡虛堂昨夜杯。

夜窗聽雨

瀟瀟殘雨入深更，半灑疏窗半拂楹。芳草池塘應有夢，落花庭院不勝情。聽疑野寺昏鐘遠，望憶江船夜火明。明日曉晴須出郭，葛衣藜杖一時輕。

柳岸垂綸

釣魚磯上晚風多，拂拂垂楊渺渺波。行過酒家來別岸，坐移林影下前坡。聊將短日供長綫，又見新條綰舊蓑。老去祇應家在此，不須盤石更垂蘿。

糝徑楊花

漠漠楊花帶遠天，舞如輕雪糝如氈。徑當僻處隨人到，風向多時著意偏。地濕似沾前夜雨，日斜猶颺隔溪煙。春光到此真須惜，莫愛牀頭沽酒錢。

經廢道院

偶從樵客看棋回，回首仙宫迹已頹。歲久荒碑横蔓草，日長飢鶴啄蒼苔。空聞河上仙翁去，不見山陰内史來。更説前朝封禪地，玉符金秘有人開。

除夕書懷

壬寅十二月，時已買太僕巷屋。

夜坐高堂席屢移，老親歡在衹嬌兒。貧堪苜蓿堆盤少，病覺屠蘇到手遲。即遣鶯花催客老，早看冰雪與春辭。明年又卜新居去，應憶城南守歲時。

次韻寄答若虚二首

懶向江湖問楫師，江南江北兩相思。鳩巢近報移來宅，雁札遥傳寄到詩。城市行蹤嗟我在，山林性格衹君知。如今舊社無新興，不似星堂夜戰時。

西郊雲氣滿林端，却怪長安雨易乾。溽暑中人貪睡久，軟塵欺面覺行難。星霜道路天涯隔，冰雪形容夢裏看。翹首望君君不見，月明無限海波寬。

馮佩之秋官得男用瓜祝韻 時佩之自江西使還。

佳音南報驛程賒，千里歸期正及瓜。噴案早占釵玉墜，佩之往歲詩云：「有人笑倒玉釵斜。」就牀親正錦棚斜。西京舊德于公第，江左清風絡秀家。若遣皇華能再返，此郎應已解呼茶。

次韻寄答方石二首

玉河楊柳幾春風，回首長安是夢中。別雁有時傳塞北，愁雲昨夜起天東。應懷野客歌招隱，肯效文人作送窮。我病欲攻無藥石，愧將交誼託微躬。

藝苑詞垣二十年，離情不似十年前。緑波南浦江淹賦，白雪西山杜甫篇。醉裏功名心尚在，老來山水性俱偏。春風漫作金陵夢，却望天台更渺然。

齋居日待諸同官不至

三日齋居到每先，病餘欹坐不成眠。硯池曉滴薔薇露，土銼春回榾柮煙。滿座清風陶穀茗，半庭遲日李程磚。玉堂官況從來冷，不爲詩情減少年。

再經西涯

新築湖堤面面平，亂橋欹岸失縱橫。輕鷗著水驚還去，老馬緣溪戀復行。舊日鄰家今幾在，別來光景共誰爭？匆匆不盡逢僧話，剛説無生便有情。

次太子太傅余公登鎮朔樓韻三首

邊城勝概拱皇都，傑閣東來眺望孤。落日平沙隨地遠，澹煙飛鳥入空無。中原將帥歌周伐，北土山川盡禹敷。欲識老臣經濟略，武侯營陣有新圖。

鼓角聲高起畫簷，坐來霜鬢幾莖添。三邊戍久衣重换，二月寒多草尚纖。胡地虜情嗟易變，漢家兵食恐長淹。知公不似征西帥，醉下南樓月滿簾。

北來風物感重遊，又上孤城百尺樓。白骨川原遺舊恨，荒田禾黍動新愁。華夷地仰威名重，臺省官兼位望優。從此黄河南下路，不教胡馬飲長流。

昌平學宫和劉諫議祠韻

誰爲君侯續舊祠？眼中人事幾推移。登科士有同朝愧，憂國心惟異代知。長路屢曾經此地，高風真足壯吾詩。不須感慨深懷古，風雨催人鬢易絲。

送左行人使流求

鯨波淼淼接天遥，海國塵空瘴癘消。貢賦遠通中服地，册書元自太宗朝。南船去日占風信，凡使海國，以冬至日開洋。北闕歸時望斗杓。海舟惟視北斗爲的。但使行囊無薏苡，嶺頭銅柱不須標。

聞世賞太史誦夏提學正夫後園席上二首次韻分東

回廊欲盡到還通，十笏書齋一徑東。坐久幽花猶帶雨，酒醒高樹忽生風。鄉園近接官仍近，館舍同遷地不同。聞道詩筵多好客，夜來磐際有飛鴻。

浙東冠蓋屢追隨，三日深杯醉不辭。踵接尚慚登第晚，神交長恐渡江遲。觀中桃樹誰應種？笛裏梅花可奈吹。一見好詩還技癢，欲顰無力效西施。

再疊答夏提學

十載江湖夢寐通，使車重綰寺門東。未傾李白金尊月，先坐王郎玉麈風。楚刺漫來何日到，郢歌工後幾人同？相逢莫更飄然別，指爪須留雪上鴻。

到處惟應筆硯隨，私逋官籍恐難辭。耽詩癖在身長瘦，學道心勞歲恐遲。已飽東方猶漢粟，未逃南郭尚齊吹。向來堊質緣君減，斤斧何因得重施？

次夏提學韻二首

詩家餘韻遠相沾，不見高軒駐短簷。花落每教空掃徑，客來長爲誤窺簾。僧門漫説三生改，人世難逢四美兼。若遺錦囊隨彩筆，草堂風月慣須添。

衣袖歸時雨盡沾，卧聞涼葉響虚簷。鳥情幽寂將依樹，苔意貪緣欲上簾。静裏祇應閒尚在，病來長與懶相兼。讀書自笑成何事，細取蟲魚幾字添。

世賞席上次韻夏提學

坐久莓苔欲滿庭，屐痕猶帶雨時青。京塵晝斷車馬迹，山色晚開雲霧屏。鸜鵒籠深空望眼，鳳凰巢近有棲翎。相思只隔西垣夜，長怪東堂夢易醒。

謝王世賞移竹次韻

俗居無計避塵氛，西郭濃陰遠見分。幸有竹看休問主，苦無鄰乞竟煩君。天應不愛城頭雨，地許長留石上雲。十日肩輿猶未過，曉風簾箔又斜曛。

崖山大忠祠詩四首 宋文天祥、張世傑、陸秀夫祠。

國亡不廢君臣義，莫道祥興是靖康。奔走恥隨燕道路，死生惟著宋冠裳。天南星斗空淪落，水底魚龍欲奮揚。此恨到今猶不極，崖山東下海茫茫。

汴城杭郭總丘墟，三百年來此卜居。海内山河非漢有，嶺南民物是周餘。行宫草草慈元殿，講幄勤勤大學書。辛苦相臣經國念，有才無命欲何如！

北風吹浪覆龍舟，溺盡江南二百州。東海未填精衛死，西川無復杜鵑愁。君臣寵辱三朝共，夷夏興亡萬古讎。若遺素王生此後，也須重紀宋春秋。

宋家行在日南遷，虜騎長驅百萬鞭。潮海有靈翻佑賊，江流非塹枉稱天。廟堂遺恨和戎策，宗社深恩養士年。千古中華須雪恥，我皇親爲掃腥膻。

送平江伯陳公漕運還淮安二首

賢勞三世服王家，千里山川路道賒。周甸土中南北貢，漢河天上往來槎。晨揮玉麈風生座，夜拂銀燈劍有花。聞説江淮多故老，風流皆作祖侯誇。

朝廷漕運仰南東，百里官河屬會通。勝國封疆還薊北，西山泉派出城中。舟車坐惜千金費，畚鍤虛勞累歲功。猶有腐儒憂國念，欲將經國問元戎。

遇雨後送鏡川楊先生謁陵次去秋見憶韻二首

春祠秋祭總期程，陵署分官次第行。苦雨途窮憐我拙，停雲詩好荷公情。倦遊丘壑心還在，歷盡波濤夢亦驚。今日不堪還北望，樹頭風鶴有餘聲。

聞説登臨興渺然，祇應幽賞勝孤眠。遥知水涉山行地，正及花明柳媚天。塵世年華須自惜，詩家風景更堪憐。閒官亦有遊春夢，緩逐鶯聲送馬鞭。

再經西涯

拂樹穿雲二里堤，緑陰深處鵓鳩啼。背城古路車塵少，隔岸人家酒幔低。清愛野僧來紫衲，醉扶童子當青藜。相逢却恐知名姓，不向慈恩寺裏題。

送鄧大參宗器之山東

談笑蒼生在掌中，使君才是出羣雄。縣分南國絃歌滿，郡領西夷節制通。鏡裏雪添新鬢白，殿頭雲擁舊袍紅。循良故是藩侯事，莫道齊邦本上功。

次柳文範中書閣直賞雪韻三首

雪滿園林物不知，賞心却與雪相期。窺簾詠絮誰稱絶，煮石烹茶未當奇。玉宇空寒高易到，碧窗清響静還宜。柴門擬學昌黎閉，贏得王郎鳳沼詩。

貝闕瑶壇路不分，眼看飛雪亂如雲。高城暝帶朝鴉色，小苑斜披獵騎羣。冰溜響簷醒短夢，冷花吹面拂殘醺。自應瓦礫難爲質，故乏瓊瑶可報君。

遥從天上雪中來，不信人間滿路埃。積久漸看隨地起，舞餘翻愛逐風回。楚江蓑笠孤舟客，吴地園林半樹梅。莫向此時誇此景，有誰吟對玉堂杯？

世賢雙生一子夭死慰之以詩

城東瓜熟子離離，長向西園記送時。正愛春風聯蔕好，坐愁寒雨一枝垂。人生得意難爲樂，造物何心亦妒奇。從此柯條終遠大，爲君重誦古綿詩。

每從奇骨辨頭顱，知是徐卿第二雛。屬對早能通四六，讀書何但識之無。渥洼水遠神駒化，阿閣巢深彩鳳孤。聞説生男重有兆，夜來呼彩得雙盧。

齋居柬青谿先生

玉堂冠佩託英遊，老大相看尚黑頭。後植庭松柯葉改，舊題詩壁姓名留。仙人掌出雲初散，太乙燈來夜轉幽。惟有清歡并好語，多情難爲故人酬。

謁陵憩清河舊館有感

路出沙堤向草堂，北歸曾此駐行裝。風前爇火煙生面，夜半開門雨到牀。今日閭閻宜富庶，舊時僮僕尚蒼黄。人生剩有悲歡地，何必他山與故鄉？

過沙河有感

幾家茅屋住荒洲，風景凄然感去秋。沙壅斷橋還舊路，水藏深澗有横舟。虎談在耳神猶動，魚葬傷心骨未收。對此不堪懷故侣，野煙溪日重回頭。

重宿劉諫議祠有感

曾照荒燈宿古祠，祭餘山路獨歸遲。誰教夜雨移牀後，正值秋風破屋時。豈謂人生非夢幻，極知平地有欹危。感今懷古無窮意，只許前朝諫議知。

昌平城北道中有感

十里溪橋野色分，平沙不動水沄沄。聽餘空谷猶聞鳥，行到深山不見雲。勝事園林看入眼，迷途風雨憶離羣。城陰舊路元非遠，夢覺齋廬日未曛。

賦得西湖送張公實少參歸浙江

路指三天轉六橋，盛時風景勝前朝。無山不繞湖邊寺，有水皆通海上潮。部使隨星馳漢節，騷人乘月弄吴橈。因君却省曾遊地，醉倚高樓望泬寥。

初赴郊壇看牲

奏書初出太常卿，隔日分官次第行。騎士擁塵隨輦道，犧人投牒報牲名。樓臺地遠稀聞漏，燈火門開夜到城。歸向玉堂題笏記，坐聽金鑰待天明。

慶成宴初預殿坐

大官分胙出郊牛，又向宫筵侍玉旒。瞻拱正當天北面，班行初坐殿東頭。斟來琥珀杯頻滿，舞罷狻猊隊始收。正是君臣修省日，感恩無地答神休。

鍾御史同追輓詩 鍾，景泰間與章郎中綸俱以議復儲事下獄，而鍾死。

少海驚波竟隕身，豸冠曾觸怒龍鱗。生無赭色居臺省，死有丹心質鬼神。五夜虞淵終日見，百年宰木再回春。南宮顤老英靈在，地下惟應兩故人。

雪後早朝

六日長安雪滿城，五更鐘鼓一時晴。水精宫冷雲猶凍，鳷鵲樓高月正明。朝馬不斷金勒静，院燈無影玉堂清。衹應天上寒如許，怪底人間夢不成。

郊祀前一日齋宫候駕

石橋瓊砌倚雕闌，樹裏行宫接泰壇。尺地龍顔瞻九陛，兩班鵷步引千官。旌旗滿路春雲擁，鼓角連城曉氣寒。爲報雨師休灑道，香塵先已避鳴鑾。

初預郊壇分獻得南海

南海分壇位嚮東，石門深鎖象龍宫。歸虚下有通靈地，廣利中含濟物功。萬里炎威驚變雪，一春佳兆喜占風。儒臣詔許供牲幣，愧有微誠佐聖躬。

鏡川楊淑人壽詩

鹿鳴歌裏和桃夭，白首相看似一朝。清俸屢沾三世業，内班新綴兩宫朝。門臨杜曲天相接，膾出蓬池手自調。爲報平反終有喜，壽顔春酒任紅潮。

祀陵懷青谿學士

君居禁署應思我，我在山城更憶君。藥裏自煎巖下水，緘書誰寄隴頭雲？歸鴻影落當空見，警鶴聲高半夜聞。長恨兹遊不同賞，一年春色又平分。

鏡川翰長以劉諫議祠詩見託竟忘代致以詩謝之

曾勞詩卷付蒼頭，一笑空囊竟莫收。忘事師丹猶少壯，致書殷羨敢沉浮？誤驚神物空中化，却愧明珠暗裏投。已向荒祠留素壁，重來須待碧山秋。

喬主事歸自西山聞南屏隱甕山畠庵漫寄一首

静倚巖扉自詠詩，豈知朝市有人知？山林入後應嫌淺，蹤迹看來頗近奇。滿目塵埃須笑我，一川風月合分誰？蒼苔白石湖邊路，亦欲相尋未可期。

李東陽全集卷十六
懷麓堂詩稿卷之十六

七言律詩

京都十景

瓊島春雲

瑶峰獨立倚空蒼，雲去雲來兩不妨。旋逐春寒生苑樹，更隨晴日度宮墻。玉皇居處重樓擁，太史占時五色光。若與山龍同作繪，也須能補舜衣裳。

太液晴波

太液池頭春水生，更無風雨却宜晴。鳥飛不動朱旗影，魚躍時驚綵柑聲。天上銀河非舊路，人間瀛海是虛名。何如周囿開靈沼，長與君王樂治平？

居庸疊翠

劍戟森嚴虎豹蹲，直從開闢見乾坤。山連列郡趨東海，地擁層城壯北門。萬里朔風須却避，千年王氣鎮長存。磨崖擬刻燕然頌，聖德神功未易論。

西山霽雪

雪後西山爽氣增，凍雲消盡出崚嶒。眼看萬壑遍一白，誰遣六月生層冰？巖竇有泉渾欲滴，石根無路轉愁登。飛樓縹渺空寒外，幾度憑高興不勝。

玉泉垂虹

玉泉東下轉逶迤，百尺虹霓欲倒垂。石罅正當山斷處，林光斜映雨晴時。惟將遠色兼天浄，不恨微涓到海遲。五老峰前纔一派，可能消得謫仙詩？

薊門煙樹

薊丘城外訪遺蹤，樹色煙光遠更重。飛雨過時青未了，落花殘處緑還濃。路迷南郭將三里，望斷西林有數峰。坐久不知遲日霽，隔溪僧寺午時鐘。

盧溝曉月

霜落桑乾水未枯，曉空雲盡月輪孤。一林燈影稀還見，十里川光澹欲無。不斷鄰雞催短夢，頻來征馬識長途。石欄橋上時翹首，應傍清虚憶帝都。

金臺夕照

往事虚傳郭隗宫，荒臺半倚夕陽中。回光寂寂千山斂，落影蕭蕭萬樹空。飛鳥亂隨天上下，歸人競指路西東。黄金莫問招賢地，一代衣冠此會同。

南囿秋風

别苑臨城輦路開，天風昨夜起宫槐。秋隨萬馬嘶空至，曉送千旓拂地來。落雁遠驚雲外浦，飛鷹欲下水邊臺。宸遊睿藻年年事，況有長楊侍從才。

東郊時雨

鳴鳩將雨過東林，細草青郊望轉深。潤入土膏春脉脉，暝含山色晝沉沉。尋花問柳遊人興，荷鍤扶犁野老心。見説帝城多景物，春晴未必勝春陰。

次韻賀彭閣老先生二首

吏部銜清帶翰林，路隨仙步轉高深。人間别有登雲地，天下空勞仰斗心。瀛海新波添夜雨，玉堂喬木長春陰。歸來更覺門如水，不受車塵半點侵。

半生名行重儒林，吏隱官曹歲月深。文靖舊無旋馬地，敏中元有耐官心。川原暖入三春雨，殿閣涼分六月陰。欲效禹偁書院壁，向來官序敢相侵？

哭商懋衡侍講

科甲文章有父風，詞林接武更誰同？講經春殿爐煙暖，校藝秋闈燭影紅。門閥並高緣有弟，頭顱未白早稱翁。生年五十還非夭，不道人間是夢中。

成化丙午五月十日東閣曉卧夢人以一男相饋六月九日初度得男家報至閣中其事始驗志喜二首

僂直金坡筆硯餘，忽傳芳事滿庭除。官曹尚憶占熊夢，仙島何曾礙鶴書？三日兩孫翁獨喜，舍弟溟亦得男。四旬初度我還如。犀錢未作通家會，織翠先過長者車。

坐撫新雛一笑餘，勝從臺省得新除。閒門最陋堪旋馬，舊業雖貧尚有書。貴賤人生真漫爾，賢愚天意定何如？渠兄漸長資猶劣，壯日誰牽服賈車？

丙午順天府鹿鳴宴後有作

二十年前宴鹿鳴，京闈何意此時衡？官曹飽後心長怍，天語來時夢亦驚。敢謂文章真妙選，極知榮寵是虚名。賓筵既醉皆君德，擬賦周詩竟不成。

聞青谿學士擢禮部侍郎喜而有作

早將經濟許乾坤，位入申年望已尊。兩世北門專掌制，二卿南省載承恩。文僖公以學士擢禮侍，青谿實趾美二職，今代所未有也。騰蛟地迴雲俱化，浴鳳池存水尚温。從此黄扉須更到，講筵經史待重論。

大行皇帝輓歌辭三首

北闕南都象鎬豐，我皇身自際時雍。祇應龍種如高帝，何止虬髯似太宗？草木有情皆長養，乾坤無地不包容。因思二十年前事，長躡仙班侍九重。

聖朝偃武修文日，共道王言似六經。宋史重施新衮鉞，孔庭增飾舊籩鉶。垂衣共仰升龍象，賜墨皆成翥鳳形。回首茂陵松柏樹，春來還向裕陵青。

聖孝仁恩遍九埏，由來至性本天全。慈顔備極清寧養，帝號重歸景泰年。斷獄法常寬斧鉞，祀郊行不爲遊畋。儒臣戀德兼衰病，北望橋山幾泫然。

祥後次方石謝先生見慰韻四首

三年血淚空啼我，萬種愁心合語誰？春夢不成翻苦睡，凍髭多白豈關詩？孤雲逝水無歸處，落木長風有静時。南巷北鄰瞻望地，底須暌隔是相思？

除夕高堂每燕嬉，悲來惟有骨先知。翻思白髮傷春至，敢惜紅顔與歲辭？歸鶴不關今古恨，乳烏長戀死生私。多情得似無情好，莫怪嬌兒太放癡。

承歡未極早生悲，已覺人間萬事微。三釜禄存嗟獨荷，百年身在憶全歸。愁來別館春燈暗，戒後詩壇夜坐稀。不有青雲舊知己，病軀無力定誰依？

朱顔有信先驚老，碧草無情已報新。藥裏不消貧裏病，鄉山空復夢中春。欲尋流水難成調，怕聽啼雞又及辰。敢謂悲歌能當哭，歌成嗚咽轉愁人。

次韻答方石先生齋居見寄

歲序驚心感雪霜，閉門終日類山房。不眠豈坐耽詩癖，縱去能爲對客狂？西閣漏聲清夜隔，上林花意薄寒妨。雲霄舊侶勞相問，愧殺官曹兩月忙。

再答方石

一卧空山歲幾霜，齋歌重聽漢芝房。應憐史局多清暇，誤悔詩壇作故狂。春夢屢驚神獨往，病懷真苦力相妨。無因載續陽春調，奈有嬌兒乞字忙。

再答

紫壇仙路隔煙霜，縮地真無費長房。身計衹應和霧隱，詩情敢作上天狂？駐顔藥在心仍病，折翼門高夢亦妨。最是丹丘無事鶴，人間翻苦寄書忙。

次青谿除夕韻

星奴無力送韓窮，萬事都歸百感中。病去衹應愁作伴，詩來真與檄争功。交遊義重勞三益，骨肉情深念五宗。花柳一春餘恨在，盡判雙淚與東風。

張進士鋏知含山乞詩走筆贈此 張自稱知白之後。

我病蕭然不出門，河橋冠蓋正雲屯。新詩寫贈聊隨俗，往事追思欲斷魂。夜雨江頭千疊浪，春山樹裏萬家村。河陽相業須珍重，兩字箕裘不易論。

次青谿歲暮祫享韻

殿頭風静宿雲銷，目送香煙上紫霄。祧廟有靈歸祫祭，議曹無力預官寮。千官珮舄陪龍衮，九奏笙歌合鳳韶。人道舜廷咨伯地，舊將清直事唐堯。

送陸武選文量之浙江參政

天上風雲擁俊豪，海邊魚鳥識旌旄。心懸紫禁千門月，氣壓層江百丈濤。高論有人傳諫草，清時無事説兵曹。極知民社關憂樂，未放山川入醉毫。

枉諸友先君墓次方石先生韻奉謝二首

荒郊無地不悲風，廢堞西來古道東。本爲登堂勞范式，非關痛腹返橋公。十年世事看今昨，兩代交情識始終。賴有新詩題舊恨，多愁聊可慰予窮。

淚眼衝寒不受風，出城先錯路西東。地連村郭無三里，誼重存亡有數公。寸草恩多身尚在，蓼莪詩苦卷難終。須知盡日閒行意，不爲看雲到水窮。

送吴亞卿道本省母漳州二首

地卿分職重東曹，南望家山隔暮濤。無計得歸寧免乞，有親能覲敢辭勞？天風夜送飛帆急，海日晴翻舞袖高。莫爲倚門煩側席，太平勳望屬時髦。

與君交誼豈不久？我少忽看青鬢華。八千餘里暮山色，二十五回春杏花。故人離思賦碧草，仙母醉顔餐絳霞。誰道天河隔世界？從知海客慣乘槎。

春雪次韻方石

踏雪詩來起我眠，雪清詩絶兩堪憐。極知慰藉春深地，不似倉皇歲暮天。閒看紅塵非世界，坐疑銀海眩山川。萬間廣厦真誰事？昨夜先愁我屋顛。

次方石先生春分懷先壟之作

永夜深悲輟笑歡，夢回還復報晨餐。閒門少客猶多病，舊業無家漫有官。四序槐榆頻改歲，九原風雪倍愁寒。多情莫詠頻蘩句，白髮傷心和正難。

心遠堂

晚向青油幕下歸，宦遊不與意相違。山林豈獨容高枕，塵土何曾着衮衣？泛海秋帆風力健，溯空晴鶴羽毛稀。終南捷徑翻能近，今昨誰堪校是非？

清明前一日謁先宜人舊壟有述

遠從中歲憶兒童，三十年前此送終。四世死生同骨肉，兩原川陸限西東。浮生過眼煙雲外，舊事傷心含斂中。欲問九泉何處好？鶴書迢遞若能通。

送儲靜夫主事之南京吏部兼寄夏廷章

萬里晴空一鶴飛，野雲溪雪避光輝。不應銀海妨迴櫂，未許緇塵得上衣。南國地誇山水麗，東曹官愛簿書稀。多情定與吾鄉彦，石假峰前詠落暉。

章恭毅公輓詩

極知天下無難事，聞道先朝有直臣。萬死不輸三寸舌，一生誰是百年身？英靈地已歸河嶽，遺草天應護鬼神。欲殉朱雲借時劍，九原重斬負恩人。

次韻答愧齋先生

歷歷星霜歲屢移，病來雙鬢幾莖絲。故人别久翻疑夢，往事心勞尚有期。天上浮雲初變日，江南芳草未青時。祇應千里神交地，不識人間是路岐。

次青谿先生喜雨韻

河伯經春暫啓宫，銀潢飛雨一時通。城蕪盡濕疑含霧，園柳低垂不受風。四野年豐占卜史，三壇神聽協歌工。儒臣抱病空無補，賴有賢勞答聖衷。

次韻方石哭静逸先生

病起看春意屢新，春來無事不傷神。百年世路誰非客，四海交情幾是真？館閣正須揮翰手，山林兼少著書人。因君萬念涼如水，亦欲滄江把釣綸。

禫後述哀用祥韻四首

凄涼此日還非昨，俯仰吾生欲藉誰？盤芰有情慚屈建，江魚多恨老姜詩。孤禽影吊曾棲地，宿火灰餘未死時。莫向海天深處望，海天空闊不勝思。

膝前長記作兒嬉，老去悲來不自知。詩誦久荒毛氏業，魂招空效楚鄉辭。禍能倚福須天定，病得偷閒是我私。獨有無情雙白鬢，不關人黠與人癡。

百身難贖兩年悲，轉覺悲來病力微。月落空堂驚夢短，草青深院識春歸。浮生迹在雲俱變，客淚痕多雨似稀。應謝西涯舊時柳，泣風愁雨共依依。

庭花向晚寂無賴，華木經年猶有新。屈子徒令惜往日，謫仙別自悲餘春。烹魚饌笋竟誰事？騎馬看花非我辰。故舊相逢莫趣駕，閒居亦是素餐人。

次韻答時雍

萬里長江日夜風，故人消息苦難通。十年人老俱頭白，千里書來會面同。弱質瘦憐多病後，餘情閒寄苦吟中。極知倦眼猶明在，須向虞廷睹舜瞳。

晝夢用舊韻

暮雨林臺花黯然，愁人正愁相對眠。夢疑空蝶有時化，兀如風舟不受牽。江鄉亂草接天際，鄰家短雞啼竹邊。偷閒習惰恐未可，猶欲作官支俸錢。

又用韻柬方石

溽暑中人如酒然，空堂閉門各自眠。君無俗客片紙入，我苦嬌兒雙袂牽。莓苔古洞石巖際，蘆荻釣磯秋水邊。振衣濯足兩不遂，一枕清風千萬錢。

重經西涯

城中風景夢中路，病不出遊空有身。柳條弄水色不定，鷗鳥傍沙情自親。舊鄰十室九易主，古寺百年長占春。慟哭兒童釣遊地，白頭重到爲何人！

寄顧天錫

兩年三度吉州書，一見佳兒更起予。霄漢疏星晨落落，江湖幽夢晚蘧蘧。吟詩性癖同心在，聽訟堂空散吏如。獨有故人衰病後，憶君清涕欲沾裾。

遣兒兆先入學以詩示之

襁褓纔看丱角成，儘將驕劣誤聰明。要知西塾橫經地，不盡重闈屬纊情。天意肯從吾敢負，父書須讀汝休輕。煙樓撞破非能事，我已無才浪得名。

送衡州鄧同知

楚客遊吴幾蕩胸，又看衡嶽聳晴空。東西南地蹤迹半，七十二峰疆域中。郡剡有名隨薦鶚，仙班無路接飛鴻。鄰邦亦欲沾河潤，聽説陽城撫字功。

承陸治齋以詩趣出次韻答之

太行山下不勝思，得似河陽駐馬時。環堵病回猶有我，玉堂天上本無期。雲隨海鶴書來遠，門掩春鐘夢覺遲。六館編摩諸老在，敢將名姓託吾私？

過城西高涼橋憶方石用所寄韻

每緣多病輟幽尋，暫駐城西水石陰。同賞竟孤前夜約，獨行無奈此時心。千山拂曉疑看畫，一雨經春不論金。猶有未忘情處在，更無開口亦微吟。

遊西山次韻答方石先生

未信仙家隔世寰，直須風物盡戎蠻。一時望眼東窮海，千里提封北據山。光景竟輸三月暮，官曹空負兩年閒。祇應他夜煙霄夢，長在西林水石間。

登華嚴上洞呈方石

振袂先登不受呼，洞門高俯一浮圖。吐吞雲霧成朝夕，指點江山入有無。東去平蕪連野盡，北來飛鳥背人孤。因逢海上仙翁説，不羨天台與雁湖。

次韻楊維立侍讀館中見懷

每依紅日住長安，瀛海東頭是大觀。一代編年尊國史，六曹分局重天官。同垂汗竹誇羣彥，對掌絲綸見二難。曾向先朝分舊館，壁間名姓老羞看。予兩得史館。

次韻寄題鏡川先生後樂園二首

藥欄花圃背堂開，一日朝回幾度來。范老心終念廊廟，寇公家不起樓臺。海邊釣石鷗盟遠，松下棋聲鶴夢回。多少舊題詩句在，碧紗籠底認青苔。

緑陰繁處小堂開，野蝶園蜂自去來。細草有情雙駐屐，遠山無數一登臺。幽花坐愛栽時滿，俗客空教到後回。病起三年猶未賞，短垣多雨長莓苔。

重經慈恩寺憶張滄洲題瑢僧故廬

石橋飛步欲凌空，百尺清陰九折通。水底樓臺天上下，岸邊花柳路西東。春題杏苑懷張籍，晝卧廬山夢遠公。今日一杯還一曲，獨吟孤酌與誰同？

苦雨次韻方石五首

雨足街衢水到門，幾家兒女競罌盆。疑占石礎經時潤，夢駭雷車昨夜翻。河若可填烏敢避，日如能照犬須奔。南鄰老伴非耽飲，直爲愁多共酒樽。

悲歌徹夜掩重門，急雨聲高應鼓盆。破屋有情看突兀，顛崖無力救傾翻。街頭濁浪如山壅，天上行雲學馬奔。誤向北鄰招杜甫，不勝愁絶對空樽。時方石喪内。

海中誰泄尾閭門，天上疑傾玉女盆。夸父力窮空競逐，商羊舞罷復飛翻。議多鄰壑功難就，戰退詩壇殿已奔。兩月内曹無寸補，大官剛减病時樽。

直下天潢是海門，蛟龍何意覆池盆？身如斷梗沙邊泊，夢逐虚舟浪裏翻。風伯縱靈應却走，月娥空老更誰奔？鬱攸重作中宵祟，欲效欒郎噀酒樽。時有火菑。

病掩愁城不出門，直須牛飲阮家盆。天瓢有底從教罄，屋瓦無情也任翻。占憶田家今昔話，唁勞鄰使往來奔。青絲白日空相送，不得高歌共此樽。

送崔指揮謙漕運還大河

滯雨濃雲黯不收，漕歌聲動木蘭舟。星稀禁闕天初霽，水落長淮地始秋。國計已隨山共積，歸心應與水争流。山南後裔聲名在，要識清朝有壯猶。

寄哭王允達中書次方石韻

金華西下路崎危，又闢齊山第一支。乘化不隨玄鶴返，懷歸空與碧山期。生前義重同心在，身後囊空老僕知。極目闢河飛旐遠，爲君惆悵立多時。

重經西涯

渺渺平田水滿湖，早秋天氣雨晴初。灘聲赴壑如相競，鳥影凌空半欲無。未采蘋花憐寂寞，旋栽松樹見扶疏。經過自與行吟約，未覺何顒此興孤。

社齋院署次前韻答方石

瀛海分明不受船，三山漫與十洲連。鸞飛鶴散驚千里，月迴星疏共一天。迹似杜陵休比浪，詩成曼碩自須憐。玉堂槐影依稀在，獨坐吟燈思惘然。

索酒一首與方石

下馬呼童索酒忙，出門黄霧正茫茫。應慚野興緣秋減，乍覺輕寒與病妨。彭澤漫勞王宰送，新豐不學馬周狂。亦知善戲非成虐，晬盎從來別有方。

重遊西涯次韻方石

流水平堤柳繞垣，重來又隔幾寒暄。輕鷗似解隨人意，老馬猶能識寺門。千載高情彭澤社，百年幽事杜陵村。王郎亦有攜琴興，聊共清風石上尊。

李東陽全集卷十七

懷麓堂詩稿卷之十七

七言律詩

弘治己酉十月恭陪茂陵禫祭途次次韻答謝方石贈別

萬里長空送遠颸，馬頭西向禁垣辭。鄭公聽履星俱下，列子乘虛氣可騎。狂似山城吹帽客，恍如塵海泛槎時。詩人莫訝天將雪，雪後尋春更有詩。

宿劉諫議祠用前韻

廟門高樹響靈颸，直諫猶懷慷慨辭。海内鳴陽希世有，仗前瘖馬任人騎。江山盤礴堪輿氣，精爽分明夢覺時。千載腐儒憂國念，爲公三歎一題詩。

望狄梁公祠用前韻

碧山西望溯流飈，欲吊唐魂誦楚辭。寄遠東芻誰與致？衝寒瘦馬不勝騎。心懸晉嶺瞻雲地，功在虞淵取日時。預擬明年寒食候，莓苔壁上爲留詩。

宿西陵朝房用前韻

漢家陵壑動悲飈，汾水經秋憶舊辭。海上桑田春幾變，人間鐵馬夜還騎。瞻疑日角臨朝地，立似天門待漏時。山下擁衾寒不寐，獨吟聊且罷聯詩。

重謁茂陵用前韻

寢樹寒聲起夜飈，載聞清廟有歌辭。鼎湖已逐羣龍化，周馭空傳八駿騎。千古山川神陟地，三年祥禫禮成時。微臣亦抱劬勞恨，萬事傷心忍賦詩。

陵祀歸聞賜戴暖耳諸公有作再借前韻五首

烏紗巾上透涼颸，一髮君恩力未辭。賜暖宮貂同日戴，冒寒郊馬有人騎。耳聞明主如絲詔，心似窮民挾纊時。明向玉階還稽首，羔羊重續退公詩。

天上晴雲散暖颸，曉霜先與賜貂辭。宮墀正引千官拜，塞馬方懷賈客騎。興豈龍山吹帽日？恩同漢帝解衣時。瓊樓玉宇寒多少，擬和新詞學進詩。

輕盈弄日暖含颸，短髮蒙茸亂不辭。狐掩敝裘慚並價，馬驚寒影怯初騎。寧同趙服隨胡制，不似齊宫污肉時。寄語春風莫吹却，多情長誦感恩詩。

拂面寒生雪後颸，十金貂價豈容辭？鵕鸃祇解戎冠著，狐貉空隨獵馬騎。禮重鄘人歌鼠日，功多楊子拔毛時。君恩不與炎涼變，欲和唐宮賜葛詩。

午門晴旭颺輕颸，拜領恩綸竟莫辭。八座敢誇三珥貴，千金不羨五花騎。休論孟德頭風事，絶勝楊侯耳熱時。老去毛君猶未秃，玉堂閒寫賜貂詩。

尚矩還自南畿宿城西高氏園出訪而還次廉伯韻一首

名園祇在寺垣西，客袂無端此再攜。鴉背夕陽天上下，馬頭晴雪路高低。吟思謝氏池邊草，渴憶蘇郎醉後虀。歲晚朝天應不遠，不須愁滑向春泥。

十一月朔喜雪次韻答周松露亞卿

卜歲何勞問大貞，雪飛元不待嘉平。未看麥應兩岐秀，且賞花開千樹瓊。天向白時知夜盡，地從消處見陽生。青綾被底餘寒在，獨有懷人夢不成。

西域貢獅將至有詔遣行人道却之鳴治侍講有述敬次來韻一首東舜咨伯常二禮部

萬里狻猊初却貢，一時臺省共騰歡。極知聖學從心始，誰道忠言逆耳難？漢代漫誇龍是馬，隋家空信鳥爲鸞。非才敢作清朝頌，獨和新詩寫寸丹。

元日早朝

紫殿朱闌白玉坡，天風吹樂下雲和。城頭星斗知春早，苑外旌旗拂曙多。龍集載看新歲紀，鳳池初暖舊恩波。擬將無逸陳周戒，咫尺君門奈遠何？

郊祀喜晴有述

碧煙消盡露華凝，目極瑶壇第九層。清珮緩隨馳道月，絳籠高應午門燈。郊祀時樹大燈籠，與正陽門燈相應。風傳廣樂聲初下，天近燔柴氣已升。人意可占神意悦，萬年靈祚永堪膺。

壽董圭峰六十二首

百尺圭峰勢入雲，看君標格動人羣。雄才捷可時揮翰，老眼明堪夜校文。千載極星當闕見，九霄清鶴傍城聞。長生會裏神仙客，宴罷宫筵酒再醺。是日經筵。

六帙纔臨末二毛，置身元合在仙曹。登科記有曾刊策，直講恩多舊賜袍。陌上兒童知姓字，館中年德讓耆髦。東夷不用詢安否，親見先生壽骨高。董嘗使朝鮮。

弘治庚戌三月十五日殿試讀卷東閣次都憲屠公韻

閶闔門深紫殿春，先朝舊典一時新。文章妙極寰區選，陶冶同歸大造仁。世有真祥非物寶，天將吾道付儒紳。狀元忠孝何人是？遥見香爐上玉宸。

十七日文華殿讀卷次司馬馬公韻

龍虎榜中新得士，鳳凰詔下正求才。宫袍錦簇班初合，御筆紅批卷未開。跪捧案香當北面，步隨仙躅下中臺。鑾坡兩度沾恩宴，猶憶先皇舊賜杯。

十八日聽傳臚有作

金蓮影與赭袍明，華蓋前頭次第行。黄紙數行丹詔字，鴻臚三唱甲科名。雲邊曉日中天見，夢裏春雷昨夜聲。歸向長安聽人語，聖朝羅網盡豪英。

十九日恩榮宴席上作

隊舞花簪送酒頻，清朝盛事及嘉辰。星辰晝下尚書履，風日晴宜進士巾。闈撤漢科三日戰，苑看唐樹九回春。丹心未老時頭白，猶是當年獻策身。

送張亞卿文淵巡山海諸關

百二重關擁帝京，大夫持節正東行。風聲匝路旌旗繞，月影連山睥睨平。秦策本無空萬里，漢降能受衹三城。極知經濟吾儒事，要使賢勞答聖情。

送陸貢士銓還常州　廉伯庶子之弟也。

霜蹄歷塊暫須驚，可信青雲路未平。楊意幾時能薦士，子由剛道不如兄。花迷苑外愁中望，草入江南夢裏生。因憶晉陵親舊地，送君非是道傍情。

寄和愚得謝先生韻二首

樓高未許俗人來，坐看風江雪浪頹。不受苦吟嘲飯顆，偶傳新賦出天台。聽餘百鳥惟聞鳳，閱盡千花始見梅。遠道壽公無一物，願將碧海注金杯。

蘭舟舊興久相違，藜杖餘光得暫依。二阮有情還共社，兩疏休恨不同歸。漢宮直擁青綾被，越調歌傳白苧衣。莫向江湖重回首，故人天上曉星稀。

礪庵爲毛給事作

學得磨礱歲月深，都將片石付分陰。無瑕始見他山玉，有用終爲大冶金。轉覺工夫非舊步，肯教圭角變初心？未論商鼎調羹事，先進君王納誨箴。

早朝露坐

七月涼生暑未徂，似聞宮葉下高梧。城頭急雨時來去，雲際疏星乍有無。清漏水聲催玉箭，絳籠燈影動金鋪。長安道暍知多少，坐待天風一夜蘇。

左時翊方伯輓詩

漫説仙壇有地靈，早將塵滓濯清泠。多才擬作梁園賦，好古親書漢石經。駟馬門高歸興繞，五羊城遠使車停。桂坡坡上懷人處，月落梁空夢易醒。

送閔都憲鎮兩廣

早聞新命出臺端，多少都人夾道看。五嶺以南惟此鎮，六卿之外更何官？風傳夜柝營門静，霜捲晴旗海氣寒。二十八年鵷鷺侣，珮環聲裏聽和鸞。

聞應寧遊西山以雨不果戲贈一首 時久旱。

六載金山夢玉泉，北來雙袖幾便旋。杜陵雨怯期空負，赤壁風高興已仙。濃愛午雲籠苑樹，暗驚春浪打湖船。蒼頭也識蒼生意，解爲遊人一莞然。

壽盧方伯廷佐

秣陵花竹卧新莊，畫省薇垣舊夢長。長有壽顔紅勝酒，儘教詩鬢白於霜。一錢不用買明月，萬事無如歸故鄉。欲采靈芝爲公壽，久知仙藥是家藏。盧有瑞芝。

十月既望曾太僕席上見雪呈諸同年

十月長安見雪初，舞風簾幕愛蕭疏。寒欺燭影花相妒，淺映杯光玉不如。五出未開應避汝，二毛新點正慚予。同年會裏清時樂，欲賦豐年興有餘。

寄應寧提學用留别韻二首

天上詞垣近省闈，十年毛羽愛追飛。南池水暖鷗重化，西華風高雁未歸。絶足風塵須獨步，初心道德肯相違？網羅剩有求才意，未放山林老布衣。

聲價曾傾翰墨林，聖朝風教竟誰任？冰霜故有回春力，梁棟應勞種樹心。猶記籍分中秘久，更無名謁外臺深。纔看白髮窺青鏡，又逐離情上短簪。

次嚴宗哲太守留别韻兼寄應寧

宦轍南來萬里身，二川西望入三秦。從知太守多名士，更喜監司是故人。滄海夜驚鯨力破，碧霄晴指鳳毛新。他年記取留詩别，庭雪初回柳未春。

體齋偶談舊譜出湘潭因取舊刻古潭私印爲贈并侑以詩

片石當年手自鎪，姓名猶記古潭州。老來悔作兒童戲，質在長含瓦礫羞。郡邑舊分從遠譜，文章新價託名流。鄉評世講吾人事，傳語雲仍次第收。

用前韻答曰會中書

寸鐵空勞兩字鎪，天教完璧送鄰州。喬遷漫有時哉歎，舊櫝翻爲待者羞。李氏石無佳子弟，蘇家山是假風流。極知伯仲文章貴，應與詞林並價收。

代石留別用前韻

純質親勞琢更鎪，又隨筐篚過旁州。相逢却有摶沙恨，欲往先防見玉羞。體齋家有玉印。君義比金誰合斷？我心非水亦分流。如聞翰苑將移篆，予攝篆久，體齋以新秩當受篆。願與鈐封一處收。

青谿聞體齋古潭之説有詩見嘲次韻以解

奇事非關巧力鎪，桑乾從古説并州。登龍却恨通家晚，獻璞翻爲識者羞。豈謂他山無片石，誰能隻手斷長流？春曹不許書名籍，別付詩壇掌故收。

聖駕詣郊壇省牲喜晴次阮禮部韻二首

玉堂鈴索報新時，又尚南郊候省牲。照日山龍明有象，行空劍舄迥無聲。層城近識彤樓麗，複道遥看羽蓋輕。誰道碧壇玄貺遠？天心先格圭心誠。

九重宫殿一時晴[一]，帝帥千官視五牲。牛、羊、豕外有鹿、兔，得稱五牲。獻瑞雲師朝送彩，避塵風伯夜無聲。虎賁帳合龍旗繞，羽士班聯鶴帔輕。應識感通非浪語，駿奔何力助精誠？

【校勘記】

〔一〕「時晴」，原作「時時」，顯以形近而訛。抄本即作「時晴」，今據正。

張亞卿文淵翟都憲廷瑞楊諭德維立領武官誥草事奉贈一首

曲池方檻緑周遭，北闕回瞻象魏高。臺省衣冠新接武，神仙官府自分曹。書函御寶開紅玉，酒出宫壺瀉碧濤。見説武階名籍重，未妨精鑒入秋毫。

送唐都憲出鎮薊州諸關

居庸東下接榆關，千尺層城萬仞山。秋有桑麻生事足，夜無烽火戍樓閒。帳前貔虎知嚴令，歲晚風霜識壯顔。略試一方經濟手，歸來重補舊朝班。

元日早朝

九門深掩禁城春，香霧籠街不動塵。玉帳寒更傳虎衛，彤樓曉色聽雞人。簾前樂應紅燈起，階下班隨彩仗陳。朝散東華看霽日，午煙晴市一時新。

孟春陪廟祀

闕角鐘鳴寢殿開，羽旗鱗甲繡成堆。班齊禁旅分行入，拜罷宮盤捧胙來。九廟神靈同日降，四時霜露及春回。廟街出外頻翹首，一道笙歌繞地雷。

郊壇候駕

御座亭亭覆朵雲，行宮佳氣正氤氳。風旗繚繞空中降，午漏依稀閣外聞。貴戚賜衣多錦繡，内厨頒饌屏芳葷。齋堂向月懸清珮，擬候瑶壇入夜分。

郊壇分獻再得四瀆

宿氛銷盡夜無煙，萬燎光長複道連。陟降神如水行地，祼將心與月當天。羽衣道士通儀節，白髮犧人説豆籩。猶記策名分獻日，去年風景似今年。

慶成宴有述

綵旗珠纛舞晴風，香案前頭玉陛東。天籟迴隨仙樂下，日華偏近御顔紅。百年覆載生成後，一代君臣禮意中。郊獻幾回分殿坐，聖恩神貺兩難窮。

送彭進士傑之南曹

幾年宦路説通家，二仲風流世所誇。去日獨吟池上草，到時同醉寺前花。芭蕉月冷春題字，棠樹風清晚散衙。爲報高堂消息近，舊都元不是天涯。

送周進士統知宿州

甲科文采重弓裘，親見趨庭接宦遊。坐愛簪袍能待客，去看冠蓋得分州。宫前碧柳先春動，河上清波帶雪流。共道中原風土勝，向來痌瘝待君瘳。

送王公濟歸省

鶚薦南來勢入雲，鴒行東下暫離羣。江山别與詩相助，花柳濃將酒共醺。親老祇應憐見面，子才誰不愛爲文？西堂八月清如水，坐爇名香待令君。

送伍主事符歸省 其父孟賢参政，予同年進士。

畫省郎官着錦衣，緑波晴漾綵帆飛。天池水足鵾仍化，庭竹陰成鳳始歸。魯史法應傳衮鉞，宋科心不在輕肥。題詩爲寄同年老，有子如君眼底稀。

送劉御史丙奉使歸省

楚山高不礙雲飛，春日偏明繡豸衣。人自烏臺持節下，天教白髮待兒歸。新巢閣鳳還千仞，舊種庭椿過十圍。極目滇南山盡處，平安莫遣報書稀。

送屠大理元勳録刑福建

九寺官高重兩京，北來冠蓋且南征。清憐解橐留家地，老識登堂拜母情。司馬晝遊非衒寵，歐陽夜坐本求生。況逢紫鳳銜書日，盆覆須教仰大明。

九橋書屋爲京學陳教授作

八壺陰處九橋東，水閣山樓面面通。栽藥地餘經歲雨，讀書聲徧隔林風。聘君名迹江湖外，少宰文章感慨中。猶有絃歌遺業在，誤疑家塾是黌宫。

沈郎中尚倫母壽詩

白髮蕭然林下風，壽筵芳事幾家同。星朝婺女極當北，水繞秣陵江正東。梅籠出林朝雨熟，魚船入市晚潮通。鳳雛不假青鸞使，自領天書出禁中。

送董行人綖奉使交南

紫泥新詔出彤宫，帝遣南乘使者驄。四面樓船通海氣，九霄旌節下天風。仙蓂萬葉占堯歷，化日重輝仰舜瞳。聞道奉揚恩澤遍，遠人無地不呼嵩。

送茹知縣鑾

百里孤城枕太行，縣名元出古陶唐。清時政簡仍多税，甲第才高不愧郎。天闕近應沾雨露，枳叢低豈礙鸞凰？極知此去非長别，一曲離歌意許長。

過真武廟懷朱文鳴亡友

淼淼滄波白鷺飛，苔痕長滿釣魚磯。松陰不改三珠樹，鶴夢還醒一羽衣。細數鄰家遺老盡，久懷同學故人稀。沿流不覺尋詩遠，把酒看花事事違。

四月二十二日日講初罷柬體齋學士先生

三十年來兩月忙，講筵猶飽大官羊。聯班左掖天顔近，散直西堂雨氣涼。祇謂積誠須感格，敢言多暇得徜徉？詞垣老友箴規在，未遣茅心一夜荒。

送江主事澤之清江因柬徐用和太守

淮上分司隔郡城，舊遊兹復贈君行。官非外補猶差遣，客不頻來少送迎。莫倚名題金榜貴，直將心付水曹清。多情爲問山陽守，種得甘棠幾樹成。

送袁道士還任南京朝天宫 倪禮部内黨也。

重來京國夢如昨，再到冶亭山已秋。頗覺煙霞非世外，誤迷花竹是江頭。誰將載酒供新帳，我有題名紀舊遊。應向青谿老仙客，借騎輕鶴下瀛洲。

賜枇杷

尚方珍果賜新嘗，分得江南百顆黄。遠道不妨經月暑，冷枝疑帶隔年霜。龍箋帖罷名初散，翠籠開時手亦香。歸領君恩薦家廟，不禁清淚滿衣裳。

送張以蒙知廬陵 兄裕夫爲江西參議。

扁舟曾問吉州名，二十餘年此送行。山半有田皆地力，夜深無巷不書聲。封疆正屬分符寄，撫字真勞作縣情。明到大藩參謁罷，不妨風雨話彭城。

賜楊梅

官河催載滿船冰，七月楊梅入帝京。沁齒不知紅露濕，到詩偏助玉堂清。名從傅鼎遥分派，價比隋珠亦稱情。再拜文華門外地，講筵恩重若爲榮。

送衍聖公以和還曲阜

岱宗佳氣鬱崔巍，闕閲門高衆所歸。一道仙槎依歲轉，四山靈鳥避林飛。彤墀引罷新呈馬，寶篆沾餘舊賜衣。却恨星軺常夜發，贈詩攜酒意多違。

愚樂傅公嘗種松數百株讀書其下有主松書院在焉爲作詩以遺其子若孫

舊時書屋長爲主，手種青松間石根。卧擁白雲春下榻，到隨寒月夜開門。風霜閲歷無年歲，樽酒過逢有子孫。聞説大夫封已貴，故枝新葉總沾恩。

賜藕

祇向名花看畫圖，忽驚仙骨在泥塗。輕同握雪愁先碎，細比餐冰聽却無。郭北芳菲懷故里，江南風味憶西湖。渴塵此夜消應盡，未羨金莖與玉壺。

送柳拱之憲副之岷州兼柬應寧提學宗哲太守

蜀雨秦雲萬里程，賢勞還屬使君行。山連舊鎮遥分省，敕换新官尚典兵。味少漸知鹽酪美，地寒偏覺毳裘輕。殊方却喜同鄉話，不負雞壇下馬盟。

林侍郎輓詩

廟堂風采重於山，多住江南草木間。一代循良須不愧，百年氣運恐相關。冰霜節苦天應識，亥豕書存手自删。莫道衣冠無廕澤，聖朝恩命果重頒。

寄壽菊羅郎中公給事中鑒之父時九十有三矣

久從仙骨見鯢鮐，又報春風壽域開。滿眼兒孫纔一領，繞園松橘是重栽。衣冠解説先朝事，車馬翻無長者來。州里後生曾致祝，十年詩札愧新裁。

寄輓金陵陸廷玉

韋布居然古意存，向來城市豈堪論？門多剩地容山水，家有遺書付子孫。遠道風塵違執紼，舊時樓閣記開樽。江空歲晚情無限，却寄燕歌吊楚魂。

于景瞻府尹壽詩

半生夷險路從容，晚歲真於萬事慵。京尹望高曾薦鶚，省郎官貴早乘龍。秋添華髮將詩老，春入酡顔映酒濃。湖海祗今耆舊少，一身長對兩高峰。

次韻匏庵聞王古直至之作

老來不記入京年，舊事依稀屈指前。身似野僧纔有髮，家如漁叟更無船。祇愁別久今衰矣，不覺詩成爲𧮰然。春夜定知何處宿，漫從新市買燈懸。

送張兵馬考績還南京

石頭城闕路岧嶢，南去長干十里遥。野樹林疏寒映雪，官河水長暗生潮。帆檣數點天空闊，雞犬千家夜寂寥。三載一官初獻績，幾人翹首望回軺。

呂亞卿天章求詩壽其妹黄宜人時天章以使歸

誰詠皇華入壽筵，故家門閥尚依然。扶衰試煮英公粥，念寡新分范氏田。拂鏡飛霜秋漸滿，開樽華月夜將圓。莫言老婺光芒減，曾見騰輝上九天。

院中即事

硯水呵墨印開封，獨坐高簷落葉中。籌唱有聲催短日，氅披無力禦長風。羸驂向晚還思秣，老鶴驚寒欲唳空。遥羡玉堂諸院長，酒杯能緑火能紅。

予嘗復書于屠都憲朝宗稱之爲丹山先生蓋謂其家四明有此山爾朝宗乃更其舊號以詩謝予次韻奉答且以兩篆字贈之

弱毫誰道力如杠，漫作丹山小篆雙。千歲早占仙是骨，四明休詫石爲窗。直須號令驚山嶽，何止才名動浙江？况有煙霄天上曲，楚歌從此不成腔。

李東陽全集卷十八

懷麓堂詩稿卷之十八

七言律詩

癸丑春闈試畢次韻知舉倪侍郎先生二首

公道如天望眼開，片雲無地著羣猜。千鈞用盡能辭力，萬木掄餘始見材。枕爲聽更寒自警，門因看月夜頻推。虛慚淺薄持衡地，十度懸科五度來。

夜燈人静不成眠，親聽王褒頌得賢。聖代文章真盛矣，少時情興轉翻然。麟凰遍藪元多瑞，奎壁分宫亦並躔。南省東堂嘉話裏，幾人同事復同年？

陸貢士筌以伯兄治齋學士校藝春闈避不入試將歸常州詩以送之

杏園花夢晚相迷，又向東風駐馬蹄。冶外有金元自躍，竹邊多鳳且分棲。春光逐路生新草，江水隨潮入舊溪。得失漫須看目睫，天留名姓榜前題。

祈雨齋居〔一〕

日日風霾夜夜陰，小堂何地豁幽襟？花遲別苑春全盡，井渴空瓶水更深。玉署幾驚欹枕夢，赤霄徒有望霓心。桑林禱罷仍翹首，宵旰勤勞恐未禁。

【校勘記】

〔一〕「祈」，原作「祁」，本集目録與抄本皆作「祈」，今據正。

送進士歸省

眼見宮袍换錦衣，偶從文字託光輝。宵辭禁漏銅龍盡，曉散朝行白鷺稀。千里馳驅才始見，一生温飽志全非。定須不學長安孟，祇向春風得意歸。

寄莊定山

六峰東面一江横，此老逃名竟得名。山屋到秋驚雨破，野舟經日任潮生。消愁物已杯中辦，得意詩還枕上成。三十年前攜手地，寺門斜月晚鐘聲。

寄吉安顧太守天錫

天錫嘗爲族祖希蘧先生修永新墓，且刻遺集。

百年交誼此何勤，骨肉誰教異姓分？郡有殘編存故老，野多荒草認空墳。山頭迴立千年表，峽口寒封十丈雲。從此思君應不忘，更披新刻見遺文。

送楊志仁憲副之山東

歇馬長安坐曉涼，憶君曾接舊鵷行。北來宫殿千門月，東去關山滿路霜。柳氏家傳唐訓法，班生世有漢文章。竹林花徑經年別，應向春宵夢玉堂。

送馬員外金謫判廬江

春明門外報離筵，忽爲題詩意惘然。暑去清風剛拂面，雨來新水欲勝船。誰將白璧横官道？信有黄楊厄閏年。從此思親兼戀闕，定依南斗望中天。

送同年汪憲使希顔之貴州 汪嘗以希蘧府君遺墨見遺。

憲節東來日未曛，使軺西去復離羣。佳期不負秋城雨，别思先停晚樹雲。月裏虧盈天自定，世間夷險路平分。故家遺墨勞珍贈，愧乏千金可報君。

次韻送李天瑞二首

莫問潮陽路幾千，兩州山水鎮相連。重來京國無知者，却望江湖更渺然。賈傅少能爲世計，後山貧不受人憐。兩疏金門一月餘，使裝重檢舊圖書。雲霄剩有回翔地，北雁南鴻又一年。亦知廊廟心仍在，奈有山林癖未除。戒酒不從花底醉，愛舟多在水中居。禁林風雪懷人夜，已覺輕寒薄綺疏。

送薛吉士榕養病

十五年中兩校文，多才頻見出人羣。金門漏永平明入，玉署書聲半夜聞。别夢幾回欹枕月，歸心一片渡江雲。須知館閣儲賢地，可但詞章是策勳〔一〕。

【校勘記】

〔一〕「但」，原作「旦」，據句意與抄本正之。

雪夜追次坡翁韻四首

物華隨地斂穠纖，始識玄冥號令嚴。祗樹未春花作雨，解池初夜水生鹽。妝疑淡掃時窺鏡，舞恨低飛不過簷。漫向蒼生占喜色，凍愁先到兩眉尖。

放朝聲裏散晨鴉，閒取詩題賦雪車。陸海平翻千頃浪，江梅亂落滿城花。幾人標格如江令，何處交情有戴家？不盡高樓看爽氣，擬尋樵迹認山叉。

賦形隨意極毫纖，白戰壇空未解嚴。過眼幻疑看石髓，入茶清不讓羮鹽。紅塵舊夢迷香陌，白屋新愁擁破簷。却望五門天上峙，登高無路擬城尖。

凍雲飛盡北臺鴉，曾辱東坡小駐車。潁水聚星他夜戰，玉堂微霰幾回花。孤吟信可成詩案，險句争傳出道家。絶勝江南無雪地，斜陽空立路三叉。

正月四日受郊戒復陪廟享是日飲福受胙皆免

曉聽綸音出殿東，午陪親祀入神宫。齋期已先庚三日，輦路遥清巽二風。禮異冠裳隨地改，望高宗廟與天通。恭聞飲福新停觶，精意同歸陟降中。

郊祀賜文綺有述

金吾衛士夜催朝，左順門前賜錦袍。裁就巧隨宫漏盡，拜時紅近朶雲高。須知左右齋明地，不負東南貢篚勞。經幄史臣頻荷寵，駿奔今日愧重遭。

正月七日郊壇分獻得山川

山川羣祀一壇分，復道東來萬燎熏。盡有精靈裨海嶽，豈無功澤比風雲？禮當人日天須應，制出今王古亦聞。從此八方歸禹奠，願將微意託餘芬。

送侍讀學士曾士美之南京

薦章頻見出文淵，重上春風建業船。官好舊銜加兩字，書成新史又三年。西江使客多鄉信，北院移文祇俸錢。莫道鳳樓閒老手，要看詞賦滿山川。

屠都憲朝宗宅東諸同席

屠所居，予舊屋也。

諸曹冠蓋簇成雲，上席叨承禮不羣。舊屋有知應笑我，高堂多慶已慚君。太牢胙美須時薦，南曲聲高醉後聞。橋梓一門春色裏，柏臺餘蔭許同分。

屏風燈青谿先生席上作〔一〕

真於剪刻露天機，暗處生明識者稀。春步轉迷絲作障，夜遊翻訝錦爲衣。曾聞雲母分班坐，頗記金蓮出殿歸。同是玉堂年少客，晚從東壁借餘輝。

【校勘記】

〔一〕「燈」，原作「登」，據本集目録與抄本正之。

戴松崖亞卿席上觀屏風燈用青谿宅韻

丹青組織不同機，製出方燈様轉稀。熾炭暖回雕玉地，繡雲晴動紫煙衣。嬌兒解事憐春賞，醉客多情惜夜歸。莫向東曹誇步障，有人持錦鬬光輝。

上元後十日會治齋觀梅值雪限韻二首

有約移尊玉署東，小梅疏雪賞心同。輕颸晚色還隨袖，淺著春寒未滿叢。娱客漫須琴有調，催詩却笑雨無功。休論臘日三回白，且勝元宵萬點紅。

片雪斜飄别院東，此花風致偶能同。飛從貝闕三千丈，占慣春風第一叢。剪刻似經詞客賦，栽培多荷主人功。相逢欲鬬空明色，正對金杯臘酒紅。

篁墩先生奉命同教吉士有詩見貽次韻奉答

詞林盛事久相仍，師席逢君喜不勝。文望斗高人正仰，誨言珍重我先承。清班白玉墀頭地，舊業青藜杖裏燈。同是感恩思效日，直從鄉榜記賓興。篁墩同壬午秋試。

次丹山屠都憲韻

暖風晴雪散瑶天，又向朝回宴集賢。碧樹春陰高比蓋，玉堂冰溜大於椽。規程永樂千年制，庶吉士之選，前甲申最盛。衣鉢文安兩派傳。予被選時，保齋劉先生奉命領教，篁墩其所舉士也。剛道陽春無和者，丹丘山上有詩仙。

再用韻自述二首

列宿光分共一天，前甲申吉士有二十八宿之名。姓名先後託羣賢。清風重檢書千卷，舊業曾占屋數椽。聖代渥恩慚我負，詞林故事許人傳。欲將勤苦酬清逸，又被官曹説地仙。

中年進學似登天，轉覺文章畏後賢。悔送隙光飛過鳥，記栽堂樹小如椽。科場次第門生出，教旨丁寧閣老傳。眼底功名非實地，任誇千佛與羣仙。

送許吉士天錫養病

一點文星傍紫微，士林方此佇光輝。工詩不爲唐科選，卧病非同漢令歸。舊友愛聽談玉署，老親驚見著朝衣。文場講席周旋地，道義重來幸不違。

體齋先生壽六十 時歸自北山。

傍人不信已稱翁，祇愛朱顏點碧瞳。一紀壽高先過我，六曹名重幾如公？賓筵酒熟春初半，使節山回日正中。莫訝多情頻致祝，老來何止説三同？予嘗有三同詩贈。

中元送篁墩先生謁陵

暫辭經幄下山郵，獨愧官曹有去留。天上羣仙歸袖領，月中諸帝想神遊。雲深輦路蒼崖合，風落離宮錦樹秋。試問永安新學舍，舊名曾護碧紗不。

寄答李白洲憲長 聞其體肥過昔數倍。

海北天南氣鬱蒸，置身如在玉壺冰。壯心不分緣詩瘦，老手兼誇作吏能。買地墝壚山有業，寄書寥廓雁無憑。多情省樹休勞問，歲月空慚雨露仍。

送王德潤參政還河南 其子崇文，亦予禮部所舉士。

星朝初下紫微垣，不爲多情豈贈言？兩世科名看放榜，一時冠蓋送歸藩。庭前槐老陰重合，江上棠成樹已繁。還向耆民宣聖德，萬人扶杖繞行軒。

送盛郎中洪歸省崑山

省郎飛步躡仙梯，駟馬門高綽楔低。春暖舊山多玉種，歲寒芳樹有鸞棲。封章一一題名字，歸夢時時繞路蹊。今日聖恩教暫去，望君長傍五雲西。

天津八景

拱北遥岑

百尺高樓拱帝廷，北山秋望入空冥。太行西帶城煙碧，碣石東連海樹青。吟客放懷朝拄笏，使遊翹首夜占星。監司正屬埋輪地，一夜朝天夢幾醒。

鎮東晴旭

五夜城頭聽早雞，海東紅日上雲梯。飛烏曉颭朱簾影，舞燕晴翻畫棟泥。千里帆檣天遠近，萬家村市屋高低。客來不用愁風雨，無數風光入品題。

安西煙樹

安西門外碧參差，緑樹層煙曉更宜。縹緲不知天盡處，霏微疑是雨來時。林間暝色聞鐘杳，野外寒光見日遲。睡起鈎簾看午霽，一川花鳥正離離。

淀南禾風

層軒南向坐薰風，極目平疇遠近同。萬里黄雲吹不斷，一天翠浪卷還空。阜財正藉驅煩力，飽士新成偃武功。殿閣微涼天上句，擬將餘興續坡翁。

吴粳萬艘

長江西上接天津，萬艦吴粳入貢新。漕卒嘯風前後應，篙師乘月往來頻。千年國計須民力〔一〕，百里山靈護水神。秸銍古來先甸服，萬方無處不堯仁。

天驥連營

危闌一曲俯平川，萬驥聯營下九天。沙地雨肥青苜蓿，日華晴散錦連錢。使宛枉作開邊計〔二〕，歸華真傳定鼎年。白髮奚官無一事，太平天子罷遊畋。

百沽平潮

海門晴雪浸金鰲，百道沽來涌暗濤。望極遠空知岸闊，卧欹殘夢覺船高。遥疑夢澤相吞吐，不似胥江枉怒號。時有海舟隨下上，往來沙口不辭勞。

海門夜月

海門東望極空明，月裏山河影乍晴。萬里滄波天一色，數聲靈籟夜三更。水精宮闕魚龍冷，白玉城高鸛鶴輕。不用扁舟泛寥廓，且看奇絶盡平生。

【校勘記】

〔一〕「計」，原作「許」，顯以形近而訛，據句意與抄本正之。

〔二〕「宛」，原作「完」。漢時西域有大宛、大月氏諸國，此處當是用張騫出使之典，因據句意及抄本正之。

七言排律

徐州新洪詩 有序。

徐州洪舊名百步洪，水峻石險，自古爲然。工部主事郭昇騰霄鑿石平岸，厥功告成，請以是詩刻之金石。

山根忽斷水横來，誰見當時禹鑿開？此地獨當南北險，濟川多難古今哀。叢叢怒石迎船起，拍拍驚濤打岸回。纜卒不眠愁上下，篙師無力正摧頹。千年鬼斧遺天巧，百里山靈伏禍胎。已仗中朝天子命，兼煩東省使君才。沙沉鐵鎖蛟龍避，霧殷雷車晝夜催。直到中流無齟齬，却看高浪失崔嵬。寒泉出甃人争引，垂柳邊河手自栽。賈客不須虞覆溺，暍夫終免卧蒿萊。巖收傅築功難繼，海著秦驅事可猜〔一〕。莫置豐碑芳草處，恐教文字没蒼苔。

【校勘記】

〔一〕「秦」，原作「泰」，顯以形近而訛，今據句意與抄本正之。

送梁廷美黄門之陝西參政

秦中天府舊金湯，聖代提封寄一方。西去地連沙漠盡，北來城帶海山長。分符望重諸侯伯，參政官煩給舍郎。關塞五年三出將，閭閻多事屢經荒。隨車少婦勞牽挽，失穴殘胡尚陸梁。共倚紂謀裨社稷，早聞憂國有封章。芝蘭莫遺蒙蕭艾，貔虎終教制犬羊。充國屯田長在漢，士安租調總歸唐。朝廷拔擢君何忝？朋輩交遊我未忘。離別此時無限意，酒酣分手脱干將。

與時用陪士常話别聯句翌日士常見和因疊前韻

客去蕭然卧北窗，興來誰復倒餘缸？鐘聲坐覺催寒漏，燈影長憐伴夜釭。徐榻正懸懷舊侶，郢詞初變憶新腔。憂時每念丹心獨，抗世寧教白眼雙。敢謂文章非忝竊，未看民俗盡敦龎。名場有紲身仍繫，宦海無風浪亦撞。交重雷陳真不減，才非元白已全降。孤藤幸託千年樹，一葦終期萬里江。望裏停雲心脉脉，曲中流水恨淙淙。還家莫歎關山隔，聞説絃歌似魯邦。

再疊前韻送士常

亂葉回飈坐打窗，幾時清話擁寒缸。歸期好趁殘冬雪，離思先縈昨夜釭。鄉樹影稀遥辨色，胡笳聲斷不聞腔。重岡路折羊腸九，尺紙書回雁足雙。南望關山真設險，北來風土舊含龎。詞争趙穎錐全脱，氣壓增門斗易撞。人傑有靈君不忝，交遊無用我先降。秋風騣裹將辭市，春水芙蓉正憶江。西壁可容窺末照，東流從此識歸淙。千金學得屠龍技，未遣青袍滯一邦。

寄題松江曹封君屏山别業 刑部員外郎時中之父。

江上山圍碧玉屏，九峰深處一峰青。風低桂子香垂屋，水足桃花浪擁汀。謝傳園中開別墅，司空谷裏見新銘。曹嘗自作壽藏。蘭橈力短歌仍緩，鶴氅寒多酒易醒。月滿舊遊隨夜燭，日高幽夢繞晨扃。行時載藥非因市，静裏占蓍或有靈。月旦里評勞衮鉞，春秋鄉燕仰儀形。傳家剩有樊侯漆，教子親將伏氏經。名字中朝天子命，身爲南極老人星。山中吏隱從來别，不似揚雄舊草亭。

無塵舫

瀟灑城西屋數椽，端居長在木蘭船。東華塵土翻疑夢，南國江湖別有天。燈火對牀懷夜泊，巖巒欹枕憶朝眠。囊空剩有圖書載，地僻都忘里巷連。明月在庭知浪静，遠山移坐覺風偏。行隨樹影如開纜，坐扣闌干却代舷。歐老再逢須作記，李膺如到合登仙。吴橋宛對霜中宿，剡水真從雪後還。聖世已無浮海念，高情誰和濯纓篇？萬間廣厦何由見？見説君才好濟川。

題青巖隱居記後

青巖者，王忠文公子充讀書之所也。公爲翰林待制，死事雲南。後若干年，其曾孫汶舉進士，持青巖圖視予，公所爲記，義門鄭長史楷所書，公伯子綬之詩與仲子紳之文皆在焉。

青巖西面接嶙峋，聞道先生舊隱淪。二水夾流通澗谷，兩山高起隔風塵。唐川地古猶稱越，唐有華川縣，廢，公始號華川。元世兵餘合避秦。公隱在至正年。墅似羊曇非乞舅，記云：依外家傅氏而居。居緣孟母不求鄰。長懷龍卧歌梁父，豈學羊裘老富春？書詔早傳行在所，天兵至婺，公首以徵見。衣冠生及太平辰。紀言右史親沾命，公嘗爲起居注。仗節南荒竟委身。白髮鄭公鄉里在，青氈王氏子孫貧。家聲六代科名出，國典先朝謚法新。公謚在正統間。今日醉鄉還有記，當時嵩嶽豈無神？曾披汗竹開金匱，擬束生芻吊玉人。遺像雅篇俱在眼，斗山瞻望敢辭頻？

城塘書屋爲邵吏部日昭作

陽羨峰高荆水深，草堂風物静蕭森。層軒不礙浮雲色，曲徑遥通野岸潯。自引溪泉教作澗，旋移鄰竹看成林。憐花肯信兒童折，愛樹時防鹿豕侵。身在儘餘容膝地，囊空頻散買書金。門無俗客城中駕，坐有清風石上琴。仰止高山誰獨步？跫然空谷有餘音。卦探羲氏陰陽畫，詩和堯夫首尾吟。臺省正逢推轂日，江湖空憶挂帆心。王郎舊業今何有？十載庭槐滿地陰。

黎滄隱觀趣樓

龍峰峰下俯江流，上有元龍百尺樓。疊嶂遠從巴樹擁，巨濤平蹙楚天浮。芳村花柳春風遍，晚歲桑麻暮雨收。汀鳥下時雲片片，渚鱗行處水悠悠。樵歌出徑遥通谷，釣舸回溪却繫洲。或有幽人來問字，更無豪客爲停騶。陶園未涉先成趣，蘇酒多藏不待謀。達士豈知名教樂？大官終有廟廊憂。百年天地容吾老，千里江山憶此遊。忽省故園迷處所，鑑湖東畔瀼西頭。

鏡川楊先生宅賞蓮得蕖字

不駕城東款段車，偶來池上看芙蕖。盈盈素質秋波外，濯濯紅香夜雨餘。照影宫妝新入鏡，溯風仙步欲凌虚。誰言畫手工能貌？自笑酡顔醉不如。二女江頭裙染茜，六郎天上錦爲裾。恥將脂粉同傾國，却有文章爲起予。太華峰高唐客詠，若耶溪近越人居。身閒與世論清濁，心在隨時作卷舒。幾日物華驚又變，百年情賞幸相於。留連不覺詩成晚，起向金蓮燭下書。

雪和佩之韻上元後一日

天風吹雪下鼇山，天上仙郎白玉顔。雲母屏風春卷幔，水精宫闕夜開關。光疑素月鴉初動，路繞層空鶴乍還。冰溜墮簷真欲滴，風花滿樹若爲攀。詩才絶妙君堪比，酒價從高我未慳。净掃柴門無好客，草堂幽處不勝閒。

雪不止疊前韻

漫將春雪比冰山，日薄風稀漸改顔。怯勢已銷紅獸炭，欺貧猶擁舊柴關。無情竟作凌空去，作態猶能拂袖還。積淖有時妨跋涉，乘危何力任躋攀？人情自覺多時厭，世事長於好處慳。莫怪雲師太驅逐，向來贏得一冬閒。

長至祀陵紀行

九重霜露重三時，盛代官曹有令儀。南陸正回羲馭晷，北軺仍遣漢陵祠。身辭左掖爐煙裏，路出西郊野水湄。已少遊塵輕撲面，更無飛雪亂侵肌。居民小市多新集，勝國荒城祇斷基。耕罷疲牛驅再作，蹶餘羸馬墜還騎。遍觀禾圃知秋熟，稍憩茅簷覺午移。別苑場空猶苜蓿，孤村樹老自棠梨。因過古渡傷心切，爲送停雲駐足遲。歲晚萍蹤懷故侶，境偏芹館赴幽期。詞林舊邸經年在，諫議高名後世遺。莫厭車裝頻去住，載看堂構幾興衰。松風入夢長驚枕，槐月窺人直到帷。絳帳廣文停夜酌，白頭老將具晨炊。傳教騶隸齊回節，逢著樵夫屢問岐。高歷翠微時縹緲，俯穿青逕轉逶迤。千尋紫殿琉璃合，百尺銀橋蝃蝀危。暗昧敢忘蘧瑗禮，寂寥深感杜陵悲。神宫久閟仙遊迹，御製親題聖德碑。龍脉蜿蜒岡勢繞，獸形猙猛石工奇。山腰列雉圍成郭，巖竇諸泉匯作池。廬宿坐殘紅榾柮，屐登梯盡碧參差。中官啓户鳴金磬，都尉升階奠玉卮。林迥側聞豺兕静，天低下闞斗星垂。光遥爟火依稀見，氣隱葭灰次第吹。虎拜憶從三舞蹈，駿奔甘效獨驅馳。行囊競與歸途急，旅榻真於睡思宜。霽景忽開雙倦眼，閒情或上兩顰眉。黄樓作賦思攜客，紫塞論兵念守夷。珠刹富填捐施主，土墻貧擁負暄兒。香濃蟻瓮聊供醉，寒近貂裘竟不知。每愧謀猷裨獻納，僅將筋力付娱嬉。朝趍未報鳧飛信，庭覲先陳鯉退詩。二紀兹行今千度，春寒風物合分誰？

送董生天錫還寧都

瀟灑詞垣玉樹風，夜堂煙暑坐來空。未論聳壑過房相，且賞清談似阿戎。别苑芳茗鳴翡翠，舊巢歸鳳識梧桐。庭趨正在聞詩後，雲望翻於駐馬中。少日方言諳薊北，去時鄉夢隔湖東。衡廬地遠千峰接，章貢城分二水通。故老見須驚丱弁，大人占尚憶羆熊。摽梅實在星垂户，林桂花開月滿宫。報得泥金非浪語，奪回幖錦是奇功。通家屢辱常林拜，先爲題詩賀若翁。

李東陽全集卷十九

懷麓堂詩稿卷之十九

五言絶句

西涯雜詠十二首

海子

海子西入城，中與龍池連。高樓沙口望，正見打魚船。

西山

磐石傍幽溪，羣峰坐回首。静愛白雲來，蒼苔濕衣久。

響閘

春濤夜忽至，汩汩溪流滿。津吏沙上來，坐看青草短。

慈恩寺

水繞湖邊樹，花垂石上藤。長來寺前坐，不識寺前僧。

飲馬池

立馬春池上，沙水清可憐。溪翁熟予馬，汲罷不須錢。

楊柳灣

沙崩樹根出，細路縈如棧。垂柳隔疏簾，人家住西岸。

鐘鼓樓

月黑行人斷，高樓鐘漏稀。城中聞夜警，邏吏不曾歸。

桔橰亭

野樹桔橰懸，孤亭夕照邊。閒行看流水，隨意滿平田。

稻田

水田雜花晚，畦雨過溪足。老僧不坐禅，秋風看禾熟。

蓮池

秋風吹芰荷，西塘涼意早。獨負尋芳期，苦被詩人惱。

菜園

西園芳意濕，不聞春雨聲。野人閉門睡，園中青菜生。

廣福觀

飛樓凌倒景，下照清徹底。時有步虛聲，隨風渡湖水。

畫禽二絶

江柳着風多，沙頭一燕過。相遭兩不定，無力奈春何。

又

歲晚羣芳盡，空林野啄稀。安能學鸜雀，直作傍人飛？

畫竹二首

山風與溪竹，共作一林秋。行人休更往，前路有鈎輈。

又

旭日照珊瑚，秋風碧海枯。只愁龍化去，不敢鬭齊奴。

三緘圖

舊説三緘者，長疑此義偏。空齋默坐後，須信古人賢。

雜畫四絶

雪滿千山路，茅堂只數椽。幽人與修竹，相對不知年。

又

春岸桃花開，江頭夜來雨。借問垂釣翁，中流深幾許？

又

荷擔歸來晚，山深畏日斜。城中望煙火，不敢宿山家。

又

樹寒風起早，江静月來遲。此句中宵得，幽情欲語誰？

便面小景二首

江闊水煙通，孤帆勢入空。舟人意不極，日暮更呼風。

又

江雨夜生苔，柴門傍水開。溪翁自有興，不爲野人來。

題畫二首

官柳何青青，低垂覆江岸。日暮無人行，風吹幾枝斷。

又

垂釣臨中流，攜琴過前浦。應笑山中人，長年著書苦。

雜畫四絶

客來叩我門，門前秋葉落。山翁長在家，不放湖邊鶴。

又

稚子牽衣泣，鄰翁答語喧。歸人定何處？風物似羌村。

又

地僻長宜静，郎潛亦愛貧。貧家不釀酒，自有問奇人。

分金圖

畫師好畫鬼，極力窮幽深。世亦有真鬼，畫形難畫心。

四海多瓦礫，兩心同一金。金尚不可破，誰能離此心？

雜畫四絶

入谷聽幽泉，依稀隔雲注。欲觀泉出時，須向雲深處。

又

黄葉荒村路，閒門車馬稀。隔籬山犬吠，莫是遠人歸。

又

出郭望前山，溪行夕照間。詩成無和者，獨跨蹇驢還。

又

月黑山更昏，江深雪無影。中夜棹歌聲，幽人夢初醒。

白頭翁畫

莫道春風好，春風易白頭。君看花裏鳥，亦有世間愁。

六言絶句

出城四首

塞雁銜寒獨回，柴門傍暖初開。青到城頭柳色，東風昨夜歸來。

洪慈寺裏人醉，主事墳前草生。世路悲歡如此，舊遊何處忘情？

田間白屋高低，渡頭芳草東西。幽禽隔樹雙語，瘦馬思青獨嘶。

水繞平沙遠村，鳥啼雙樹名園。西涯野客多興，十日春寒閉門。

便面小景

緑盡平川渺渺，青含遠樹依依。芳草原頭雨過，夕陽江上船歸。

七言絶句

布穀

春雨園林布穀聲，聲聲不住勸春耕。雙旌五馬誰相問？此物頻來似有情。

戴勝

園中少婦把桑歸，掩袖低眉半落暉。羞見山禽頭似錦，繭絲繰盡不成衣。

題畫

十日雨多不出門，今日出門雲霧昏。扁舟欲往恐無路，何處青山江上村？

馬上口號

早朝騎馬赴長途，詩骨衝寒細欲無。此夜小齋風雪裏，有人高枕卧江湖。

偶成四絶

幽薊以南無片雪，蕭然田野盡荆榛。未論來歲春苗熟，且免荒村凍殺人。

京城百萬開新糴，官價空低市價高。聞道達官多大屋，轉輸無乃役夫勞。

東安野老攜兒至，歲暮相逢慘澹中。剩説前年好生事，渚芹溪橡不曾空。

三日不食賣牛犢，十日不食兼賣屋。惟有懷中數歲兒，明朝各自東西哭。

春在二首

睡足東窗眼倦醒，城中塵土晝冥冥。風光隔眼不相見，春在西涯舊草亭。

雁去平江煙水空，短蒲修竹自成叢。東風一片滄浪夢，春在瀟湘細雨中。

畫鶴二首

舊載仙人白玉笙，即隨淪謫下瑶京。空山試舞前溪月，記得霓裳拍裏聲。

裊裊秋風竹上生，十年毛羽未全輕。簫聲莫向中宵動，瑶草沙中月正明。

和李若虚秋官韻二首

蕭條歲晚無生計，草樹春來一遍新。隴上耕牛能幾個？望春春至却愁春。

歲歉何煩更出師？厭聞烽火報關陲。腐儒憂世成何用？和得西曹數首詩。

畫鷹

寒重青林殺氣多，歸來健羽戢雙戈。前山日墮冬天黑，雪裏妖狐夜渡河。

延平劉郎中廷信所藏紅梅三首

美人家住越江城，翠袖紅顔最有情。猶是江南無雪地，雪中看得更分明。

莫種西湖淺水濱，水清花豔各傷神。春光不與花相妒，花到開時却妒春。

玄都寂寞花無主，劍浦芳菲樹亦香。顔色似同風格異，劉郎非是舊劉郎。

陵祀道中次韻答周松露亞卿四絶

曾於秋夕奉明禋，又向西陵擁佩紳。私禫幾時還國禫，極知爲子愧爲臣。

萬方同日荷堯仁，舊事淒涼敢重陳？恩寵最先奔走後，東陽龍飛初科進士，臨送、祥祭皆不與。未勝餘恨欲沾巾。

兩度西垣辦北裝，病回剛過一秋强。重來更覺多詩興，爲有南宫老侍郎。

畏寒那免借重裘，已向陳郎愧昔遊。誤使同袍羨光彩，瘦僮羸馬不勝愁。

會稽雜詠 用貞先翁嘗遊會稽，有倡和卷，用貞藏於家。

塗山

山頭龍氣鬱岧嶢，山下梯航萬國遥。千古中峰在霄漢，至今猶受衆山朝。

曹娥江

死隨枯骨葬江濱，報德真憐女子身。千載斷碑空過眼，當時亦有姓曹人。

菲泉

黄屋蕭然四野清，菲泉從此亦嘉名。酒池春水三千斛，不洗周王萬國兵。

靈鰻井

山川寂歷不知夜，風雨冥冥人獨行。却有老鰻生水底，怪來潭樹作秋聲。

禹穴

江南禹穴奇天下，司馬文章實似之。頗憶江山有神助，滿窗風雨坐題詩。

蕺山

蕺蕺秋風古井邊，英雄遺迹到今傳。吴亡越霸須臾事，辛苦空山二十年。

沉釀川

買斷平川十里春，富人常醉醒人貧。相逢莫道清如水，錢到波間亦有神。

戲題畫扇

漠漠天陰催日短，冥冥詩思入花遲。山童野鶴隨人意，問到春寒兩不知。

黄鶯

柳花如雪滿春城，始聽東風第一聲。夢裏江南舊時路，隔溪煙雨未分明。

雙雁

歲晚長林共落暉，野寒吹雪夜侵衣。伯勞雙燕俱無賴，腸斷春風各自飛。

班鳩

積水寒蕪遍野田，惱人幽鳥隔深煙。不須更喚溪頭雨，麥爛蛾飛又一年。

周評事墓山二首

高臺雲散古城西，潮落空江月向低。此夜慈烏應繞樹，羽毛寒盡不成棲。

漠漠横塘野水春，暗煙重樹失江津。山中寒食風和雨，吹落蘋花不見人。

題趙仲穆挾彈圖二首

東風挾彈小城春，遊騎飛韁不動塵。道上相逢休借問，衛家兄弟霍家親。

落盡金丸萬鳥空，花間立馬傍東風。王孫醉筆飛揚甚，人説風流似魏公。

讀漢史

緑囊方底殿屏東，密使潛書晝夜通。落盡仙桃春不管，更教雙燕舞西風。

題畫

水藏沙縮不聞湍，雪滿空山獨樹寒。誰見玉龍天上戰，至今頭角倚江蟠？

虞美人

按劍孤營落日昏，楚歌聲裏漢兵屯。當時國士無存者，獨有虞姬不負恩。

燕

繡户珠簾有路岐，别時嫌早到嫌遲。主家只解憐毛羽，涴盡雕梁不自知。

嚴子陵

一代巢由賴此翁，世間元自有三公。偶教識得君王面，白首猶煩到洛中。

太公

白首蒼生意未忘，起扶衰老爲殘傷。也知戰伐非吾事，不殺軍中叩馬郎。

張子房

博浪椎車亦壯哉，圯橋納履太低回。當時不用黄公術，老去終爲赤帝猜。

王子猷

平生愛竹手頻栽，江上人家一徑開。縱是無心已成癖，葛巾芒屨爲誰來？

李太白

醉别蓬萊定幾年，被人呼是謫神仙。人間未有飛騰地，老去騎鯨却上天。

范忠宣

天下蒼生望哺深，君家父子總關心。麥舟亦是區區事，薄俗猶能慨古今。

周濂溪

不是芳菲解泥人，自家生意總來真。當時只許程明道，道得前川句裏春。

蘇子瞻

兩國山川一戰功，子瞻詞賦亦争雄。江流自古愁無限，落木長天萬里風。

題柳邦用蒲石圖

瀟瀟風雨入江多，白石青蒲倚棹過。長憶幽芳不能采，美人今去意如何？

夏太常墨竹

白髮先朝老夏卿，酒酣隨筆意縱横。空梁月落仙臺迥，猶聽清秋玉佩聲。

讀文山集附録

狀元忠義古今傳，野史何如舊史全？删述總煩胡學士，姓名猶記丙申年。

畫竹

漢皋亭上起秋風，夜逐湘靈下楚宫。曉入碧雲看不見，墮鈿遺佩各西東。

林郎寒鴉圖二絶

萬里長空倦羽翰，野風殘雪歲將闌。紛紛燕雀高飛盡，獨宿空林一夜寒。

斷堤疏柳不成行，上有寒鴉帶夕陽。十載丹青那更得？煙波江外老林郎。

海鷹圖

漫雲如水浪如山，屹立中流砥柱間。莫怪眼中無燕雀，暫時飛到即飛還。

送吴汝賢歸省莆田

畫船簫鼓越溪行，十載青山憶送迎。咫尺鄉關心萬里，白雲飛盡海邊城。
夜深歌酒動江樓，春入高堂鬢裏秋。一日承歡寧易得？十年身在鳳池頭。

題張儀制所藏杜用嘉畫

時杜已没多年矣。

聞説當年杜陵老，老來詩畫滿江干。青林白屋蕭條在，每到東曹一借看。

華表鶴圖二首

城頭華表切雲低，千歲無端得重棲。莫道鶴言非物怪，山君元不問昌黎。
城郭人民果是非，千年誰見鶴曾歸？都來一覺人間夢，錯向黄冠問縞衣。

李東陽全集卷二十

懷麓堂詩稿卷之二十

七言絶句

題扇次倪良弼稽勳韻

渚蘭汀芷思芳年，多在秋風白露前。欲把青溪溪上笛，夜涼吹遍泬寥天。

海潮圖

月明初滿妙高臺，江上潮頭夜半來。恨不海門三日住，北風吹雨看崔嵬。

墨梅

碧溪寒水淡無痕，照見孤山處士魂。此夜獨吟應不寐，隔江清影未開門。

墨竹

翠佩瑶環昨夜風，渚雲飛盡楚王宫。青娥舞罷婆娑曲，人在空山月影中。

先春亭

幽人屋近梅花住，載酒呼童出每遲。誤向花間問春色，不知春在未開時。

應伯起墨梅

老香遺墨未全磨，見説咸淳似永和。畫手人間那更得？澄心堂紙已無多。

題畫二絶

風落空山老樹秋，斷溪幽咽水空流。何因得共幽人話，消盡西窗一夜愁？

隱隱幽巖曲曲泉，石林茅屋兩三椽。平生不盡江山興，只是丹青已可憐。

題畫

隔岸溪分野色齊，渚煙汀草望還迷。深山似有幽人宅，不是湖東是瀼西。

牧羝圖

仗節驅羊不自憐，白頭歸國意茫然。陵亡律死須臾事，誰更能消十九年？

沈啓南墨鵝

點染鵝溪玉雪光，忽驚毛羽動寒塘。君看十五年前筆，已有詩人説沈郎。

題畫

水窮雲起兩無期，獨坐空山日暮時。好是王維詩裏畫，畫中那復更題詩？

怡雲圖鳴治以寄其族叔世弼者用亨父韻

不用將雲寄隱君，隱君山自有閒雲。雲邊若遇陶弘景，莫遣高歌世上聞。

子母箋一首與仲律 仲律見索小箋，數日酬和，還者過半，因名爲子母箋。

朝來東館暮西涯，子母箋成豈浪誇？猶有貪心勞望眼，半隨詩句落誰家？

題畫

月斜長信晚鐘聲，又報羊車過夾城。清夜獨吟霜雪句，手攜團扇背花行。

蘆雁

江上黄蘆風作花，一雙秋影落寒沙。春風又緑長安草，何必江南有歲華？

戲題屠元勳小扇

蒼苔白石浄無塵，十畝青山絶四鄰。剩欲逃名此中去，祇愁詩債遠隨人。

草廬三顧圖

魚水君臣豈易遭，幾人三顧不辭勞？一從釣渭耕莘後，誰似先生出處高？

墨竹

亂石層崖捲暮湍，秋風吹老碧琅玕。蒼蒼月色蕭蕭籟，併作空堂一夜寒。

安遠柳侯所藏墨竹

莫問龍孫與鳳雛，渭川門閥重江湖。看君合是封侯相，已作昂藏一丈夫。

梧竹圖

雨幹霜枝偃欲扶，兩心應與石同枯。山中歲月無人記，曾宿當年老鳳雛。

夏仲昭墨竹　有朱氏仲昭印。

江南墨竹近來荒，剩有人傳夏太常。圖印祇今猶舊姓，風流知是少年狂。

畫鵝

宛轉臨流意欲飛，野雲溪雪亂光輝。莫教洗墨池邊過，共惜娟娟好羽衣。

梅鶴圖

野色茫茫水接空，數聲風鶴亂西東。夜深不辨梅花路，知在輕煙素月中。

畫魚二首

禹門人道不凡才，咫尺煙波萬里猜。剛見赤鱗三十六，尚疑平地有風雷。

右鯉

清池玄鯽映霜空，鱗尾分明素浪中。顔色未能同赤鯶，似應呼作黑頭公。

右鯽

題周御醫原己賜扇寄乃翁菊處處士

九華宫扇簇春雲，上有仙書寫八分。林下清風試披拂，布袍應惹御爐薰。

畫瓜

玉盤秋露水精寒，冰齒餘香嚼未殘。暑月爲君清到骨，不知身在畫中看。

畫菜

坐憐幽意滿閒庭，長見春畦過雨青。記得蘇郎舊風味，雪堂中夜酒初醒。

牧牛圖二首

雨足平田水亂流，衹應牛背穩如舟。歸來記得前村夢，月滿千山一笛秋。

月明吹笛過前溪，牛背歸來夜不迷。還似小西門外望，淡煙芳草路東西。

題畫

不惜柴門一徑苔，杖藜長是爲花來。黄花也解幽人意，似向西風作意開。

題杏花圖贈吴原璧下第後判黄州

吴剛自是斫桂手，不折東風杏苑花。二十四回京國夢，豈知春在楚天涯？

希夷睡像次體齋韻

萬古乾坤一草廬，春風長在黑甜餘。自從驢背翻然墮，縱有蒲輪不上車。

題畫

碧瓦朱樓素月中，蘇臺東望海門通。何人解作孫郎嘯，一夜千山萬木空？

墨牡丹二絶

老來青帝亦風流，年少花王正黑頭。共憶東風舊遊路，亂紅殘紫不勝愁。

淨洗濃妝不受塵，墨池清賞稱詩人。休憐一朵揚州白，猶是煙花夢裏身。

畫

步屧空林散夜涼，斷橋斜帶入溪霜。仙家晚飯無煙火，猶記山中石髓香。

題徐御醫畫卷

憶別江南花草地，十年幽夢滿京塵。還家尚喜兒孫識，不是天台采藥人。徐本姓劉。

太白扶醉圖

半擁宫袍拂錦韉，有誰扶醉敢朝天？玉堂記得風流事，知是吾宗老謫仙。

白頭翁圖

名園芳事入新年，繡羽無聲意共傳。可是春風消不得，白頭如雪對花前。

題崑山屈鑰畫竹

太常墨竹似彭城，又到江南屈處誠。可是崑山能種玉，一枝初老一枝榮。

畫松三首爲卜刑部從大題

玄雲匝地黯無輝，老榦盤空勢不歸。疑是葉家堂上見，夜深風雨墨龍飛。

十年不到山中路，又見青松畫裏生。擬着茅堂最深處，石窗涼雨聽秋聲。

郎官對坐一松孤，共識西臺兩大夫。十八年中今已半，夜來曾夢作公無？

梅月圖次韻

影娥宫殿月参差，却認梅花是桂枝。欲采幽芳無處寄，人間天上兩相思。

畫馬四絶

野花開盡紫騮嘶，老樹風高落日低。十載沙場無一戰，老來林下嚙霜蹄。

照夜瓊階匹練明，月中疑是踏空行。若教畫史當時見，縱有霜毫貌不成。

望斷朱門白晝長，野煙溪樹晚蒼蒼。也知羈杙爲身累，思繞秋風苜蓿場。
毛骨真疑潑墨成，柳花初點雪分明。祇愁化作蒼龍去，聞是當年渥水精。

棄瓢圖

至人於物本忘情，瓢繫猶嫌樹裏聲。應是向來新洗耳，個中聽得更分明。

紅梅爲力齋題

誰道南枝勝北枝？北枝偏耐雪霜欺。雪霜消盡春風改，只有丹心似舊時。

梅月圖

清溪倒影入空寒，月色梅花共一般。夜半落英看不見，暗風吹墮玉蘭干。

花鳥便面爲泉山修撰作

開遍江頭荔子花，幾年春日住京華。南枝越鳥如相識，飛入端明學士家。

畫扇

水西亭館路逶迤，客到衡門出每遲。相别幾時長揖罷，定應先誦近來詩。

畫二首

野色湖聲遠近中，緑荷翻雨稻含風。幽居無限山林景，只隔柴門便不同。

露下空江宿霧收，月華天影共沉浮。輕舟莫放乘流去，恐入銀河犯斗牛。

夜合花二絶

夜合枝頭别有春，坐含風露入清晨。任他明月能相照，斂盡芳心不向人。

袂掩芳塵欲避春，羞將月夕换風晨。向來花品看應熟，不待開時已可人。

送張閫幕兼素借陳石齋詩稿

病來三日廢吟詩，石老詩清想見之。爲報故人張幕府，中郎書秘有人知。

空山野食無煙火，靈籟天聲自管絃。我亦從今斷葷飲，爲公重和石齋篇。

壽陳石齋母節婦竹枝七首

北堂有草解忘憂，八十爲春八十秋。若與莊椿同數壽，八千從此是從頭。
少小爲婆今作婆，朱顏兩點鬢雙皤。孫在堂前爲婆舞，孾從堂上聽兒歌。
教子讀書還織繒，紡車啞啞繞青燈。母今髮白子亦白，白髮相看無限情。
名家綽楔起高樓，節婦名題在上頭。石柱如山屹不動，門前江水自東流。
大忠祠下非無路，節婦門中更有人。莫道人心不如古，須將節婦比忠臣。
慈竹生孫正滿坡，閉門秋色轉婆娑。桃花柳絮無拘束，縱得春光亦不多。
嶺南風景直千金，楚客歌成萬里心。莫作楚歌歌此曲，阿婆元解嶺南音。

題畫三絶

雨餘東郭草萋萋，花底垂鞭信馬嘶。莫怪山僮行不得，石根猶滑舊時泥。
問水尋山路轉難，攜琴不覺過溪寒。祇應城市無閒地，不到深林未可彈。
雪滿前溪竟不知，一燈寒影下書帷。櫓聲咿軋中宵至，不是王郎更有誰？

雜畫

雪藕霜梨冰齒寒，翠瓜和露出秋盤。多情更謝西園笋，併作山齋一味酸。

鷺鷥

野水和煙向晚昏，一絲摇曳欲無痕。遊魚不動風前餌，夢繞秋江處處村。

鴝鵒

宛轉清音世所稀，巧將言語奪天機。翠籠鸚䳇休相詫，只讓翩翩好羽衣。

慰方石先生病手及口次韻各一首

隻手難教左畫方，病肢終以右爲强。持螯未覺風流減，對客揮毫也未妨。

病口慵開興亦孤，逢人一笑且胡盧。不須更作懸河辨，縱有懸河濟得無？

雜畫四絶

度竹穿花處處心，暖風晴浪影浮沉。亦知春去無多日，猶在花叢與竹陰。

右蝶

澗草園花各自春，喓喓趯趯意俱真。試從象外看生色，始覺天機不屬人。

右草蟲

五月桑園葉再生，吴蠶初熟暑風清。山禽一夜頭如錦，貧女繰絲尚未成。

右戴勝

啄遍高林蠹已空，枝頭獨立向西風。莫將毛羽論長短，要録山禽爪觜功。

右啄木

題計汝和墨菊

偶將盤礴累高情，畫苑人人識姓名。一自長安賣墨菊，擔頭桃李價全輕。

沈石田山水

翠竹碧桐秋氣高，洞庭南望俯亭皋。怪來落葉兼風下，知是幽人讀楚騷。

竹雀圖

愛聽琳瑯戛素秋，惡聞啁哳繞枝頭。若教愛惡渾無迹，須向天機静處求。

題畫二絶

雲暖深山藥草新，山僮應愧客來頻。多情獨有松間鶴，長爲殷勤報主人。

卧雪年深懶跨驢，客來猶未下庭除。心閒自覺渠輸我，詩好還應我讓渠。

鈎勒竹

晉水秋沉鐵鈎鎖，唐宮夜解玉連環。世間無限機心事，只在丹青伎倆間。

春草

過煙披雨見蒙茸，平野高原望不窮。同是一般春色裏，年年各自領東風。

泥金梅

梨花如雪柳如金，俗眼猶將較淺深。争似能黄更能白，兩般顔色一般心。

拔蒿二絶示諸生

委巷回風多暮塵，階前老蒿長刺人。呼童荷鍤相料理，忽見庭花放錦新。

拔去庭蒿庭始寛，向來茅塞本無端。誰道人心不如此，塞時容易拔時難？

題畫

波光樹色兩沉浮，水郭山村共一舟。柔櫓數聲聽未了，不知身已在中流。

戴文進畫菊

黄花開滿院前坡，醉殺西江計汝和。忽見錢塘著色畫，不知秋色較誰多？

題畫爲戴刑部同年

壁立西臺萬仞秋，人間炎暑一時收。道傍共指青松樹，得似棠陰庇九州。

題畫芥

雨洗塵沙不受侵，短籬横圃帶秋陰。城居不改山林味，世上何人識苦心？

便面小景

題蕉拜石兩無情，撏盡吟髭句不成。顧影忽然成自笑，爲誰癡立爲誰行？

詞曲

便面小景詞二首

浪淘沙

江上晚多風，且繫孤篷[一]。輕蓑細雨荻花叢。見説前溪波浪惡，休更匆匆。此興在江東，還似飄蓬。天涯白首畫圖中。把酒高歌從此別，何處相逢？

減字木蘭花

孤亭落照，一片青山宜晚眺。枉渚回波，短棹何人載酒過？祇愁歸去，蔓草寒蹊無覓處。他日重遊，記取前溪雙樹頭。

【校勘記】

〔一〕「篷」，原作「蓬」，顯以形近而訛，今據句意與抄本正之。

洛陽春・題金瓶牡丹壽羅冰玉五十

洛陽花入長安早，似天風吹到。絳羅高捲對羅郎，畫與詩俱好。　一陽生處春先報，報先生知道。年年畫裏看花來，看花老，人方老。

雨中花・題畫四闋

正愛月來雲破，那更柳眠花卧。簾幕風微，鞦韆人静，酒盡春無那。　迢遞高樓孤寂坐，縹緲笛聲飛墮。恨燭短宵長，院深墻迴，憑仗風吹過。

何處玉樓朱户？如隔暖煙香霧。荷芰池中，薔薇架底，風落花無數。　三十年華容易度，薄命任他分付。恨承露盤空，茂陵人老，誰獻長門賦？

庭下桂花如繡，門外月華如畫。雲母屏開，水精簾卷，照見姮娥瘦。　記得中秋風雨後，今夜清光依舊。怕犀箸風高，玉杯露冷，空把仙裙縐。

三十六宫臺殿，一夜雪華飛遍。旋撲罘罳，更窺疏綺，還繞流蘇轉。　人世幾回驚歲晏，天上春光應先。想白雪歌成，冰顏醉也，誰見春風面？

減字木蘭花・題畫

危峰欲墮，巖背老翁方穩坐。落葉無聲，樹底風來了不驚。祇緣詩癖，縱有閒心閒未得。剛道忙來，世事何曾一挂懷？

浪淘沙・題牡丹

春去有餘春，且付花神。天香滿地不沾塵，報道夜來新雨過，雨過還新。芳意比佳人，誰寫花真？碧雲爲蓋草爲茵。剛道花王誰不信，疑是前身。

李東陽全集卷二十一至五十

懷麓堂文稿三十卷

李東陽全集卷二十一

懷麓堂文稿卷之一

賦

篁墩賦

新安之篁墩，以竹名。黄巢之亂，凡地名黄者輒不加兵，墩之人更篁爲黄，以求免禍，其後因習稱爲黄墩。墩之程氏有晉賜太守元譚故第，梁將軍忠壯公靈洗亦以功祀於墩。其裔孫春坊諭德克勤，憤其先世賜第廟食之地，污於七百年之僞姓，乃按據譜册，復其名曰篁墩。予謂考古之學、反正之功，於斯爲大，乃賦其事以告其宗及其鄉之人，使知兹墩之克復舊名者自諭德君始。其辭曰：

旑蒙子退食玉堂，顧懷舊鄉。乃閲禹貢，觀職方，考地志，披山經，檢國史，搜家藏。望喬林於蓊鬱，吊古迹於蒼茫。續梓里之故事，得篁墩之嘉名〔一〕。

彼阜兮孔碩，莽修竹兮叢生。根連蜷以糾結，葉竦立兮崝嶸。物隨時而並秀，人與地而俱靈。乃有循吏出晉，功臣在梁。樹家聲於閥閲，存廟食於烝嘗。此程氏兮故疆，墩何爲兮彼黄？噫嘻悲哉！廣明讖妖，冤句興孽；有唐弗君，黄入其室。東踏齊、魯，南躪吴、越。過城爲墟，戰野成血。殃魚厄池，鬭鼠悲穴。當是時也，玉幣之所不能啖，鋒鏑之所不能折。解圍無外黄之兒，排難無邯鄲之傑。惟豎夫兮諱兇，賴故老兮多哲。寧僞姓兮暫蒙，庶疑兵兮不發。圖免禍於巽辭，豈甘心於折節？聊假物於音聲，遽遺羞於齒頰。山顰悽兮莫展，竹淚漬兮不滅。賊既死兮墩存，事已往兮名揭。嗤彼躬兮弗遑，奮我肘兮誰掣？慨世俗之無知，苦難湔而易巇，可勝惜哉！

於是操斧鉞之權，秉春秋之管。剛腸爲之寸結，怒髮爲之雙短。慕盜泉之不啜，念朋字之當辨。恥跖樹之是依，思召棠之勿剪。豈名姓之足争？實邪正之相舛。汛氛埃於舊域，揭日月於華扁。還趙璧兮秦庭，復王田兮漢版。植綱常於已墜，誅姦雄於既殄。快九世之餘讎，回千鈞於一挽。懷世忠之遺風，每爲恨兮不淺。幸此地之猶逢，恨吾生之既晚。

于時鄉之父老走而相告曰：嗟乎，有是哉！物换兮星馳，朝遷兮市移。江山是兮人民非，生紛紛兮死離離。好不識兮惡不知，嗟吾曹兮徒爾爲。微太史之爲賢，吾倀倀兮誰歸？諒靡德兮莫報，匪吾人兮獨私。拂莓苔兮古石，掃蕪翳兮荒祠。勒銘章兮篆籀，修俎簋兮威儀。既乃命酒酹地，呼山靈而告之。景若表而開明，地若闢而平夷。林柯若起而夭矯，土石若增而崔嵬。瞻虎豹之炳蔚，睹鸞鳳之葳蕤。彼鬼魃兮安在，曷汝虫兮足悲？獨勳德之未泯，與文章而相輝。

客有好事者聞而爲之歌，歌曰：墩兮篁兮，誰使汝爲黄兮？篁兮墩兮，亡吾又使存兮。嗟墩之人兮，勿我諼兮，將以遺我孫兮。

【校勘記】

〔一〕「篁」，原作「笪」，顯以形近而訛，今據文義與抄本正之。

蒙巖賦

宜興邵翁士忠居國山之陽，居之北有巖，巖下有泉，觀而樂之，有取於易之蒙，因自號曰蒙巖，著志也。其子武庫主事賢請賦其事，乃爲之辭曰：

有巖崝嶸兮，崛起乎國山之南。盤十步以九折兮，與青天而相參。叢葩雜卉駢植以旁沓兮，忽朝霏而夕嵐。下則谽谺犖嶨，左環右匝，奄若覆而爲龕。幽泉泯泯出其下兮，見微涓之瀸瀸。窅冥濛其未出兮，若懷沖而抱慚。漸紆徐以湁潗兮，沸羣漚之四沾。或觸石以迴薄兮，曾不少行而又淹。復膏澤而黛蓄兮，瀰淪汩潏下注乎清泠之潭。奔騰砰湃勢不可以暫止，沿溪入海兮或可舟而可帆。抑孰使之若此？無乃造化之機緘。

繄幽人之好奇兮，構茅竹而成庵。納微曦於瓮牖兮，闞重簷之眈眈。倚空崖之廓落兮，濯寒流之清濂。曳韋裳與竹杖兮，超逸步而孤探。極俯仰於無垠兮，得大化之一覘。物必晦而爲明兮，孰爲洪之匪纖？曰微彙其猶若此兮，吾有感於羲皇之占。抱嘉情以獨處兮，聊藏貞而養恬。斂華英之外飾兮，信予美之中含。念聰明之未達兮，彼物理其焉能諳？艮欲止兮尚靜，坎遇險兮猶謙。始寸進以尺積兮，必盈科而後漸。恥旁流之匪正兮，懼污潢之近嫌。擇前塗得所往兮，奮修程之載兼。渺聖道其猶望洋兮，懼吾力之未堪。夙興夜寐吾猶未遑兮，敢微功之是貪？

縱博觀以内省兮，匪遊盤之足耽。庶漸漬以自溉兮，詎云物之能咸？惟童蒙之得所養兮，幸餘波之可覃。嗟少壯之好修兮，鬌予髮之毵毵。歎流光之不我留兮，倏郵亭之過驂。德吾使育兮行吾使果，吾復何求兮吾將老乎兹巖。

奉詔育材賦 有序

成化戊戌春二月，禮部試貢士，得三百五十人。三月，策試於廷。既賜第一甲三人進士及第，爲翰林修撰、編修；復詔内閣臣擇第二甲以下文之優者爲庶吉士，命學士錢唐王公、南昌謝公莅教事，遵舊典也。

謹按：書曰「彰厥有常，吉哉」，又曰「庶常吉士」；詩曰「藹藹王多吉士」。今之所謂庶吉士者，所以儲材蓄德爲天下用，古之遺意存焉。蓋自高皇帝立法創制，義精慮遠，出於歷代之所不及。及文皇帝二年甲申，詔庶吉士與第一甲曾公棨等二十八人肄學翰林，而周文襄公忱以自陳在列，皆上所親擇，命學士解公縉莅之，而親顧問程試，大嚴賞罰之典，諸公亦感奮激勵，多爲名臣。若王文端公直、王文安公英、李忠文公時勉以及文襄，文章氣節、材猷勳業，卓卓在人耳目，儲材之典，於斯爲盛。皇上即位十有五年，自甲申至今，凡六策進士、四舉吉士之選，是科取人，不減前甲申之數。某以初科吉士簉國史，觀舊章，而是科復在禮部，濫同校試。今日之事，竊與有榮焉。仰惟朝廷造士之盛心、名臣鉅儒育材之休命、賢大夫士遭時之嘉會，皆足以詔天下，示後世，不可無所撰述，以宣達風教、相勵勳業者，作奉詔育材賦。其辭曰：

昔在文祖，時維甲申。闔陰闢陽，握乾奠坤。號令雷發，譽髦駿奔。如虎斯風，如龍斯雲。乃啓玉署，開詞垣；舉甲第，收羣賢。當是時，峨鉅冠，拖長紳，彬彬濟濟者二十有八人。降精靈於四嶽，應列宿於高旻。文章焜耀乎宇宙，德澤覃被乎生民。隘唐瀛之浩渺，俯漢閣之嶙峋。蓋嘗聆故老之餘論，而挹前輩之清塵矣。猗歟休哉！

若夫世歷五朝，國綿六葉。卿雲載呈，奎緯重合，禮門廓開；德化旁浹，棘省春試，臨軒晝接。搜羽翼於網羅，挽英雄於轂𨅊；録匭牘於宫墀，閲人門於仕牒。稽盛典之猶存，冀前蹤之可躡。乃詔學士二人，往授之業。命之曰：「噫！國重利器，器資良工。靡玉不雕，有金必鎔。惟我庶士，厥材孔良，爾職翰苑，文章之宗。

彼鎔爾型，彼瑕爾礱。爲鼎爲鏞，爲圭爲琮。獻我大廷，薦我明堂，惟爾之功，爾往其蘉哉！」二公受命，百辟傾聽。元老在席，羣僚交迎。踵沓肩摩，綏輝轂映。同朝肅引領之瞻，載路協彈冠之慶。芃芃乎連茹之征，藹藹乎菁莪之詠。自代有科目以來，無若是盛也。

其居則鰲極左峙，鯨波右折；鈎陳屬道，觚棱對闕。璇臺疊雲，畫棟凝月。風鈴語静，露榜花纈。丹芸翠蓮，叢植乎其前；瑶笙皓鶴，繚繞乎其側。其用則菱箋松墨，天府之藏；玉液瓊羞，大官之享。文縑積笥，楮鏹分幐。粟廩歲繼，膏缸夜明。出納之籍，地官所經。選部胥史，馬曹隸兵。百工什器，庀自冬卿。其書則東觀幽經，西昆秘録。宣明鴻都，石渠天禄。孔堂舊壁，汲冢遺竹。牙籤矗架，錦帶充屋。張華之所未嘗見，揚雄之所未能讀。其學則上溯羲農，下探鄒魯。五緯錯陳，六際咸睹。搜羅二儀，囊括千古。議必根抵，文必繩桀。制詔册命，王言是敷。表志傳記，太史所書。論勸懲關名教之大，作歌詠本性情之餘。蓋將闡百王之禮樂，而恢一代之規模者也。

於是二公乃進諸吉士而誨之曰：「子知國之所以待子者乎？此虞之意、周之制也。百僚之有師，而三俊之有士也。吾將考古學，陳舊章；臚明條，揭宏綱；定甲乙，分雌黄。約爾以大義，示爾以周行。爾膏爾車，爾帆爾航。駕聖途之蕩蕩，泳學海之洋洋。繪日月以爲輝，組雲霞以爲裹。聳廊廟之柱石，補山龍之衣裳。逸亭衢以騁步，與往哲而齊光。若乃旅逐羣趨，寅入酉出。鏤木爲工，畫餅爲食。縱堅白之嵬談，衒梔蠟之末飾。而或月弄風嘲，筆耕心織。利私書於子弟，糜公帑於朝夕。是豈徒李泰伯之憂抑，亦負陸敬輿之學也。」

於是諸吉士若喜而蹈，若斂而孫；若惕而驚，若起而奮。謹頓首再拜而進曰：「昔者左李嗜學，秘書是求；張竇辭官，不恥爲留。我獨何人，載歌載遊？屹門墻之在望，辱衡鑑之是收。觀洪漭之大荒，登崑崙之崇丘。敢不朝研暮索，上紹旁搜？竭吾才以必騖，及吾仕之未優。抽絲綸之藻思，輸藥石之忠謀。輔經世之大業，揚對天之宏休。庶吾夙昔之志，可以粗酬也。曷敢負明天子之德，以貽先生之羞哉！」

乃歌曰：巨鰲崒兮彼峰，玉堂起兮麗空。歷貝闕兮入紫宫，鏘予佩兮墀之東。匪吾皇兮聖明，予曷爲兮此逢？姬髦兮商耇，文之淵兮德之藪。瞻爲山兮望爲斗，大者爲師兮小者吾友。生之逢兮不先以後，矢予心兮終不負。干羽兮兩階，冠裳兮九陔。歌明良兮詠蒸哉，贊帝業兮延鴻釐。念功業兮及時，嗟古人兮我期。皋兮夔兮，吾舍此其安歸兮？

對鷗閣賦

對鷗閣者，侍講學士鏡川楊先生繼父志而作也。楊之隩故有閣，家徙而閣亦廢。先生之父梅讀公從祖父避地而歸，漸復故宅。嘗遊川上，誦李嘉祐「南風不用蒲葵扇，紗帽閒眠對水鷗」之句。蓋其志欲復兹閣，至先生而成焉。東陽從先生官翰林，獲觀所自爲記；又從其弟府丞維貞、編修維立，及其子員外郎志仁聞兹閣始末爲詳。乃作賦曰：

鏡川先生之作對鷗閣也，闢扉其陽，設牖於陰。乾藩坤籬，山帶水襟。遠則雷峰天井，石樓木阜。錫嶺金峨，翠巖雪竇。天童育王，驃騎車廄。四明中空，五馬羣走。句餘武陵之墟，聖公隱仙之居。左盤右紆，莫詳其餘。近則金碶珠潭，芝山桃浦。北渡南塘，蒓湖蓮渚。六港兩川，十洲三嶼。花迷學士之橋，竹暗尚書之墅。奇蹤麗迹，不可僂數。於是啓扉而入，則飛籟灑地，鳴琅戛空。鱗瓦動日，翬簷挾風。上下轇轕，東西冥濛。藏虚納秀，後與川通。開牖而眺，則屏圍畫張，澄練秋碧。長林落日，倒影千尺。平田一緑，與望俱極。若乃岸芷洲蘭，灘蓼汀蘋。杞柳欃槮而落蔭，蕖荷的歷而敷芬。鳧鷖爲雙，瀉鶄成羣。鳶跕跕以如墮，鮒洋洋而若馴。時有白鷗西來，載泛載遊。既飄揚以雪舞，忽浩蕩而雲浮。先生方對客高詠，覽物旁搜。獨宿留以延佇，若嬰情於彼鷗。

客有在席者起而問曰：「何爲其若是也？」先生曰：「噫！此吾先君子之志也，試爲子言之。我居楊隴，自宋及元。傑構連甍，有閣嶄然。國版受肇，家徒外遷。鞠彼蓬藋，蕩爲荒園。百礎星落，下沈清淵。先君子嘗惓焉於此矣。復芸棲之故地，創梅讀之新軒。歌越里之雅調，誦唐人之遺篇。將拂蒲葵而小憩，岸紗帽而閒眠。時度隙景，志齎重泉。彼鷗何心？以歲以年。予乃晨興暮思，左相右度。木叢嶠嶸，石疊犖确。十稔交閱，七楹並落。幸往志之粗償，恨九原之莫作。今我與子神遊丘壑，放意觴酌。孰懷厥憂，孰享其樂？睹羣鷗之在目，增一感於茲閣。」

客乃俯而歎曰：「嗚呼！起廢殊地，悲歡異時。數雖天定，業乃人爲。有始必復，靡終弗持。先生實勤，童子何知？然嘗聞之矣。談史絶筆，遷書繼成。祐不作相，且終台衡。故周貴述事，孔稱揚名。先公官不及再命，業不過一經。存弓裘之舊物，慨堂構之餘情。今先生身歷霄漢，步登蓬瀛。文播海宇，望隆公卿。固將修五鳳於天闕，庇萬厦於蒼生。彼美兮一閣，惡足以盡先生之經營也哉！若夫志遂功成，名完身退。行藏有時，俯仰奚累？知倦鳥之終還，念閒鷗之可對。眷斯時之未晚，非此閣其焉賴？蓋亦有詒盛業於諸孫，播清風於百代者矣。」

先生曰：「我其圖之，子盍爲我賦之？」於時簪纓並輝，子弟咸侍。左京兆，右太史。趨郎官，列貢士。絃誦間作，觥籌交馳。客既醉散，鷗亦翔止。先生獨居廓思，方將合萬物而一視也。

忠愛祠賦 有序

南昌王公得仁，在汀州歷府經歷、推官，有惠政。適鄧賊作，屢著奇績，且盡瘁成疾以死，汀人作忠愛祠以饗之。東陽從公之子今翰林學士大韶先生觀碑傳詩頌諸作，得公遺事爲詳，因託客語，賦其事。公之先本謝姓，中更變故，學士先生始請於朝而復之，然汀之人猶稱公爲王侯。今王侯云者，爲汀人道也。其辭曰：

客有出中朝，使南服。諏民風，訪邦俗。過臨汀之墟，駐龍山之麓。見祠宇之鉅麗，睹亭碑之高矗。乃剔蘚揮垢，睨立而讀之。讀未既，有父老數輩，提幼攜稚，齎截榼酒，槃蕉豆荔。蹌趨升堂，傴僂伏地。載拜而興，潸然出涕。客召而問曰：「爾何爲者？」父老曰：「噫！此吾故侯也。壬子之秋，侯來官遊。二十八年，自幕登州。忠在社稷，愛流海陬。人亦有言，靡德弗酬。」

客曰：「可得聞乎？」父老曰：「昔者旱魃狂舞，饑民嗷嚣。糴價屢減，巡車繼膏。眉我爲蟹，軀我爲勞。慰我蒼黃，歸我逋逃。民之戴侯，若襁若胞。孌人肆驕，侯語諤諤。虓卒施虐，侯法嶽嶽。頽厦木豎，中流砥崿。撼之不可動，麾之不可却。民之賴侯，若墮得綆，若病得藥。兩造具獄，羣辭交拏。侯居其間，左牒右書。微入芒穎，細窮錙銖。訥喙雄吐，寃懷奮攄。民之遇侯，若斃而蘇。若乃山谷嘯，潢池沸。蹻夔魖，走魑魅。羽書馳飈，腦血塗地。驛路夜斷，空城晝閉。瀝溲爲飲，煮革爲食。塗多餓胔，官有餘積。侯發公粟，若啓家笥。愚民被脅，從惡如逝。侯諭福禍，若誨子弟。乃翼戎官，驅死士。揚義旗，操利器。軍門一袒，從者如蝟。喊震山裂，雄翻海颶。臨陣賈勇，閉帷授計。摧堅奪心，誘降斷臂。應之者竹破，觸之者瓦碎。蓋將乘勝長驅，克期取質。獻馘明堂，銘功金匱。而野鵬外至，營星下墜。九原有知，飲恨而斃。噫嘻悲哉！乾坤茫茫，歲月如馳。我耋我耆，昔侯童兒。或殞戈兵，或亡饉饑。其幸存者，散爲流移。我田我廬，我食與衣。朋從戚遊，孫怡子嬉。彼活我者，非侯而誰？我不祠侯，而又誰祠哉！」

客乃俯而頷，仰而歎曰：「嗚呼！孰不民社，傳舍是遷。孰不冠裳，皆素而餐。內積怨府，外生釁端。或瓦石相嘩，或簿牒交喧。或面背殊情，或死生異觀。故貌定止水，事窮蓋棺。忠愛哉王侯，雖千百世其無諼。」於是父老皆欷歔悵望，若有感於斯言也。有歌於庭者曰：「汀之山兮誰使爲岑？汀之水兮誰使爲潯？侯之德兮高且深，愛而不見兮傷我心。」又有和者曰：「汀之材兮露爲沐，汀之田兮雨爲沃。侯之德兮安報？嗟汀之民兮匪伊草木。」

客乃重爲歎曰：「吾聞謝起江左，德門是望；王出太原，槐陰載堂。人定者天勝，功厚者直償。培之豐者末則茂，浚之深者流則長。觀物理之有數，信侯門之必昌。」歸而訪之，則侯之子已立於玉堂之上矣。

見南軒賦

若有人兮衡門之下，蘭渚之濱。體貌質野，意度清真。植叢菊兮千株，撫孤桐兮五絃。朝詠結廬詩，暮誦歸來篇。蓋慕陶靖節之爲人也，遺世絶俗，自稱爲葛天氏之民。爾其傲睨江湖，逶迤岡阪。倚秋旻而長嘯，驚落葉之方短。藜杖紆徐其却立，芒屩逍遥其未反。登西丘而左顧，陟東皋而右盼。時宿留以延佇，忽南山之在眼。澹秋色兮將夕，思美人兮何極。瞻孤雲兮歸來，與飛鳥兮俱息。慨歲華之遲暮，及草木之蕭瑟。寄緬懷於太古，聊一感於山色。方其嶄巖嵢嶆，如鬬如却。弛張廓翕，如拱如揖〔一〕。飄揚兮如驟，偃蹇兮如立。倏斂藏兮既定，渺不知其所入。

當予之始遇也，倀倀皇皇，心志交馳。四顧徬徨，不暇走趨。俯仰之間，萬景畢露。披襟一笑，傾蓋如故。神之既交，窅窅冥冥。一塵不干，彼此忘形。太虚寥寥，何物非假？隨所寓託，物無不可。蓋於是不知山之爲山，我之爲我也。

夫物有化機，相爲終始。情感氣應，誰之所使？出於自然，乃見真爾。錦綵之炫爛，適足以瞽吾之目；笙簧之聒雜，適足以聵吾之耳。故達人之放浪，獨鍾情於山水。而樂水者之動蕩，又不如樂山者之静而止也。

嗚呼！南山之間間兮，繄我之樂不可以言傳。南山之默默兮，繄我之樂不可以意識。彼逆旅之相遭，豈茫茫其求索？惟物我之無間，始忘情於聲色。盍反觀乎吾身〔二〕，坱天地之充塞。彼南山兮何事，僅乃胸中之一物。

【校勘記】

〔一〕「如拱如揖」，原作「如揖如拱」，今據抄本正之。

〔二〕「吾」，原作「五」，顯以形近而訛，今據文義與抄本正之。

擬恨賦 有序

予少讀江淹、李白所作恨賦，愛其爲辭，而怪所爲恨多閨情閣怨。其大者不過興亡之恒運、成敗之常事而已〔一〕。是何感於情，亦奚以恨爲哉？中歲以來，更涉世故，記憶舊聞。忠臣孝子，奇勳盛事，或方值幾會，遽成摧毁，失之毫釐，而終身曠世不可復得。至令人吞聲扼腕，而不能已。聖賢不言恨，然情在天下，而不爲私，亦天理人事之相感激，雖以爲恨可也。乃效江、李體，反其爲情，以寫抑鬱，而卒歸於正。知我罪我，皆有所不避云。其辭曰：

仰視大塊，流觀古今。撫陳編之磨滅，悲往迹之銷沉。或事幾之幸會，或禍敗之相尋。感志士之涕淚，傷善人之聾瘖。若乃國士報怨，吞炭漆身。遺恨飲器，潛身水濱。部馬爲之驚跼，賊徒爲之崩奔。奮仇衣於一劍，隕怨血於千春。威橫彊秦，怨深鄰國。壯士夜奮，神椎晝擊。山嶽爲之增氣，天地爲之變色。誤失手於副車，僅逃形於大索。陳竇秉政，誓清濁亂。推席定謀，露章請斷。機事暗泄，禁軍坐畔。塞宇宙於煙氛，墮衣冠於塗炭。昭烈繼絶，武侯託孤。勇復漢祚，雄吞魏都。陳二表之宏略，運八陣之奇謨。忽將星之淪落，悲帝業之榛蕪。武廟將建，唐社幾屋。躍少海之潛龍，返虞淵之日轂。二豎伏法，五王就戮。功甫收於藥籠，禍終留於機肉。建中失母，感慨天衷。顧衮衣與玉食，嗟欲養而無從。誤承歡於別輦，翻飲怒於深宮。冀百欺於一得，竟忍慟而長終。金虜猾夏，岳侯奮矛。復中原於破竹，誓決策於焚舟。神褫姦魄，天遺國讎。痛長城之自壞，委社稷於洪流。胡騎南驅，江沙夜駐。苦兵力之不支，幸潮來之有處。海若助虐，坤靈失據。豈二儀之翻覆，莽萬物之非故？

已矣乎！江山改兮人民非，白日黯兮陰風凄。時不可乎再得，歎浮生兮曷歸！駭餘聲於璧碎，佇滅景於雲飛。事難成而易敗，世寡合而多違。矢修正以俟命，孰利鈍之可期？庶人定以天勝，終斡旋於化機。

【校勘記】

〔一〕「興」，原作「與」，顯以形近而訛，今據文義與抄本正之。

鵲賦

爰有靈鳥，集於中林。修尾長喙，玄衣素襟。皦皦奇質，泠泠警心。我有嘉辰，懷此好音。若夫飛甍峻閣，繡闥雕楹。旭日初照，纖飈不生。茂樹芳潔，繁陰翳清。忽促刺以雙透，欻瓔翀而迅征。刷凝鮮之委羽，寫宛轉之幽情。紛衆啅以争墜，屢馴飛而不驚。晴雪衝騰其下上，閒華匝地而縱横。爾其乍東乍西，倏近倏遠。棲初危而不定，去未極而中返。或周旋其却顧，或擎捷其將轉。方小佇於中庭，誤遲歸於别館。曳餘音於未絶，裊柔條之半綰。若乃玉關遷客，金屋佳人。淹沉幽圄之士，雜遝高軒之賓。託春心於錦字，迓曙色於雕輪。聽泥金之小敕，擁纖翠之重茵。曉枕驚夢〔一〕，春山罷顰。莫不窮途拭淚，幽谷生春。或擎杯以酹地，或倒屣而迎門。嗤村鵾於牖户，怪野鵩於承塵。不利俗以投好，徒增疑而召嗔。試比物以引類，信兹禽之足珍。

乃有上苑虞人，五陵年少。挾孤彈於懷中，探危巢於木杪。智藏乎其無形，禍出其所不料。豈百金之足圖，曾不滿夫一笑。物固有所偏工，意固有所獨適。故知來歲之風，不能庇一卯於終日；報羅幃之喜，不能解雙顔於漆室。彼世態之無常，徒因之而太息。復有梁州金印，月浦銀橋。羡崔梁之窈窕，駭魯木之翔翱。信慌惚而莫究，徒夸浮而可嘲。吾將使茂先卷舌而却走，成式遁辭而先逃。見天機之流轉，知造物之非雕。坐觀物以自適，聊寄情乎離騷。

【校勘記】

〔一〕「枕」，原作「桃」，顯以形近而訛，今據文義與抄本正之。

翰林同年會賦

御水分堤，仙家近闕。支當作噩之年，節應嘉平之月。旭日昫其載陽，飄風爲之不發。於磐是漸，鴻衎衎以來儀；出谷斯遷，木丁丁而可伐。乃有西江三鳳，東海二龍。壺嶺交撑乎日觀，臺城獨曜於霞峰。河馬既呈，蒙蜀錦而爲飾；揚金在貢，囊楚璞以相從。叶數應於方州，地靈斯孕；歷星躔於歲紀，天運重逢。慨夫甲第同曹，詞林諸彦。角百步於楊穿，溯層宵於鶚薦。陟唐瀛之峻，引房杜而齊登；擷宋榜之華，與蘇曾而並選。藍袍映采，遊憐花底之江；寶炬聯輝，歸識柳邊之院。

是日也，或監或史，載笑載歌。爛雲箋之麗藻，灩月斝之微波。耳聽流猋，聲破遏雲之管；心馳急景，光回駐日之戈。弛我道於息遊，或知所止；任吾生之俯仰，遑恤其他。若乃麟閣遺風，虎頭妙手。假物像以相求，託丰儀於不朽。夸競茂於松杉，愧先衰乎蒲柳。名高君實，争取驗於兒童；病瘦休文，不自辨夫誰某。情因禮致，貌豈心違？諒金石之可斷，陋蓬麻之是依。交可絶於嵇書，蓋云有激；知不逢於鮑叔，生也何歸？樂以忘憂，幸保無荒之戒；敬之終吉，寧遭不速之譏。非徒畢一日之歡，抑以定平生之籍。誠哉賓主之二難，允矣見聞之三益。疇能争滕薛之崇卑，安忍視越秦之肥瘠？吾寧不負，期挂劍以相酬；世獨何心，乃彎弓而共射？復有芝蘭美德，藥石箴言。信榮辱之相麗，匪升沉之足論。肉骨懷深，念東西於離合；則名道遠，競分寸於晨昏。報以璚瑶，既可示交期之永好；寫之琬琰，終當與世講而俱存。

燒丹竈賦壽封庶子徐公七十

龍集載戊，星杓指申。玉扉薦爽，金飈汎塵。南州封君當弧懸之旦，綃夢之辰。

翠織葱蘢乎霧牖，瑶環雜遝乎雲茵。野饋庭篚，山藏海珍。鳩杖主進，錯然而前陳。

有一羽客，霓裳繡裾。其容徐徐，其步懊懊。手拜一器，委諸坐隅。封君曰：「此物奚形而焉取名？胡爲而至於吾庭也？」客曰：「昔者燧人鑽火，神農制藥。軒轅鑄器，工倕操作。是掇是斫，爰究爰劘。乃采青丘之黝，購雞山之臒。掘海隅之赭，麋葱聾之堊。漬賁聞之涅，剾上申之硌。探石髓於神峰，涅盎漿於帝臺。擷玉縈於岦山，擣沙礫於盧莫。眇窮硃礫，鉅撮碌璇。旒埴陶坋，捖垺煣璞。輇旋蟻磨，党拄鰲足。外隆内霱，下承上覆。其形則非鬴非鬵，不甗不瓻。匪瀡以塗，匪黚以黝。旁庛爲崇，直垛爲衺。弗薛而髻，弗窳而酯。膻不涴於羊羹，膏不沾於龣脂。易牙之所不能用，歐冶之所不得取。奥藏乎廣成之室，神授乎安期之手。吾儕敢私持以爲壽？」

封君曰：「竈則然矣，何名爲丹？其方孰傳？效孰與宣？操以貺我，又安用焉？」客曰：「其用則煉日煮月，納坤藏乾。妙奪物性，潛移化權。其物則姹女嬰兒，皓虎蒼龍。儕分耦合，會乎其中。其法則滲之以離坎，養之以屯蒙。液華池以爲漿，閉泥丸以爲封。羯火爲之銷怪，山夔爲之斂蹤。乃酌圓丘之赤泉，咀沔塗之欒木。圭霞實以爲飧，匕神樓以爲服。蓋有翼靈氛於兩肘，睫倒景於雙矚。摩銅狄於城門，算瑶籌於海屋者矣。」

封君輾然而笑曰：「有是哉！惟厥有始，賦形受氣。五行爲經，三事爲利。調齊爲飲，炮炙爲飼。膏液刀匕，針磨砭焫。攻邪爲防，輔正爲衛。有一缺者，是謂弗備。若夫鶴算龜齡，龐眉駘背。不窮而瘥，不色而瘁。固有幽冥握其機衡，沖漠司其割制者也。吾將以大塊爲鼎，元氣爲爐。陰陽爲水火，寒暑爲朝晡。作息爲抽添之候，弛張爲闔闢之符。咀仁義以爲華，嘬道德以爲腴。樂余生以自適，聽吾命之所如。諒兹物之足珍，與斯言之匪誣。亦聊以資張華之物博，助鄒衍之談餘。豈奇貨之務寶？眷高情之是於。」望賓階而再拜，韞我櫝而藏諸。客亦起而拜曰：「不腆敝物，以實華宇。公既受貺，亦復受祐。願公眉壽，永錫純嘏。維百千祀，爲丹竈主。」

李東陽全集卷二十二

懷麓堂文稿卷之二

序

京都十景詩序

京都舊有八景。景有題曰瓊島春雲，曰太液晴波，曰西山霽雪，曰玉泉垂虹，曰盧溝曉月，曰薊門煙樹，曰金臺夕照，曰居庸疊翠。蓋即元所謂金臺八景者，頗更定之。永樂間，翰林諸儒臣皆有詩，英宗睿皇帝增其二，題曰南囿秋風，曰東郊時雨。於是爲景凡十，諸翰林復皆有詩，詩凡若干首，爲幾卷。於乎盛哉！

惟帝王建國立都，必有山川關輔之勝、宮闕城郭之麗、車書文軌民物之感，以觀天下。而鴻儒碩士，必有文章歌詠，寫之琬琰，播之金石，以示後世不可闕也。

蓋古之稱名都者有三，若長安之河華、東京之嵩洛、金陵之鍾山大江，皆有所據以爲勝。漢則有司馬相如之上林，揚雄之甘泉、長楊，班固之兩都；唐則有李白之明堂，杜甫之太廟、南郊、西嶽，韓愈之南山；宋則有王禹偁之籍田，宋郊之圜丘、王畿，范仲淹之明堂，周邦彦之汴都。或詩或賦，鏗鍧炳耀，後先相望，皆足爲天下後世道。然校之三代之盛，則亦遠矣。金陵之都，以一統御天下者，實自我國家始。今京師居太行滄海之間，其地亦勝，乃出於古帝王智慮之所不及，又非元氏之所能當者。則我國家億萬載太平之業，顧非天之所遺乎？蓋自契丹以來，五百餘年，此地淪於夷狄，不得與中國。今承平既久，民物繁庶，制度明備，山川草木亦精彩溢發。若增而高，若闢而廣，校之父老所傳草創之際，蓋已倍蓰。而科甲之魁傑、館閣之耆俊，天下之所謂文章者，固於是乎在。

古稱文章與氣運相升降，則贊揚歌詠，以昭鴻運、垂休光者，無惑乎其盛如此也。若夫聖君賢相，盛德大業，所以植國家以民物，著之典謨，勒之金石，軼漢、唐、宋，以擬三代之盛，尤有不可闕者。某將於今日之詩卜之也。

某幸生京師，竊睹其所謂景之盛，又厠翰林之末，而材力淺薄，不敢以作者自效，謹推本其意而序之。

送四川按察副使彭君序

成化庚寅，皇上始命吏部得專舉布政按察之任，而親進退焉，示重也。會諸大臣循行四方，多所廢黜，乃次第易置之。於是時皆傾耳拭目以觀，天下卓犖奇偉之士將出也。其首選果得彭君鳳儀輩數人，而君實爲四川按察副使。非聖天子睿哲，察於羣僚，何一指麾變置間得人如此哉？

君舉名進士，累官至刑部廣東司郎中。平生忠節自與，無欹側骫骳之行，視夫營營苟合、詘志以媒進、旅退以辱身者，蓋所恥聞，不啻其所弗爲也。其所處司號繁劇之地，事多涉於艱。挾勢而席寵者，偵前覘後，左撞右突，中立不動，屹然以定。民之負枉抱鬱、失利而狂奔者，則爲之鋤强剔蠹，奪其有而歸之，雖罹咎戾，必無所恨悔焉。閒居簡默，未嘗言人過。及所論奏，侃侃以爲不可用者，排嘩笑怒罵而爲之。既而果中，如左右契相合。用是信於上，而下益彰。其植心之端、任事之力、燭物之鑒如此，皆君子之所難而兼有之。謂爲天下卓犖奇偉之士，非耶？

夫負天下材，受一方之寄，其所樹立必稱舉其職，不下至汩没於世，無疑也。況天子之所親擢，出於恒典，以感激而督厲之哉！又況更張易置之餘，天下想望其風裁，將十倍於常時者哉！然固有爲九仞山卒損於一簣者，此誠衆人所知，而或賢者所不能免也。君其慎之哉！

君之行也，諸君子皆餞。員外郎葉崇禮謂予曰：「彭君，子嘗知之矣。今且去，子寧闕子淵贈言之誼，蹈仲尼失言之戒乎？」嗚呼！若是則予惡敢當？誠有不可已於君者，然亦可以爲君贊，獨於爲山之義有取焉。若曰此固君之所知，則予既已知之矣。

遊會稽詩後序

士相遇於少壯之年，未有以異也。少者壯，壯者衰，苟趣舍之既成，蹤迹之既定，則其窮達莫有同者焉。而又有憂樂干其中，夷險接其外，則其死生莫有同者焉。故疇昔之笑談歡謔寄於歌詠者，皆慨歎之資；及其至也，或有流涕欷歔而不能已者：此人之情也。然君子亦得有以感焉，曰某某賢人也，窮不爲晦，夭不爲傷也；某某不賢人也，雖達弗顯，雖壽弗永也。故觀蘭亭之詩，而王羲之之骨鯁、徽之之放誕、謝安之簡靖、萬之矜傲、孫統之恬退、綽之剴直，皆得以具見。而其窮達死生之異，則有如所謂視今昔齊彭殤者，而世之大觀盡矣。

正統乙巳〔一〕，嘉禾姜處士遊於會稽。會稽賀徽輩與其子用貞友也，載酒與遊。賦詩若干首，徽爲序。又八年，處士卒。又十年，用貞以行人司副贈處士官。蓋至今二十有一年矣，而同遊物故者三人，仕者十有七人，皆散處南北，莫有同者，其詩固在也。用貞恒見其人，曰「吾先子所與遊也」；誦其詩，曰「吾先子所與詠歌也」。蓋因之而流涕欷歔焉。而其人者之見其詩，亦有不能已者矣。

用貞，予同年進士，其年與德皆先於予，而與予交甚厚，因得觀其家所藏詩。而序論之曰：「處士事親，有王延之孝；讓弟分田，存薛包之誼；與人共事而獨任其咎，近孔融之節。其窮不爲陋，其没不爲夭，其有賢子而貴，及其躬也不爲愧。後之觀者，或可想見其人矣。」序及詩若干人，予未之悉也，俟考而後續焉。

【校勘記】

〔一〕「乙巳」，或爲「己巳」之訛。按「正統」爲明英宗年號，始於丙辰（一四三六），止於己巳（一四四九），共一十四年，其間無「乙巳」之年，疑以「乙」「己」形近而訛。

送樸庵先生省墓詩序

先皇帝復於位之元年，惟我先生奮奇挺靈，來自南國，爲天下進士首。帝若曰：「爾某爲翰林院修撰，職我文字，黼黻我太平。儲德宅材，以用於爾他日。」今天子嗣位，擢左春坊左諭德，進左庶子。乃在天順間有詔爲大明一統志，成化間爲睿皇帝實録，先生皆爲纂修官，名載敕旨。凡小而郡縣沿革、山川形勢、人物風俗之概，禽魚草木金石之名與數，大而黜陟刑賞、禮樂教化之迹，詔誥辭令、功德謨烈之紀載，州分縣析，類列而年編之。書史圖籍、山經地志、金匱石室之文，旁搜密檢。操觚秉筆，窮年而累月，其於國有勞焉。用是對揚在廷，既簡既嘉，前有敕，後有誥，太史撰其詞，中書摛其豪，尚寶緘其章，鸞飛蛟厲，經回緯合，炤奕世而騰隆光者，其於家亦有榮焉。今朝廷熙明，典物昭備，無事述作，詞臣學士往往得優遊侍從間。先生始作而言曰：「吾可以及吾私矣。」乃上疏曰：「臣父贈左庶子臣某棄臣若干年，臣母贈太宜人某氏亦棄臣若干年，臣忝在侍從有以事陛下者，惟父母之力之德是賴。今墳墓在鄉邑久不治，臣比屬史事，不敢言展省者十有五年矣。臣得歸，畢一日之私，惟臣佩陛下之德，罔敢斁官。程期具在，臣奔走左右服事，亦罔敢後。」通政使以聞。事下吏部，核實覆奏，請如庶子某言。制可，賜楮鏹，爲道里費。明日，先生具袍幘大帶笏入謝。又明日，陛辭，乃行。鄉人朝士咸仰羨聖天子寵眷禁近之恩，賢大夫不忘其親於官之義，斯乎備矣！

門人翰林院編修李東陽倡於衆曰：「我先生夙昔自處大節，惟忠惟孝，其教我後之人，亦惟忠惟孝，兹一舉而二義存焉。凡我二三子，膺德服誼，粤兹有年。惟此大事，曷敢無述？」時門下士仕處散於四方者甚衆，惟兵部主事劉大夏，刑部主事尚敬，進士王儼、朱紳，舉人楊一清和之。其會試所舉士吏部郎中倪輔、兵部主事許章、刑部主事許盛、行人左司副姜諒、行人馬暶又和之。東陽獨謬職文字，從先生後，謹爲序并詩，再拜以獻於執事者。

王城山人詩集序

王城山人詩者，黄巖謝君世懋之所作也。君居於王城山，遂以其山自名。君爲縣學生，七試於有司，不得薦，客死於武林之邸。其從子翰林編修鳴治輯其遺詩，得若干篇。

予讀而悲之。其詩始規仿盛唐諸人，得宛轉流麗之妙；晚獨愛杜少陵，乃盡變其故格，益爲清激悲壯之調，思極其所欲言者。其死也，蓋有遺力焉。然其敍事引物，感時傷古，憂思笑樂，往復開闔，未嘗不出乎正。觀此亦可以知其人焉。

夫詩者，人之志興存焉，故觀俗之美與人之賢者必於詩。今之爲詩者，亦或牽綴刻削，反有失其志之正。信乎有德必有言，有言者之不必有德也。君之志興不啻乎詩，不幸而不見於世。非其詩，孰可與傳者？此輯詩者之志也。古稱詩人達少而多窮，其固然者之與適然，固未暇論。然其窮也，人莫不悲之。其悲之者，亦不必皆賢也。而徒以其詩，況非獨詩人哉！

予恒謂，天下之士必有負奇抱傑、老死於巖穴之下者。有士如謝君，非詩則莫之知也。天下之士不幸而不見於世者，何限於此？蓋重予之悲，而益感夫輯詩者之志也。

君之兄世修爲寶慶知府，及鳴治皆賢而能詩，其所倡和者尤多，不在卷中。

送屠元勳序

有正設之官，有旁攝之官，有專設之官。舉天下之事，條分而類總之，各有攸執，此正設之官也。事有大小，有常與暫，以其所及，及其所不及，此旁設之官也。

謀之周，計之密，條總之所不能及者，爲之官以領之，不以他事及之者，此專設之官也。夫官至於專設，天下宜無遺事也，然猶或有弊生其間者。夫勢有及有不及，則存乎其官；勢及之而有治有不治，則存乎其人。吾嘗以是觀於天下，未嘗不歎息焉。今專設之官，惟户、工爲多。漕運之制，分兵民之賦，責之以府衛，總之以將帥，足矣。又以其舟楫之具，不可煩於民，然苟無以總之，則無以爲責，故專設工部主事一人於淮之清江浦，每三年一代。居竹木之材，置工役吏隸以治之，凡漕舟之敗漏不中於用者，悉歸之而加葺斫焉，數闕則增置之以爲用。此所謂周謀密計之一端也。而邇年若少異者，出納之際，並緣爲姦，官府之利，不能十一。一舟之費，或倍或蓰，故其資於舟者，寧自爲之，不敢以煩於官。而官若徒設，所謂弊之一端也。

成化辛卯秋，前主事以年當代，進士平湖屠元勳實拜兹命以行。元勳年質甚英敏，富才與藝，此則無負於國家專設之意，所謂存乎其人者也。元勳之舉於禮部也，予校其文。其中表兄倪稽勳良弼則予同年進士，予知元勳之賢於稽勳爲多。而元勳之同年解文選尚敬復來徵所贈，故序其端如此。

送翰林編修丁君歸省詩序

華亭丁君原敬以進士第二人入翰林爲編修，其父封君貽穀翁、母儒人皆在華亭，不家養者五年矣。君乃用例乞歸省其鄉。既賜許，復有楮鏹之賚。閣老學士諸先生而下，皆賦詩餞之。某以次辱授簡當爲序，乃作而言曰：

士在官，各事厥事。非謁告不得違朝從，非差遣不得離職次，非引謝不得至其鄉邑。然獨省覲之禮，著在典式，又爲之道里費，出於尋常廩賜之所不及。所以敦孝崇禮而勸忠者甚大，此國家之令典也。今之諸曹百執事各有長屬，以法相視。事有稟白，可不可則唯唯而退。以事當出，立受約束於庭。已輒俯首去，不敢漫及他語。其勢分懸絶，固然莫殊也。惟館閣以道德文字爲事，雖師保耆宿位尊而望重，亦與後進之士相賓主。下上論議，誾誾侃侃，各中其度，情交而義達。喜有慶，行有餞，周旋乎禮樂，而發越乎文章。倡和聯屬，亹亹而不厭，所以汲引成就之意甚厚，此詞林之盛事也。

古者王遣使臣，作詩皇華；行役來歸，杕杜是歌；朝臣相餞，乃陳蒸民。君之使臣，如不得已，故慰勉之情不能忘其所愛，而況使之得遂其愛者哉！臣之出雖以王事，然猶以職業相期厲，如恐不及，而況乎以親去者哉！故遠鄉井則懷其親，遠朝廷則憂其君，皆有不可已者。感激奮發，使家不失爲孝子，而國得爲良臣。此則人之大節，士君子之所自盡也。

君之仕也，遭天子明聖，海内熙洽，史事閒暇，孝理之化，惠及家庭，可謂出得其時。操文字之事，以從諸先生之後，爲其所汲引期厲如此，可謂處得其地。而君又負卓犖奇偉之才之器，必有所建立，其上廣宅材禮士之效，下成師師之美於天下，無疑也。

夫國家之令典、詞林之盛事、士君子之大節，其所關繫甚重，皆不可以不白。某不佞，請以庸言發之，可乎？

一閒軒詩序

情主乎動者也。動之極，則静生焉。然人能動而不能静，天下之通患也。天下之事相尋於無窮，人之一身與之周旋乎其間。操其身以當天下之事，其埶不啻萬一。故善用情者，以一應萬，如鑒之於貌，括之於矢，來則應之，去則遺之，故事畢而情不困。不善用情者，以一徇萬，萬萬相轕，事愈多而身愈勞，乃有求静而不可得者。其不知求者，固弗論也。農則勞於耕，工則勞於役，商則勞於旅，士則勞於官，其情之小大雖殊，其爲勞一也。舍乎此，則遺形外骸，玩世狎物，無所用於天下者，非君子之所謂静也。惟功成而身退者，其庶幾乎？然於此猶有不能者，非地之不善也。有見於此者，其知道乎？

絳州有一閒先生者，姓陶氏，宗衡其字。舉進士，歷官行人禮部員外郎、陝西左參議，皆以賢勞著聲。年六十，則歎曰：「吾可以閒矣！」謝其事而歸，閉門高卧，不與世相聞。或深衣絇履，徜徉於水邊林下。有問其姓名者，曰：「我一閒人也。」或問之曰：「先生其知道者乎？」笑而不答，洞然莫測也。士大夫多爲一閒詩以遺之者，先生欣然詠之，集而成卷。其子户部主事廷用以示予，請序其後。廷用既奉使於南，則使其弟鄉貢士琰來請。予昔舉禮部時，先生在儀制掌名籍，而廷用復予賢同年也，故爲之序。

送周徽州考最還官序

今之爲守令者，各據所見爲理，皆足以立名取效，而弊隨之。或修案牘，明號令，勤手足之力以爲奔走，嚴刑厚斂，竭膏血以奉所需，惟所徇藉，不顧慮其下，故往往爲權貴所推許，而細人鄙夫方怨讟之不暇。或有見於此，則循循守規矱，不失尺寸，以庇其民而自恃，以桀鶩其上。又故爲抗格以立崖岸，取聲譽，故民皆譽之，而爲之長者以爲異，小則怒於言，大則怒於法矣。又或有見於是，以爲二者皆不可失，則爲捭闔操縱之機，惟所弛張而上下傾倒，故官有賞，民有譽，而士大夫之旁觀者將指而議之，無所逃焉。然則欲完其名，豈不難哉？夫名固非君子之所貴也，然孔子疾名不稱，又曰：「在邦無怨，在家無怨。」爲孔氏者亦曰：「在下位不獲乎上，民不可得而治矣。獲乎上有道，不信乎友，不獲乎上矣。」故其道本乎誠，身誠而不動者，未之有也。是名亦君子所不可闕也。

徽州守周君子建，吉安人也，世居遼，以文學名。遼人士若今賀給事克恭、陳進士本仁、吴進士克明，從之遊者若干人。及舉進士，歷官工、刑二部主事、員外郎，皆以政事名。尚書而下，咸推重之。其守徽也一年，而民悦。再逾年，御史以爲能，報之天官。三年以最聞於朝，士大夫所推許者藉甚。

予竊聞君之爲人敦樸忠厚，無欹側委曲之行，故不恃才而官自舉，不求名而下上信之。此固士君子之實行，其道宜然也。余又聞徽人言，比歲久旱，君率僚屬徒跣以禱雨，輒大至。有蟲傷禾稼，亦禱以除之。若是者，豈獨人信之？苟順且誠，亦信乎天矣。君守其志使不變，雖用是名，天下及後世何愧哉！君之考績而還也，進士蕭君文明輩相與餞之，而屬予以辭。或曰：「周君非好名者，不宜以是告之。」予曰：「吾所謂名，非今之所謂名也。」

送丘給事使流求序

我國家用夏變夷，掃乾蕩坤，滌濯萬物，逮於百年，治洽功成，五服之内，藩臬郡縣所治出賦税、共使令者弗論，以暨於海，中外疆殊界别以國稱者萬數。邇者先沾，遠者後被。冠裳椎芔，詩書甲胄，梯高航深，四面而至，充中庭，溢下館，禮部繁於出納，鴻臚勤於奉引，相胥疲於通譯，自有中國以來，無若是盛者。若流求國在海東，而諸國小大遠邇之間，煙火相望，順飈利舶，七日而至。然其始俗以盈虚爲晦朔，以草木爲冬夏。粤自古昔，未通於中國。雖或窮征黷討，而賓服無聞。及國朝，號令所及，望風款附。遂封爲中山王，齒於載版圖、奉職貢者。日涵月煦，潛移暗革，被服冠帶，陳奏章表，著作篇什，有華士之風焉。

成化庚寅，其王世子某當嗣封，遣其長史某來請命。天子封爲中山王，賜璽書冠服，遣正副使二人致命中山。户科都給事中丘君弘實充正使，賜朱衣一襲以行。

六科諸給事相率爲行餞，徵辭翰林。某與給事君同年，言在不讓，曰：「於戲！給事大丈夫。入居諫諍，出領使命，真通顯稱所願爲。今聖天子在上，賢大臣在列，嘉惠於彼外國。中山王謹畏孝順，不墮臣節，以俟我威命。而給事身負荷之，國體之所繫、小邦之所瞻、後世之所傳示，皆在給事。給事其克自重，感厲精發，山動海立，以宣達天子威命、國家之典章。式俾小國君長陪從，爰及閭巷，明識逆順，保其初心，惟億萬世服事，罔敢斁，亦罔敢後。於戲！豈不真大丈夫哉。」給事君起謝曰：「使者職也，敢不勉於是？」諸給事歡曰：「使哉，使哉！」乃導上供張，三爵而別。

送周揚州序

成化庚寅，京師饑，天子簡廷臣出領賑事。命之曰：「用命且有賞，不用命有罰。」監察御史周君本清亦在簡中，分理順天數縣。辛卯事畢，告於朝，首擢爲揚州知府。

夫守令之職，非直衣食乎民也，而食與衣莫先焉。凡百之事，胥此焉出。今有五尺之童號於道，其倉皇爲之求食與衣者，必其父母也。平立睆視、談笑而過之者，必塗之人也。不惟弗救，而且褫奪之、撼頓之者，必其仇讎也。今之守令者，將爲父母焉，將爲塗人焉，將爲仇讎焉？仇讎固不足論，苟徒愛之而弗救，是亦塗人而已矣。爲之父母者，必爲之計深遠，先事而圖之，因時而爲之。即田有常畝，桑有常樹，賦有常等，除其兼并，均其徭役，以使有餘。不幸有小害，不失其利。又不幸而大害，猶能免於死亡。夫是之謂民之父母。不能先事而圖，因循怠惰，以至爲病爲亡爲盜，然後從而救之，其力必且十倍，而況未必能救之乎？

夫比歲之災，去歲爲甚。去歲之災，畿甸之郡縣爲甚。畿甸之郡縣，其爲病爲亡爲盜者相望也。其所由來者久矣，卒以朝廷數百萬之費、一二臣簡任之專，遲之以數月之久，僅足以弭其患之大。可不謂甚難乎？思其艱以圖其易，古之道也。以今歲校往歲，不可謂不豐。以南方校北方，非不富且庶也。而揚州又素稱繁庶之地，比年以來，亦損其半矣。識者蓋深憂之。天下之事，惟憂於未弊者，乃可以無弊。由是言之，雖天下可憂也，而況揚州乎？此惟深謀遠慮之士可與言之，而世俗者之所謂迂也。

周君在吾鄉爲賢士，在臺憲爲賢御史，在畿甸爲賢使臣。兹州之治，朝廷實畀之[一]，而吾輩實深望之也。周君勉乎哉！

【校勘記】

〔一〕「畀」，原作「界」，顯以形近而訛，今據文義與抄本正之。

送宋民表知華亭詩序

吾民表之知華亭也，待次天官者一年。時京曹無闕員，有以差遣避外補者謂民表。民表曰：「吾力不能與造物者校。」竟不出。及將拜，或又謂曰：「今以進士爲縣者，三載則擢，擢則爲御史。其得失亦少校乎？」民表曰：「吾安是官也久矣，吾何慕焉？吾恒爲吾輩之慕乎此也。苟有所慕，必有不盡其心者矣。」

既拜，則謂予曰：「人恒易此而不爲，吾得此蓋懼其不能舉也。或曰：『是大邑也，可以取而無傷於廉，可以守而不至於無所容。』或又曰：『地美則易污，易污則守之也難。』斯二者皆非也。人患不自持，苟有所利，何必大邑？無所利，雖富且庶，吾何與哉？若是者，吾敢以自許也。吾所憂者，謂其利弊之莫周知，德澤之不能遍及也。」自是，每數日輒謂予曰：「吾於某得某事焉，於某得某事焉。弊之不除也，利之弗興也。」如此者數十事不止。其言甚悉，凡論爲縣者莫如焉。又數日，復曰：「吾嘗思之，守令者民之父母也，故恩先而威後，平易者古人所以近民也。今之能守令者，但知有法而不知有情，故寧急無緩，寧嚴無寬，寧使民受其害，而不使我難其力。若是者，吾弗能也。繼而又思之，以爲是固然矣，於是則有辨焉。苟以漫漶爲平，懈嫚爲易，民抵惡而不戒，胥吏舞法而不疑，廢紀綱，散條貫，以至於大壞極弊而不自知者，則吾輩所當深戒也。」

予與民表遊久，知之最深。凡前所云，固其所存，無足異者。然猶頗有素蓄，欲以爲民表告。及聞此言，則民表雖日强聒使予告，豈復有餘説哉！民表仁人也，予恐其或過於厚，信斯言之不可無，而踐之不可以不果也。民表幸勿忘之！吾爲子識之，以贈子行。民表曰：「善。」於是交遊者皆賦詩送之，其意多爲民表期者。予序諸篇端，以互相發云。

送李士常序

今之仕也異於古，皆取之乎科目。舍科目則不得仕，仕亦不顯。故凡稱有志於天下者，不得不由此焉出。觀其平居嚮乎道義，將藉以自試。則其大者可以興道弘化，小可以建功立名。隨所底極，皆能有以自見。然猶有論篤而志不孚者，有志於始而變於終者，有志雖及而力不足以逮之者。若晞富慕貴之徒，貪緣僥覬，惟幸於一出者，又何足望哉？

予於李君士常之出於科目，固不得不切望之也。君夙有嚮於古聖賢之學，修身睦親，志存及物。其與賢大夫士接則踧踖愧汗，殆無所容。而其中之所動涌溢迅踔，有不可遏之勢。其於惡言陂行，若將浼乎其身，而又懇悃惋惜，若欲援而反之而未能者，將有以自試也。今年秋，始以其藝舉於鄉。大夫士聞者，既進以爲主司賀，則退以賀君。予又交君之最深者，知其志論不悖，且必不變，必能底厲奮發以自見於世，無疑也。然志於天下者必周於天下之務，故凡紀綱風俗人物之概，制度名數之節，閭閻獄市、軍旅郡縣之宜，古今成敗得失、盛衰不恒之迹，一有闕，不足以爲治。不能兼究乎此，而徒嘐嘐然有志於天下，則亦何所濟哉？古之人如諸葛武侯、范文正皆居布韋，而經濟之事已具。故其出也，確然有益於用，以名天下及後世。君仕且有日矣，其究於此亦多矣。歸而求之，觸類而長之，使其通貫旁達，若探之積囊，若駕之坦途。有弗謀謀之，無所弗知；有弗任任之，無所弗能。由建功立名以極於興道弘化，無所弗逮。使天下之人曰科目之果能得士也，又曰君之果不負於科目也。此則予之所望也。

予蚤竊科目，而愚闇淺劣，莫之自遂，愧於君之積學强仕者，故喜君之出，而望乎其成者尤切。凡謝太史及吾時用所敘論者，不贅及焉。若謂予略於内而詳於外，則非知言者也。

李東陽全集卷二十三

懷麓堂文稿卷之三

序

送福建參政徐君序

福建之地凡府八，福、泉、漳、興、化皆瀕海，海外接倭夷諸國，椎卉之徒潛度竊掠，自古而然。我民利私市者亦相爲黨羣，帆鉅舟，絃强弓，往返其地，若南北市者，以爲常業。其事甚重，朝所置官，多分巡互代，不恒於職，其勢莫能制，乃專置參政副使者一人理之。

成化乙未，吏部以例考天下之述職者，罷布政按察之長若佐若干人，於時玆二人者皆闕。浙東徐君原一實用推擇爲右參政，承敕以行。徐君任職方久，官至郎中，行業才諝爲諸曹望。舉於是職，固所優爲。

夫職方掌天下軍旅之務，夷狄盜賊，無所不治，但數年於今屢事西北，其所經畫區置宜詳，而東南外警頗息。常時盜竊不煩於朝署，事勢情狀，或在所略也。今東南之人曰：備外警易，治内盜難。販鬻之民迫於寒饑，散則無所，歸則無籍，縱而不問則纏結無窮，急而攻之則以死徇鬭，其患有不可勝言者。治之者必先本後末，宏綱而疏節，均田薄斂，以安其業，委曲開諭，明示利害，以啓其歸，而又蓄威養力，以待其不可化，使善者不移，則惡者有時而盡矣。其先後緩急較之他處宜有不同者，若士卒之亡竄、困庾之虚耗、武官介士之掊克朘削，則天下之通弊。君蓋嘗爲予論之，以爲弊成於實喪，功患於柄分，此理固然，無可易者。今君以全藩之寄，承專置之託，弛張操縱，惟所欲爲，而莫之掣，而又濟之以才略，持之以忠信，竭心力而爲之。吾見外警之不足備，雖内盜之治也不難矣。

送泉州衛經歷鍾君序

文武之在天下，不可偏廢，而其勢則相爲重輕。官之始設也，内以五府視六部，外以都指揮視布政、按察，以衛視府州縣，其秩皆有加焉。今名焉雖存，迹其行事，不翅不能頡頏，而顧出其下，有不可變者。府司衛之官必有經歷都事，皆以文士爲之，以參佐謀畫，閑革姦弊，其秩雖卑，而所託則重矣。然以今觀之，方委曲聽命之不暇，其所得爲者不過會錢穀、行文書而已。是何其懸絶如此哉！秩有尊卑，而其勢有難易也。

予嘗究設官之意而論之，五府之務必於六部，都司之務必於布政、按察而後行，則所以尊其職者，非偏重之也，知其勢之必至乎此也。夫使文得以參武，而使武不得以間文，則其輕重固已可見。況今經歷都事在內者，月再報其長之勤惰於朝，推於其內可以知外，則其勢之不得爲者，亦存乎其人者也。

嘉興鍾君汝文以國子生拜福建泉州衛經歷，汝文嘗因其從子刑部主事庭芳遊於羣士大夫間，於是顧君天錫輩以贈言屬予。予竊謂今當天下無事時，武胄之士罕得施用，則所謂經歷者雖欲有所贊佐，亦不可得。獨法久弊生，不能無賴乎閑革之力者。而泉州外有海島之警，内有販鬻之盜，東南之地於兹爲重，故所以望汝文者尤切。汝文勉乎哉？若曰吾不負官，而官負吾，如古之所謂丞者，予亦未如之何也已。

送戴訓術序

崑山戴用中少失怙，鞠於母氏，既壯，通陰陽之學，有志乎仕而未遇也。比者縣陰陽訓術闕用，有司薦上吏部，移欽天監，試以爲宜，遂拜訓術之命。行有日，進士吴君惟謙謀以予言張之。易曰：「定天下之吉凶，成天下之亹亹者，莫大乎蓍龜。」故唐虞有羲和之職，周禮亦有太卜筮人之名，後世陰陽之官蓋取諸此。國家開物成務，天下事無小大緩急，苟民生日用之不可闕者，罔不備舉，崇儒建學之暇，若陰陽醫藥，亦有學官徧於天下，其爲民物慮至矣。然陰陽之學株分蔓續，代異而時不同，若五行，若堪輿，若建除叢辰，若歷數，若禄命卜宅卜葬，多至數十家，而牽數泥俗，舍人事而任鬼神，固已見於漢班固、唐呂才之辯矣，況後世乎？今象緯有禁，民間莫得而習，所謂陰陽者，不過卜算推擇之類。官之取之者甚簡且易，而時俗所習，信有如前所論者。

用中以術爲訓，則宜推明其理數之大，如易所陳，如書、禮所命，以仰副國家設官擇士之意，取時俗之陋，一洗而空之，然後爲善也。用中以爲然乎？予未嘗識用中，將因二君以考其志之所嚮，恐其爲司馬季主之流，予之辨又出宋忠、賈誼下，安恃其不相屈也？吾聞用中本名族〔一〕，讀書好禮，禮接賢士如恐不及，非泥於其術者比。世固有吏而隱者，非此類也乎？若因予言而勉焉，其所得亦未可量也。

【校勘記】

〔一〕「用中」，原作「中本」，據本文首句及本節「用中以術爲訓」、「用中以爲然乎」等句，知戴訓術名「用中」，抄本此處亦作「用中」，因據正。

送舅氏劉侯之寧夏序

寧夏之域，左界黄河，右臂賀蘭諸山，在三邊爲險地，然其所統方數千里，而河曲乃居其半，則皆連山大沙，無長城鉅塹之險，自河外失據，畫地以守，不過數百里，列堡分堠，一功而什力。今虜騎之警不及寧夏，乃自花馬池、興武諸路以入，則寧夏所備不在外而在内，非鄉之形勢可論也。故守寧夏者必慎守河曲，河曲寧則寧夏可以高枕而卧矣。然以今昔之異勢，而成什一之全功者，豈不難哉！古之論擇地者必先擇人。故南城有檀子，則楚寇不侵；高唐有盼子，則趙人不入；徐州有黔夫，則燕趙交祭。雖齊之一國尚如此，況國家一統之盛、羣才之富，而制遠方之虜，則亦何所憚哉？

今年夏，巡撫寧夏都御史張公議政於朝，言其所統甚廣而裨將不足於用，上命兵部簡於衆，得三人，其一則我舅氏署都指揮同知淮安劉公永也。公以武胄蚤閑騎射，從征於外，南至湖湘、貴州，以入兩廣，北歷萬全，西極於三邊之界，皆在閫幕，執旌鼓符信以號令羣士，多所俘馘，策名功籍，遂自千户累涉都閫，人以爲才。居常奮厲，欲以兵革自效。今匈奴未滅，尚僅廟謨，而公適以選擇承委任，識者知其將建功於西鄙也。

嗚呼！士既患無才，而又患於所用。以公之才，得謀國求士如張公之賢者而爲之用，其將有所賴而成乎？東陽少負陟屺之戚，於公之行深有感於渭陽之義，方喜邊鎮之得才與公之獲於用也，故先述其大者而後及其私焉。

謝氏宗譜序

謝氏出周申伯之封，世遠派别。漢晉間稍稍可紀，而會稽之謝始擅天下。今黄巖謝氏舊譜，稱典農中郎將纘，蓋自纘至僕射伷若干世爲一圖，自伷子經略使鞅徙居黄巖者又若干世爲一圖。世亂闕逸，多不可考。其後或妄加補緝，遂成完書，雖其子孫亦莫之知也。成化庚寅，温嶺郭端朝氏修於翁山之塾，以會稽派遠，始削其圖，而軼以下猶因其舊，知寶慶府愚得先生世修，嘗侍其季父梅坡翁性玉，獲聞同異之實。辛卯之歲，乃取舊譜，參用歐、蘇家法，闕疑去僞，揭軼爲始遷之祖，斷自灤爲一世，世經而支緯之。既又與其從子太史君鳴治推義廣例，爲名録，爲譜傳，爲宗範，爲居址世考，爲祠墓誌，又系以累朝誥敕及士大夫所著述者，類爲若干卷，篇有序，序有義，可謂無遺法耳矣。

夫譜有傳與紹之道焉，由吾而前，吾得而紹之，由吾而後，吾得而傳之，所謂傳與紹者，非恃乎譜也，而非此則無所於繫，故君子之有事乎家者必先焉。今之世，雖士大夫家鮮克存譜，其存之者不過以世數名字爲稱詡辯據之資，而譜之道幾廢。其或附會竊冒以僞於其身以及其子孫者，又弗論也。夫以譜猶不能恃其必傳，況以僞乎？

兹譜也，溯宗系則興其姻睦，紀居址則慎其承守，睹祠墓則嚴其祭祀，瞻錫典則思所以厲乎爲臣，誦宗範、考傳記則思所以爲子而不愧，而詳其敍述，則使子不得以私慕誣其父，而祖不得以私譽望其孫，以求盡乎其實。噫！兹譜也，其可謂無遺法耳矣。且古之論國與天下者必有道德仁義之本，而又有憲章條格之具，蓋皆自其家始。寳慶公行高學博，有古循吏之政，方斂其所以爲郡者施於其家，而太史君又承其家學，以大施於天下，皆將自兹譜始。譜之作，豈徒傳哉？

按謝之先有諱温良者，爲孝子，有趙氏者爲節婦，固兹譜之所恃以爲重。其他名德尤多，至寳慶公乃益顯，其承之者皆能如太史之於寳慶，則兹譜之紹也，其亦不徒存也哉！

送金開封序

今年春，河南開封府知府闕，吏部詢於衆，得刑部郎中金君尚德，曰是嘗遊翰林而通古今政治之迹，爲行人而知山川風俗利病之概，爲刑部而諳法律、精條例及民物之情狀，且其人卓特敏達，傑然爲諸曹望，非此莫可與爲郡者，於是請於上而用之。先是，嘗擬君爲按察副使，屢不值允命，至是乃拜擢。人或謂今之在郎署者不十年則擢，擢則往往爲藩憲，而刑部尤捷。今君舉進士二十有八年，在刑部十有五年，爲之寮佐多其科目後進，居數年被擢以去者若干人矣，而君始得擢，又不過爲郡，其將弗釋乎此矣。是蓋非知君者。郡守之職在古爲諸侯國，位尊而責重，而開封又郡之大者，其所統州若縣四十有一，屬吏數百，地方千餘里，殆半河南諸郡，天下之郡莫與爲比，此其職尤重也。且官之在天下，惟其所用以爲輕重，今材行如君，地望資格如君，以羣議膺簡擢如君者，而使爲郡，是非特爲郡重，而君之重又可知也。況人之於官也，亦惟其材之大小以爲舉墜，而不繫乎崇卑蚤莫之間哉？又況君子之所存者，惟視吾所當爲與其所得爲者而已哉？

君之言曰：開封重地，地歲方歉，民流徙且半，校之他歲，其難殆十倍，吾懼官之弗任也。乃議畫方略，若發公帑賑饑民，省諸州縣遠運，增芻户價不足，令民爲鄉積以備凶歲者若干事，而不及其私一言。於是聞者皆曰：「金君其果不以秩位爲輕重也。」又曰：「君其果克勝茲大郡無負也。」又曰：「吏部其果能得人以重茲郡也。」於是皆喜君之去，而所以望君之入者益深。

代君爲郎中者屠君元勳，暨其寮寀諸君子相與餞君，謂予亦知君者，請述君志及士大夫之望於君者，以爲贈行序。

送施彦章通判黄州序

成化丁酉春三月，吏部以例試國子生之隸選籍者，無錫施君彦章亦在選中。既試，名在優等，而其器貌尤魁碩，出於羣輩，大冢宰實意屬之。既又詢其鄉人考功郎中陳君朝用，考功曰：「此賢貢士也。」遂擬授通判，得湖廣之黄州府云。

吾聞善用人者必廣諏博采，如吕文穆之客囊，虞允文之材館録，惟恐其不多也。善舉賢者惟其公而不他計，如祈奚之舉親，舅犯之舉讎，惟恐其不盡也。夫使人人得各舉其善，故天下之善皆萃而爲一，其有遺焉者寡矣。及其弊也，或以爲請託賄賂之私，故在上者恒疑乎人，而在下者亦自疑之不暇，於是逆詐以爲明，避嫌以爲介，詢察之道日廢，薦舉之路日塞，士之所爲善者，不過身言書判之間耳。此其爲用不已狹乎？

君子於是舉也，見冢宰之信人、考功之自信、黄州之信於其友如此也。夫以今郡縣之衆，往往視貳佐爲常職，察之不能遍，則不過以銓試之等而用之，如黄州者，乃以大郡居要地，故處之加詳，使職職而詢之，人人而舉之，而所謂詢與舉者皆不相負，若是，天下之善可不勞而萃也。吾又聞薦人以爲國者，報之必以國事，故張安世以私謝爲恨，范文正以私報爲辱。今之所謂恨與辱者，亦異矣。通判之職所以佐貳郡守，於郡無不可問之政，況施君以美才理大郡，其勢必不能汩汩與常職比。使他日論功課績者得指而颺言曰「此賢有司也」，以是論考功報，且不爲冢宰辱也，不已多乎？若夫執德不堅，爲政不力，使議者得藉口以疑天下之舉，則世之恒弊，非所望於君者也。

武昌徐公輓詩序

異財之俗半天下，江南之人以田畝爲業，蓋有身在襁褓而籍於父兄者，以爲恒事。若是者，非惟教不行於世，要其因襲承授，勢亦有不得已焉。於是欲起而變之者，必有一人焉君乎其家，而後子弟化；必有一人焉望乎其鄉，而後鄉黨革。此其人必躬履實踐，己睦矣而後可以責人之疏，己讓矣而後可以責人之競，漸摩薰染，入乎人者深，使人人利於義，而恥於俗，庶乎其可。又必有一人焉繼之，而後可以長保而不變。予常患斯人者之難得也。

嗚呼！吾鄉復有如徐公文德者乎？予嘗聞徐氏武昌鉅族，居府治者數百指，居於別業者又數百指，而公以族長往來居其間，食飲衣服惟公是司，租賈出入惟公是籍，子弟婦女無忿言戾行及異議者焉。則歎曰：「何爲其能然也？」既又聞公事親色養，喪居哀毁，與昆弟處怡愉，終日口不及財利事，事涉於利〔一〕，輒推而弗居，少有違咈不以爲意，弟敬夫婦皆蚤死，遺女二，爲之撫鞠，俾底於有家。又歎曰：「天下之事，以利則骨肉可以爲讎敵，以義則道路可以爲兄弟。」嗚呼！利之爲害亦久矣。以予觀於吾鄉，復有如吾徐公者乎？

予之聞公家範也，實於其子監察御史鏞。公來京師，嘗一見遽去，去數年始悉聞其行於中書舍人楊君應寧〔二〕，時公已卒數月矣。予固歎斯人之難，竊有望於吾鄉者，而公亦已矣，嗚呼悲哉！鏞既告喪，歸治葬事，少詹事檏庵黎公先生爲銘公墓，載公善甚悉，諸縉紳士賢鏞及哀公者，又爲輓詩若干篇。予獨感乎同居之義尤切，故序之加詳，庶其宗之人之有感焉，以保公之業，以及於吾鄉也，則翁之卒，亦可以無憾也夫！

【校勘記】

〔一〕「涉」，原作「陟」，顯以形近而訛，今據文義與抄本正之。

〔二〕「楊君」，原作「揚尹」，顯以形近而訛，楊一清字應寧，爲李東陽摯友，今據文義與抄本正之。

送張君汝弼知南安詩序

華亭張君汝弼博學工詩，有文章，尤雄於草書。乞其門者踵接無虛日，卷軸填委，聲名遍天下。凡論今郎署之有文章者，必曰張君張君。然君恒若弗自屑，每論古今人政得失，介然不容髮，事涉忠義，輒力爲之扶植襃奬，無所孫。觀其意，不欲與齷齪者齒，慨然思有所施於世。故凡論文士之有風概者，亦必曰張君張君。君得科第晚，徊翔郎署間，爲貳佐，歷武庫車駕，政皆簡，中間惟武選稍繁劇，又不久處，落落無大以自見。然益負其有，不能屈以干人。循次待籍十餘年，而有南安之命。論者又謂如君者置之朝廷之上，雖不日煩政務，亦足隱然爲諸曹之重，而必使爲郡，郡所領皆吏事，非其素習，不能無惑乎今之爲銓曹者。噫！斯言也，可以觀俗矣。

夫惟世之有銜華藻而不達於政者，有狂志高論揆之實用而不足者，而後有是言，以此概士，其失之粗矣。夫所謂政者，必柢經據史，飾之以材藝，資之以議論，而振之以氣節，然後左宜右有，旁行而不滯。苟泥法守律，剪剪焉寸紙隻字之間，而曰我善爲政，今之所謂能官者，吾惑矣。慨自儒吏之迹判，而士往往不得以盡其用，用之不盡，乃或從而短之，豈所以待天下之士哉？豈所以待天下之士哉？予之懷此論久矣，方喜君之得試其所未盡，亦以窺銓曹者之得用人之道於此也，而又奚惑哉？與君遊者多時名大夫士，皆爲詩以相君之行。予非工詩者，又不可爲君默，則以太史喬君師召之意爲序云。

邵孝子詩序

户部主事湘陰邵君汝學蚤喪父，事母李氏甚勤苦。居常愉色，每出飲未嘗至醉，值蔬果輒懷歸奉母。母疾，衣裳不解帶，日親湯藥。雖唾壺穢器，必手自滌滌。或激涴其面，弗見於母，母既安寢，乃徐而拭之。母喪，哀毁累日而後食，食必粥。葬之日，寢苫枕塊，廬於鳳山之墓三年。孝行甚異。門人龍來雲輩倡於鄉，鄉之人陰陽訓術傅時省輩狀於縣，縣大夫奏於朝。事下禮部，移御史及按察，下郡守，遞爲覆報，皆無異辭。朝廷以例表其門爲孝行，時君已自鄉貢舉進士，例得再建綽楔，至於是凡三焉。

今之例，有司以綽楔表於門者，凡科目之事與孝順節義異行之家皆然。表科目所以勸爲仕，表異行所以勸爲善，勸仕者固將以求其行也。然仕者恒有，而行之異者不恒有。故苟有異行，雖州甿里婦猶表而旌之，其禮加重，人之得之者亦加榮焉，況仕者之有是行哉？今表仕者於鄉，鄉之人起而慕之，而凡天下之爲仕者勸。表異行於鄉，鄉之人起而慕之，而凡天下之爲行者勸。鼓舞欣動之機，固各以其類應有不可遏者，而況乎兼之者哉！天下之行不必皆勸而後成，然亦有俟於勸者。

夫所謂州甿里婦，其行不出乎畎畝闤闠之間，及於人之耳目者近，近則未易遍。仕焉者，名籍在朝廷，勳業在臺省，觀望在天下，於此有異行焉，爲之上者又表章之不暇，其所感動宜何如盛也？今聖天子孝理隆洽，法制精密，善必聞，聞必勸。而君方以異行登顯仕，膺旌異之典，是以其身繫天下之化者，其責亦加重，夫豈可例而觀之哉？古者國有美政，鄉有善俗，必播諸詩歌，以風勵天下，薰陶誘掖，蓋有深於教，今者吾黨則有不得而辭焉。

與君偕舉進士者若干人，爲詩若干篇，而東陽竊以鄉士爲國史，尤親且近，因序其事以佐君勵天下，庶幾自吾鄉始。

賀陳先生誕孫詩序

成化丁酉三月十八日，翰林諸同年會於師召陳先生第。既有成約，予與鳴治先入。惟其有喜色，問之。曰：「適得莆報，大兒舉得一男矣。」時同年皆未有孫，孫實自師召始。予二人喜甚，亟呼酒飲師召。師召曰：「請爲我賦。」鳴治倡爲句，予繼之。已而衆客以次至，皆遞爲句，句八繼而成律，明仲再倡，律再成，衆乃屬予大書於堂壁。師召不欲以觀賀者，掣予肘再四，不能得，拂衣入。少頃忽笑而出視予書，且視且喜。衆客競爲助喜，歡聲動堂陛。回顧僮僕，皆欣欣若有懌色。師召獨據几諦誦，曰：「固亦佳事也。」意始悔沮予書。書成，敷五後至，不及與，獨和二章。明日，衆客皆重和。越數月，汝賢還自莆，又續和焉。於是聯爲鉅軸，盛供具以贈之。而師召益大設席饗客，以爲例，例亦自師召始云。

嗚呼！師召爲人純樸簡易，藹然古君子風。其考文析理，極精盡密，而名數世故之粗，或遺略不屑計。立心制行，介介不可易，而包垢含穢，口不稱人過。日與人無問親疏遠邇，皆樂且信。師召亦自信，不復疑於人。予嘗謂其氣象悠遠，其爲福澤宜深且厚。徵諸子孫，亦固然哉！

又聞諸師召，言其先祖宋觀察使淬父子皆死國難，旌爲忠孝；曾大父義軒下暨祖禰，皆能以容忍惠讓爲德。數百指之後昆，三百餘年之世業，於是乎涵江之澤遠矣。昔陳太丘氏祖子孫三世同德，文人史氏尚侈言之。是詩也，雖出乎一時之談笑，然於平生交際之情、諸家世講之好，亦可以觀矣。請爲諸君序之，以傳乎其家。

送閩縣令周君序

縣之爲政至劇也，其隸於府者倍之，隸於藩則又倍之。予嘗遊東南諸大藩，親見其所爲令者，朝夕奔走，經畫之不暇。問其賦稅刑獄，校之旁縣，若無大相遠也。徒以呼召迎送之繁、徭役供億之費，用之無時，取之無藝，日益而月復增，是固勞乎爲民，亦難乎其官矣。夫人以身應衆事，其勢不能盡，有所詳必有所略。詳於政務者無上賞，而略於承奉者有顯罰。人之情，孰不慕賞而畏罰？於是，擇上之所急者爲之，則民愈勞而官亦愈難矣。於此蓋有説焉。蔣沇之在高陵，郭令公戒其麾下曰：「得蔬飯足矣，毋撓其清。」何易于之在益昌，身爲民引舟。刺史崔朴愧之，與客亟去。下上之相感固如此。無何之誠心與蔣之素行，而徒以此咎上之人，亦何怪其爲難也哉！

比者朝廷命簡太學生爲州縣正，定海周君志尹得福建之閩。於時爲銓曹者曰：「閩劇邑也，非夫人莫可與兹任者。」閩人之仕與遊者亦曰：「吾閩之劇也，而得夫吾侯之賢也。」翰林修撰林君亨大以贈言屬予，予惟爲縣之政亦多矣，民爲重，故就其所急者言之。周君以太學生舉鄉貢，習於民事，所以舉其官者蓋必有道，其毋專事乎呼召供役之務，俾議者謂銓曹之所擇與士大夫之所望者徒以此也。今閩藩稱賢方牧者固衆，亦安知無郭令公、崔刺史者以成君之美哉？

李東陽全集卷二十四

懷麓堂文稿卷之四

序

封吏部郎中倪公輓詩序

禮部郎中倪君良弼之喪其父介庵公也，故吏部侍郎葉文莊公有表，翰林侍講學士鏡川楊公有志，廣東參政劉君欽謨有傳，諸大夫士皆有詩，其爲傳世計甚遠。而良弼猶欲予序其事，曰：「同年之誼，十五年於兹矣。」嗚呼！予何以加於諸公之言哉！

予觀介庵居鄉，直氣正色，善分别白黑，不爲諛佞。民有爲豪右所奪而不能訟者，爲暴於官；鄉人不相直，輒詣門請質，得一言輒俛服去。故鄉之稱直諒者，曰倪公其人。良弼始爲吏部，改今官。飭行持法，遇有不合，斥言高論，雖權貴不少孫借；或鬱不得泄，則耿耿不能寐。故士之稱直諒者，必曰倪君其人。嗚呼賢哉！何其德之相似也。昔陳咸言事譏切近臣，而其父曲爲戒諭；孫盛作晉春秋直書時事，而諸子號泣請改。向使父子易地而仕，則其所建立者異矣。世説古今人不相及，觀於君之父子之間，豈其然耶？

夫人之才德同而其所立又有遇不遇異者，故其成也可幸，其不成也可惜。若司馬氏之文章、王氏之相業，或倡乎其前，或成乎其後，君子蓋惜其父，而亦未嘗不幸其子也。介庵雖不仕，而能使其子仕，仕而有所立如此，是可徒爲介庵惜而不爲介庵幸邪？良弼既不妄交，凡爲詩必相與遊處稱知己者，人亦慎重，不苟爲應答，故其詩皆可觀誦，與其傳狀表志蓋互相發也。後之君子考介庵之爲人，惜其不得仕，而幸其子之有成者必自是詩始。作輓詩序。

送太常鄭先生之南京詩序

太常之職，官尊而責重，不與他監寺比，故其爲選必取之清密禁近之臣。比者南寺闕當補，方銓部未擬，制命未下，議者求之翰署官僚之間，則曰仁和鄭先生其人也，已而果然。初，先生自禮部入對，先帝試其策第一等，得進士及第，入翰林爲編修。今皇帝即阼，同修先朝實録，成，進修撰。居數年，又修續資治通鑑綱目，進司經洗馬，凡四命而至是職。於是辭編摩考校之務，而司禮樂制作之柄；輟經幄儲宫之直，而奉宗廟陵寢百神之事：官日尊而責愈重矣。君子謂其初命也以文，其再命三命也以勞，其今命也則以材行地望，是其官非苟得，而朝廷之擢之者非徒於資格而止也。

先生之歸省也，念母夫人老，不能遠就禄養，而國事又重，官不可久曠，乃留其妻若子，而獨處於官。雖居京師，察其志未嘗一日不在膝下。今密邇南國，得舟楫之利，將先歸拜母，而後迎養於官，此又人之至願，而不易得者也。昔崔慶仁爲太常，親導母輿；趙彦深爲太常，不脱朝服而見母。史册書之，以爲美事。然則進不負國，而退不遺親，持不苟得之寵，以成不易得之樂，如今日者，非先生之賢，其孰能致之？先生之行也，公卿以下皆歎慕歌頌，分曹而餞之。其門人刑部主事陳洵、員外郎沈鋭尤親且厚，既自爲詩，又以倡諸同曹及所與遊者，總若干篇，爲一卷。謂予嘗以鉛槧從先生後，屬爲序。先生在翰林，不妄交生徒，其所誨迪，必先忠孝，今日之行固臣子之義所繫。若二君者，亦豈但師弟子之私而止哉？

送蒙庵林先生南歸詩序

聖人之道，仕止久速，惟其時而無所必。蓋惟孔子能之，雖伯夷、柳下惠之聖，不過得其一節，中庸之不可能也固如此。然人之情恒易進而難退，故賢人君子必謹於所易，而勉於所難。時有所不可則去，不得其職與言則去，居其位而力不足以勝之則去。是其退也恒易，而進也恒難。蓋必知有所不可不退而後進，則其進也非干禄；知有所當去而後留，則其留也非貪位。君子之心，豈惡進而樂於退哉？然世亦有果於忘世而去者，有因所激而去者，有去於勢所不得已者，有索隱行怪徼一去以爲名者。於是利禄之士顧得以藉口於其間。故論出處者，必參其平生而考之，自辭受取予之常驗之乎進退之大，而後可知也。

蒙庵林先生始仕爲行人，即以母老謝病歸，十有一年，既終養，乃出供職，稍遷爲司正。當道者欲薦爲提學，辭不赴。九載循例，進兵部車駕郎中。未數月，再上疏請老。事下吏部，以先生賢且年未六十，例不得致仕，格不爲覆，移兵部及遣官屬敦諭，令勉供事。而先生意已決，乃乞以養疾歸，疏又再上，且致書冢宰司馬諸公，懇懇數百言，竟得請去。此其進不可謂不難，而退亦不可謂易矣。

先生蚤有志於古聖賢之學，動循規度，與之處，温然可親。其爲司正，誘掖勸戒，一時寮屬皆翕然尊仰，益振厲爲名節。是雖未及於大用，知其非徒進者。今日之去，其所自處，諒必有道焉，而予也非所敢及也。或者乃欲以微事窺之，是惡足以知先生哉？

與先生遊者洗馬羅先生明仲輩皆賦詩贈之，用寇萊公詩二句爲韻。是詩先生嘗揭諸坐右，蓋有合於易退之義者，故諸君取之，而予獨推其意爲序云。先生名雍，字萬容，甲戌進士，蒙庵其别號也。

送武選汝君之南京序

吴江汝君行敏舉景泰癸酉鄉貢，爲國子生，成化初會修先朝實録，以能書入與史事。予時濫在館局，見其爲書楷正有法，表然出儕輩。書成，授中書舍人。凡卿大夫士所得誥敕，皆願得君手筆，故君書傳於世日多。九載秩滿，有南京武選員外郎之命，則戊戌十月也。實録之典，職書者例以恩得中書。時臺閣執政者以爲太廣，獨嚴資格，惟貢士及國子生乃得，得是者不過數人。考績之典〔一〕，自中書滿者例得遷員外郎。近歲吏部亦以爲太泛，乃因内閣議分爲三等，得是者亦惟科目之士爲然。於是知君所處地，雖藉恩循例，皆非輕授而幸得者也。然其初命也，有謂中書雖清近而不與政事，以爲君惜；其再命也，有謂兵部雖繁要而南署所掌不及北曹之半，未足以大紓厥藴。蓋君之所得，人不徒不以爲幸，且以爲未足者如此也。

夫行能辭藝，皆所以爲世用，而進取之機、官守之分，則有不同。君子之於官也，必吾之所當得，得之不爲幸；必吾之所能爲，爲之不爲强。寧用我者有所未盡，而吾之處之者有餘，使心有餘慮，身有餘力，歲有餘日，而復以其所餘者自盡於其間，於是乎曠官廢職之咎寡矣。君在中書翰墨之外，詞章議論，溢人耳目，故雖用者以爲未盡，而君之有餘者固存。武選之職，領武胄封拜傳襲之事。今天下功籍日廣，冒僞之弊興，考核取舍以嚴今日之選者，君之事也。而又積學蓄德於其餘，挾庖丁之刃，操郢人之斤，以待天下之用，吾知其有餘地也。

先君爲員外郎者，李君應禎。李君與君同鄉，同爲中書，聲價相甲乙，又適有交承之誼，聞斯言亦未必不爲予首肯也。

【校勘記】

〔一〕「典」，原作「與」，顯以形近而訛，今據文義與抄本正之。

退庵陳公輓詩序

君子之於天下，其視患難之加乎身者，得之不爲悔，脱之不爲幸，惟義所在而已。世之矯情以徇名者弗論，若感激奮迅、發於一時、決於一舉者，亦或有之。惟屢仆屢起，至於死而不變，則非誠有安乎是者莫之能也。易曰：「君子以致命遂志。」孟子曰：「所欲有甚於生者，故不爲苟得也。」夫豈固爲是之爲快哉？顧時與義有不得不然者，此其志亦可哀矣。

退庵陳公之卒也，鄉人哀之，至爲之歌詩，愈久而愈不衰。予得其詩於公之孫國子生悦，乃取其傳狀表序而觀之，則歎曰：「是誠可哀也。」

公在永樂間爲河南布政參議，坐事謫太和山佃户。宣德間爲御史，出按江西，以言事入繫詔獄。正統初再起爲御史，論遼王事，復坐死。尋復爲御史，以福建按察僉事卒於家。公平生屢涉奇禍，皆人所不能堪者。而江西之禍尤烈，闔門十六口皆錮獄中，父既瘐死，而羣從子侄幾就蠶室。當是時，陳氏之不絶者如綫，其禍之烈至於如此。況其始也，出於編置流徙之餘，而其繼也，又執法抗論以蹈必死之轍，於是知公之心誠安焉久矣。及其尊官壽考令終牖下，則固公之所不暇謀，以其所不敢幾者而得之，奚以爲公哀邪？使公萬有一不幸於其時，公之志固可以爲遂，而典法之得失、士氣之興沮有不可言者，於是又知公之生猶幸得其時，而君子之不待死而後遂其志也，而又奚哀邪？然公之孝友足以厚倫理，材識足以斷政事，氣節足以勵風俗，其存其亡，關乎天下者甚重，人之哀之，不啻乎死生進退之間而已。夫若是，吾固將爲天下哀之，豈獨於其鄉於其子孫哉！

於是，大夫士聞而爲詩者又若干篇，合爲一帙，而悦以請於予，遂書以爲序。公諱祚，字永錫，蘇州吴縣人也。

送顧天錫序

予與顧君天錫交殆二十年，合而離，離而合，閲歷既久，所以相與者益深。天錫知予，予不敢負天錫也。

天錫居家孝友，母喪，歸吴，廬於周山之墓，足不至城府者三年。事其兄光禄公甚謹。弟禄早卒，以次子後之，恤其嫠婦，俾不失節。故人潘郎中廷用客死，婿其子，教且育之，而歲賙給其家，雖負券未釋，日汲汲爲之不厭也。在刑部，奉命録刑山西，伸理冤抑，雖罹怨坐累，不少顧恤。再勘浙西大獄〔一〕，守法遵制，至不敢入其鄉邑。此其志大抵重名義而輕私圖者也。是予於天錫，不可謂不知，而天錫豈予負哉？

夫人之出處離合存乎命，是非毀譽存乎人，皆非君子所自盡者，天錫蓋屢屢爲予言之。故詔獄之下、工曹之賾、永州之謫，皆俯首巽受，退而默無一言，然其曲與直固在也。君子之處世，泛安流馳坦途者不足以爲難，惟涉患歷難，然後可見。天錫勉乎哉！今日之地，固天錫所以自玉於成者也。若夫在命者委之於不可知，在人者付之於不必校，豈足爲天錫道哉？

大夫士知天錫者多贈以詩，詩皆感慨期勵，無愁苦嗟歎之態者，爲天錫道也。予於天錫深有感乎兹別，獨所感有重於別者，故舉其所重言之。

【校勘記】

〔一〕「浙西」，原作「所西」。顧福字天錫，爲李東陽友人。據本集文後稿卷十七明故河南布政司右參政進階嘉議大夫顧君墓表，知顧福曾勘獄浙江。因據文義與抄本正之。

送徐君再守荆門詩序

成化戊戌，荆門州民若干詣闕，言臣州守闕，願得前守徐某爲之。事下吏部，時徐君方以家艱起，復上京師，遂復有今日之命。蓋自君去其州三年，又歷一守去矣，而始再莅其地。於是朝士皆謂茲州之不可以無君，而君之能感其人者如此也。乃爲歌詩餞之，吾同官張君亨父屬予序。

天下之譽皆可以妄取，惟於民不容僞。蓋其勢重，其地親，其爲情也平而無所執。故或能使臺省交薦，不能乎於匹夫之心；能使左右稱賢，不能得於國人之口。天下之所謂公論者，至於此而後定。然感之於旦夕非難，懷之於久遠者難。若有故而去，去而久，久而思，思而復欲得之者，其亦鮮矣。官之設以爲民也，而得乎民者其難如是，故古之賢者在官，則有久任之典，既去則有復借之令，凡以爲民利也。今以閭閻之賤而干殿陛之尊，不可謂不誠；以君相之命而下從匹夫之願，不可謂不專且重矣。而徐君當之，其不謂之誠難乎哉！古之君子名成而行益勤，任重而心愈憂。蓋人之責乎我者重，則吾之所以副之者愈難，責而莫爲之副，不若無其責之爲愈也。徐君勉乎哉！夫使其民如饑者之必飽，渴者之必飲，愈久而其心愈不忘者，君今日事也。然非力倍蓰不可得。若謂事半乎人，功必倍之，如孟子所云者，此則交承之論，非所以論始終之際也。徐君勉乎哉！

諸君之詩多寵君且期之者〔一〕，予爲是説以相君。君誠賢者，有志用世，必不以予言爲不佞也。君名泰，始字士亨，改字大同，世爲江陰鉅族，舉解元，試御史事，補知羅田縣，以才能擢今官云。

【校勘記】

〔一〕「期」，原作「斯」，顯以形近而訛，今據文義與抄本正之。

韓氏族譜序

韓氏舊無譜，祖傳居平陽之洪洞者前後二百餘年。北地多兵燹，遷徙不常，雖士大夫家概無譜如韓氏者，而不獨韓也。工科右給事中貫道始以其父徵仕公命作譜京師。由徵仕公而上得八世，有諱永者爲始祖。自始祖及給事君爲十世，世有昆弟，累至數百人，皆以法并紀，曰：「我不敢遺也。」十世而上，聞有顯宦者而名系不究，則闕而弗書，曰：「我不敢誣也。」君子謂其善爲譜，是可爲其鄉作譜者式，而不獨譜也。

譜之道所以尊祖考、合宗族、興孝弟之義，以成敦厚之教，甚重也。人之親有可窮者，有不可窮者。夫親始於高祖，窮於玄孫，而復窮於緦，此可窮者也。由天下之異姓以求吾之同姓，由吾族千百人之身而溯乎一人之身，愈遠而愈不忘，此不可得而窮者也。故禮不可過，而名義不可隳，譜者所以存名與義者也。因其不可窮者而求之，則所以尊祖敬宗者，蓋不容於不厚矣。然孝弟根乎心而教本乎身，故必孝而後可以教吾之子，弟而後可以教吾之弟。能尊吾之所自出，而後可以引之於無窮。若徒存其名而不自盡其實，則彼所謂父子昆弟者且不知厚焉，況數世之遠、千百人之多，指而語之曰某而祖也，某而祖之所出者也，孰從而信之？孰驅而厚之也哉？故譜者君子重之，而所以爲重者不在此也。

韓氏用醫起家，世有恒業。徵仕公以隱德承家學，爲醫學訓科。給事君既貴，乃棄官就封。拜徵仕郎工科給事中之命，而韓氏始顯。公有從祖兄弟數人，皆居同業，食同爨，予聞之給事君。而君清謹醇厚，有志乎名教之大者，其家教可知也，豈獨是譜然哉？然後之孫子推其所自出，幸茲譜之有存，而思所以不忘者，必自給事君始。作韓氏族譜序。

怡庵楊先生輓詩序

國家之制，凡爵賞外，有所謂封贈旌表者。旌表之命，必篤行高節始得之；封贈之命，非其賢子孫能稱位舉職者莫能與：皆天下之盛典也。夫旌一人，蓋曰使天下之爲善者勸；封一人，蓋曰使天下之爲教者勸。然必其人之不愧乎其身，而後可以勸乎人。於是有以一人兼二命，而又不愧爲者，則其爲勸也倍矣。

山陽怡庵楊先生克彰甫，居家至孝。母喪居廬，致有異瑞，被旌爲孝子。中歲失儷，不復再娶，以成其子之業，獲封爲刑科給事中。君子謂其旌也，不愧乎爲人子；其封也，不愧乎爲人父。使凡旌與封者皆先生其人，其爲天下勸豈不厚哉？夫苟其身足以勸天下，則凡人之有身者皆得法乎其爲善，有子孫者皆將慕乎其爲教。其存其亡，足以爲重輕忻戚者，亦豈不既多矣哉？

先生年七十，時其子貫之爲給事中，大夫而下皆作歌獻詩，予得而序之。其卒也，給事已遷大理丞，秩加顯，公卿而下皆吊哭哀輓，其爲詩加多焉，大理復以屬予。予方願壽先生之年，而遽傷先生之没，始終之義，固不可得而辭也。獨念先生之重於世以賢，而賢之著以有旌封之命，故獨敷揚其義爲天下道之，以重諸公之哀云。

遊朝天宫慈恩寺詩序

成化己亥重九前二日，翰林修撰謝君于喬以詩約遊朝天宫。是夜雨，翌日大霽，于喬喜，復以詩速客。於是編修曾君文甫、王君世賞、刑部郎中馮君佩之皆赴。至崔、郭二道士宅，和于喬韻各二首。于喬倡爲詩，諸君輒和。繼各倡一首，又輒和。和且半，予始至自内直，詩皆如諸君之數。已乃爲聯句，文甫以事先歸，遽口占二句而去，又得三首。獨編修楊君惟立以詩報不至，翌日始并和焉。

先是，佩之遊慈恩寺，與僧琛訂九日之約。預約者郎中李君若虚、屠君元勳及予。予方有侍講陳君師召之會，以舊約不可負，預以詩謝之。至日，與諸君次第俱往。沿楊柳灣，歷菜園，觀稻田，臨海子，望鐘鼓樓，訪桔槔亭故址，留連竟日，復倡且和，如朝天之作，共得三十六首。已復爲聯句，世賞先歸，亦口占一句而去。四君暮枉予家，呼燭續録，得十首。於是合而書之，爲一卷。

都城之可遊者，道院惟朝天，僧寺惟慈恩爲勝。慈恩即舊所謂海印寺者，在予所居故里，有林木水石，視朝天爲尤勝。獨朝天以于喬主客，雖不必景勝，殆以人勝也。

是遊也，皆以菊節起興，而今歲候差晚，所至菊未花，諸君之詩若有不能忘情於此者。夫歐陽子意不在酒，而在山水之間。以予觀之，則所謂山與水者，亦寓焉而已。若是，則今日之景且不必恃地以爲勝，而況物乎？噫！諸君非好遊者也，出處聚散之情、張弛之義，蓋於是存焉，則是詩也，不可以不書也。是爲序。

賀楊母太安人受封詩序

巴陵楊君應寧既以中書舍人滿三載，書最於吏部，當貤贈其考化州公。而州佐秩從六品，稍尊，中書雖屬禁近，品顧居七，乃以例給化州同知敕，而進公階儒林郎。其母張氏從夫階當封安人，而例以獨存，故得稱太，蓋其號加尊焉。封贈之制，凡父官尊於子則從父，官卑於子則從子，惟貴之從而不爲殺，此國家待士之至。於是，應寧之所得被者亦厚矣。且凡所謂誥敕，必京官之能舉職及郡縣官之有美政被旌異者乃得之。化州公廉潔有異績，而當時藩司部使無能旌之者，則太安人之命與應寧之貴且才也，殆公所質於天以遺其家者乎？

予始見公，敝冠束帶，又或時被褐布衣，居京師一第，不能旋馬，若未嘗擁車騎出佐一郡者。太安人之封也，予往賀而見之，時雖貴有禄養，命服之外，無所增飾，固其儉樸天性，而化州之素風遺教蓋未改也。昔范氏、歐陽氏之母皆舉父事以教其子，成其賢名，而其身固在，食其禄，人謂爲范氏之母易，爲歐陽氏之母難。有子如應寧者，親及其父之教，而又有太安人以終之，何怪其成之易如此也？又况應寧年甚少，志業甚鋭，而太安人方康强優裕，猶有所待而益成耶？然則太安人之命不獨爲今日賀，賀且自今日始，殆其兆也。

應寧上世滇南人，今定居京口，而巴陵實故郡，且其所受薦地，有名籍，故於湖南之士尤親。湖之仕者皆往賀太安人，賦詩爲壽。而予與應寧尤厚，故既爲詩而又爲諸君序之。

赤城詩集序

詩之爲物也，大則關氣運，小則因土俗，而實本乎人之心。古者道同化洽，天下之爲詩者皆無所與議。既其變也，世殊地異而人不同，故曹、豳、鄭、衛各自爲風，漢、唐、宋之作代不相若，而亦自爲盛衰。逮至於元，其變愈極。而其間賢人義士往往奮發振迅，爲感物言志之音者，蓋隨所得而成焉，然亦鮮矣。夫自樂官不以其詩爲教，使者不以采詩爲職，是物也，若未始爲天下之重輕，而所關者固在也。然則不得與於天下者，因其所得爲而求之，亦固非君子之心哉？

浙之東有州曰台，古赤城郡地也，其人固多能詩。吏部郎中黄君世顯、翰林侍講謝君鳴治誦其遺篇，而胥歎曰：「此吾鄉文獻之懿，其不可以廢。」乃輯宋宣和至我朝洪武、永樂間得數十人，人若干篇，爲六卷，名之曰赤城詩集。初，宋理宗時有林詠道者，嘗輯爲天台集，今刻本不傳。天順初，國子學録張存粹輯黄巖英氣集，而不及旁縣。至是，始粹然成編。予得而觀之，其音多慷慨激烈而不失乎正。蓋宋、元季世，甲兵饑饉，迄無寧居，國初一統甫定，而其君子猶有感時悼昔之意。風標義概，或出乎憂患疢疾之餘者，皆可得而見也。若唐項斯、宋楊蟠之徒，皆以詩名，而世遠不可究，故存者左經臣而下不過數十人。使數百年之間，有如二君者時輯而代録焉，當不止是以其止於數十人也。則及時而爲之，其容以後乎哉？

二君將以是詩屬其鄉按察副使應公志欽鋟梓廣東。復懼其未備，將益搜輯，以爲續集。今文教日隆，作者彙出，方大鳴太平之盛，其或有繼二君之志者，雖百世可也。

李東陽全集卷二十五

懷麓堂文稿卷之五

序

周原己字序

御醫姑蘇周君始名京，字原畿，及被薦，部檄以經徵，故又名經，今年始更名曰庚，然未有字也。其舅氏翰林修撰吴先生原博字之曰原己〔一〕，蓋以舊字之稱已習，故因其聲之近者爲之也。

夫庚之於五行，其屬爲金。庚者，堅强之貌，象萬物庚庚有實，又釋爲更，變革之義也。己之屬爲土，屈曲包容，象萬物避藏之形，物之氣藏則歸土，土所以藏也。

五行之理有生有克，生原於所養，而克原於所制。己者，庚之所由生也。然而洪範五行，土居金後。禹稱六府，亦以木土後金。蓋言形則微而後著，言用則制而後成。推十干之説，則先己而後庚者，言理也。故曰理紀於己，斂更於庚[二]。蓋非己則無以爲庚，而至於己，亦有不得不庚者。天下之理過中則變，自甲乙至於戊己而中，天地生物之意於是焉而窮，窮而後變。故庚者，秋冬成物之氣自生而成者，所謂庚也。夫既知其所原，而又知其所變，天下之事豈有不成者哉？以之爲學，則守而化；以之爲德，則誠而明。明而動，動而化，以之爲功業，則久於其道，而天下化成。庚己之義，亦於是焉備矣。予又聞諸易之巽曰：「先庚三日，後庚三日。」夫丁寧於事之先，而揆度於事之後，則其爲變也，其容以苟乎哉？

原己雅善古文歌詩，而志不離道，思有以進於古。夫名與字亦更之一事，由是而日新之，其成也孰御焉？予與原博故，託交原己，而得其賢於庶吉士陳君玉汝爲詳，乃序而贈之。

【校勘記】

〔一〕「己」，原作「邑」，細讀本文「庚」「己」之説，可知「邑」爲「己」之訛，因據正。

〔二〕「斂」，原作「歛」。漢書卷二十一律曆志第一：「理紀於己，斂更於庚。」此處顯以形近而訛，今據文義與抄本正之。

贈御醫錢宗嗣序

丹徒錢宗嗣以醫名江南，名徹京師。爲郡太守所薦，隸太醫院籍。穎脱儕輩，禮於公卿，下及里巷，皆争爲延接。尋被選供俸内局，以姓名見録於上，遂擢官爲御醫，蓋特命也。夫醫之言意也，脉絡有道，氣候有數，土地有宜，藥餌有法，不以意權之，則數者牴牾而不能相通。故張仲景之論方術，説者謂其不宜於東南；陶隱居之論藥物，説者謂其獨謬於西北；郭玉之治病，每盡法於貧賤，而自謂不能於富貴；張子和例以攻擊爲法，朱彦修謂其可施於有餘，而不可施於不足。夫專門名家者猶不能盡天下之藝，今蠡測株守，概而施之，以有限之法，應無窮之疾，未精其所已知，而取必其所不能，噫嘻，亦難矣！然必通髖髀之理，而後可以爲庖；明尺度之分，而後可以爲梓；諳坐作攻守之法，而後可以爲將。不知夫天下之常者，豈復能與於變哉？

宗嗣之學，吾嘗聞之矣。於其書未始不讀，而能權以意。形色證候之大、起居飲食之細，參究互用，摘抉攻伐，巧發奇中者往往有之。故其在物議，君子謂之不愧其名；在國事，君子謂之不瘝其官。然宗嗣猶有進於此者。蓋南歷江湖，北登川陸，貧諳藜糗之味，而貴識膏粱之性，見愈多則試愈習，其視居一鄉、試一邑者，功殆相百也。人之材藝亦係於所用如此哉！予恒病天下之藝未復於古，而醫爲甚。宗嗣其有意乎？吾將望之矣。

大夫士之德宗嗣者皆喜其得官，中書舍人楊君應寧其尤厚者，謂予於宗嗣亦不薄，請有以張之，於是乎書。

壽羅母陳太宜人七十詩序

太子洗馬羅先生明仲之母封太孺人陳氏，以今年四月九日初度，壽躋七十，而明仲適以五品滿三載，再膺太宜人之命。大夫士與明仲遊者，爲頌禱之詩若干篇。予同年進士在翰林者十有餘人，凡爲翰林官僚之屬又二十餘人，而親在京師者惟明仲及予二人而已。於是摳衣執爵，操觚翰之役以從賀事，不敢在諸君後，乃僭而序之。

初，羅氏與楊文貞公異姓同居，明仲之先封君實綜家政，太宜人禮均諸婦，居京師賜第幾二十年。封君既棄養，侍楊太夫人於泰和，數年而還羅氏。及明仲以翰林修撰歸省迎養，而來又十有一年於兹矣。夫士仕於朝，雖有父母之養，不得顧；或就養於官，而風氣土俗之異亦有不相適者。太宜人之再上京師也，舟安坦途，油然如赴其家。既其久也，子姓之蕃育、姻戚之交際，怡然如居其鄉。官封色養，優遊泮奂，於榮名壽域之下，蓋人之所僅有者也。夫文貞之學實成於母教，官秩之贈，有禄不逮養之憾焉。雖寵遇極一時，勳名滿天下，而父母之養乃有不能自遂者。若明仲之宏材舊學，方益隆孝敬以輔導儲德，又將以登華陟要贊聖天子休明之治，而太宜人之壽足以待之。安知其功業不能上媲文貞，而家慶過之也？

予從明仲久，顧才與地皆出明仲下。喜其家慶之美，而以遠且大者期之。若懿德雅行，太宜人所以致福於天者，則詩人頌禱之義已備，予雖能言，豈有加於諸君哉？

送蕭履庵詩序

予辱履庵蕭先生文明爲忘年交。時履庵尚未第，清詞妙翰，横絶時輩。每入較藝，輒爲有司所抑，而韜晦涵蓄，未嘗作不平語。及取進士，爲諫官，悃愊忠懇，孳孳奉職，惴惴焉惟負國與民是懼。雖勢位烜赫，未嘗挾以爲驕。其所交際，傾寫披露，言可質，情可信。雖窮達離合，事異時殊，而恩誼篤至，久而不變。以予觀之，蓋二十年猶一日也。比者擢佐鎮寧，當遠涉荒服萬里外。命下之日，即飭妻子治行具，怡然就道，若赴東西鄰者。於是一時大夫士隱然知其賢，益信其平生，而與託私好者亦不敢戚戚效兒女子態，爲履庵恥，乃賦詩以道其行。

予惟君子之於天下，必有恒志定力，然後能居常處變而不失其正。故素富貴則行乎富貴，素貧賤則行乎貧賤，素夷狄則行乎夷狄，素患難則行乎患難。苟中無所主，則隨事觸物皆爲所動，利則趨，害則辟，豈復知有罪我者哉？故觀人者必於其忽微而知其久遠，於其平居無事之時而驗之於倉卒不備之日。履庵之賢，吾得之深矣。或者乃謂今之諫官雖貴且近，而責任甚難，舍此就彼，宜若釋重負之爲快者，是亦豈吾履庵之心哉？臣之於君，子之於父，有職焉無所用而不盡，有命焉無所往而不受，此則履庵之心。推是以往，雖躋廟堂，登臺輔，其視今日殆無以異也。履庵其賢哉！

履庵伯子鳴鳳夙敦孝養，鎮寧之命，實操几杖以從，婉容順志，無矯强抑鬱可憐之色。履庵誠賢哉！觀其所爲教，則益可知矣。贈履庵者多及其父子間事，予故彙序之，而贈鳴鳳者尚多，則別爲卷云。

寄鶴溪潘先生詩序

鶴溪潘先生歸自莆陽，既闋服，遂馳奏於廷，請致太守事。葺舊屋數楹，徜徉溪上，作招鶴之辭以自寓，好事者傳之京師。予嘗與客五人會於其從子時用，獲其辭讀之。客於先生無問識不識，皆傾慕風采，欲倚歌和之。而調高興遠，不可復續[一]，乃爲聯句十四章，而各和一章以寄其遐思。大夫士聞而慕者亦各和其一，合和章如聯句之數。而予所和末章有不能盡於先生者，又疊爲一章。既乃彙而書之，爲一卷。

嗟乎，隱與仕之相遠也久矣！許由在山，雖盛世之言亦不欲聞。接輿歌而過，雖聖人欲與之言而不可得。吾曹以城市之迹，乃欲與高人遺老酬酢乎山林之間，其不爲先生笑乎？先生之學在於行道濟時，取科第，歷郎署，以至一郡。蓋嘗焦思瘁力，惟恐一職之或瘝、一民之不被其澤。功成而去，亦其時然爾，先生豈果於忘世者哉？或者以爲士之出而隱者，亦必真見夫外内輕重之辯，而後能形之乎言。如四皓之紫芝歌、陶淵明之歸去來辭，皆出於其所自述。是故被簪組而談布韋者亦難矣。

予嘗接先生言，及見其所爲書翰，又於是辭焉求之先生之志與行，雖非予所及，亦不可不謂之知也，而又何傷乎？或者又以爲韓退之序李愿歸盤谷、蘇子瞻記張天驥放鶴亭，當仕而論隱，蓋其見實有超乎彼而後能。然先生之賢，過愿與天驥遠甚，而今之世亦無所謂韓、蘇云者。詩之作，安知其不爲贅也？是固知先生之粗，亦豈知吾慕先生者之深哉？觀山者必仰其爲高，望洋者必歎其爲大，不以未至而廢慕也。彼山與海者何心哉？若曰是徒仰且歎，而弗躋弗涉，無所益乎慕。此則吾所愧乎先生者，而亦不敢以自廢也。詩因是辭而作，故多稱鶴溪事云。

【校勘記】

〔一〕「續」，原作「績」，顯以形近而訛，今據文義與抄本正之。

城南登高詩序

成化庚子九月九日，工部主事蕭君漢文登高城南，會者翰林修撰吳原博、陸鼎儀，侍講李世賢，檢討張亨父，庶吉士陳玉汝，兵科給事蕭文明，兵部郎中陸文量，户部員外郎白宗璞、邵文敬，御醫周原已，鴻臚簿淩季行，紹興推官蔣宗誼，分杜牧齊山詩二句爲韻，各賦一詩。春坊諭德張啓昭、監察御史瞿世用不至，各補一韻。詩成，次第登卷，卷留亨父，未録。而亨父卒，漢文乃補作一篇，以寓悼歎。明年，季行又卒，時宗誼改金華，世用巡雲南，文明出爲貴州州佐，而漢文亦有雲貴提學之命，欲追前約而未得也，乃授卷屬予序之。

是日也，予使歸南都，泛江東下，因與羅洗馬明仲覽山川之形勝，歎朋儕之遥隔，爲詩賦以寄意。諸君在京師，亦念及予。予歸一年，而諸君聚散迭異，至有不可作者。古所謂二難四美，信乎其不易得也。孟嘉龍山之文不傳於世，蘇子瞻慕而補之，此猶曠世相感，興同而情異。謝無逸誦潘邠老滿城風雨之句，慨其不作，續爲三詩。交遊生死之誼，雖欲已之，有不可得者矣。漢文之於亨父，固亦有不可已者。夫抑吾聞牛山之泣，晏子以爲方恤民事，何暇及此。新亭諸賢覽景流涕，王導謂當致力王室，有官與民者，固不宜以外物爲欣戚也。今謂君遭盛時，居顯位，而漢文亦職風化，激揚萬里外，是固夙夜勤勩之不暇，又惡光景時物之足傷乎？然朋友交際，始於晤語談笑之情，而極於箴規輔翼、同心僇力之義，則固有不能恝然於此者乎？予於漢文諸君之詩，其亦有不可已者夫。

朴庵詩序

朴庵者，今太子少保工部尚書萬公所自號也。公家固有朴大數十圍，高可三四十尺。公曰：「吾愛朴，朴合吾性。且先世以朴遺我，我曷敢不識？」因號曰朴庵。越數年，朴毁於火，公益植數百株，以存故物。及宦遊京師，歲屢易，官屢遷，其所植朴皆暢茂如故朴，而蔭覆所及不啻數十倍。公曰：「是亦不可以不識也〔一〕。」乃徵同朝大夫士爲詩若干篇，而屬予序之。

夫朴，木之質者也。華不爲李桃，故不爲杉梓〔二〕，馨不爲蘭桂，而高可仰，廣可蔭，堅可倚，巍峨蓊鬱，獨守而長存，有君子之道焉。世之人多貴華而賤質，故朴不用於世，而其名莫之或傳。然則非性合而質類，雖强之使好，亦有所不能矣。公自先朝至於今日，膺異寵，都重位，可謂盛矣。而服食疏簡，居室儉固，不忘窮約之志，其將爲天下之大朴乎？孟子以喬木論世，太史公以種樹比德，萬氏之朴，蓋世守矣。及公身致崇顯，以茂其家而蔭其鄉，由今暨後，其勢有不可遏者，則兹朴之毁而復茂也，亦以彰公之功乎？

今天子開明堂，治天下，登賢選材，小大畢集，而公方爲楩楠，爲松柏，爲梁爲棟，乃以朴名其身而教其子孫，則其守益堅而澤愈遠矣。且物之植於人者，天實成之，榮瘁開落，有莫之爲而爲者，公之滋榮暢遠，承雨露，傲霜雪，愈老愈茂，如兹朴也。顧弗天之所成乎？使公端居職守，藻華斂實，全其天和而不變，則所以遺子孫、蔭鄉邑者亦多矣。

【校勘記】

〔一〕「識」，原作「誠」，顯以形近而訛，今據文義與抄本正之。

〔二〕「故」，抄本作「紋」。

中書舍人徐君壽六十序

一庵徐君維正居江陰，世有族望，以書拜中書舍人，直文華殿。未幾得告家居，乃成化辛丑，壽六十，十二月二十九日初度，實今歲之除日也。其子鄉貢士元獻以予南畿所舉士，方歸自省試，擬於是日置酒會客，以爲親歡。且將捧觴豆，操杖几，祝百千歲壽。則預馳書於予，請爲辭以壽。一庵戒其使曰：「必得命而後返。」使者再歷旬日，足及門者十數，竟不得辭。

予聞古有三皇之世，或一人萬八千歲，或四人合四萬餘歲，是壽者時爲之也。南陽之民或至百三十歲，青城之民或見五世孫，是壽者地爲之也。劉弘以陰德延二十四歲，孫泰以陰德延至九十餘，是壽者天爲之也。廣城子保精至二千二百，老子修道德至二百，黄眉翁吞氣至九千，是壽者人亦可以爲之也。然則將安取衷哉？時不可及已，地不可求已，存乎天者恒然，而人亦與焉？吾所謂人，非所謂若人者也。陰德陽報，固理之常然，不可必得，亦非人之所自必者，吾於其近且實者取焉。

孔子答魯公曰：「智者壽。」蓋寢處不時，飲食不節，佚勞過度，則疢乘之；居下忤上，嗜慾無厭，而求不止，則法罹之；少以犯衆，弱以侮强，忿怒而不量力，則鬬戕之。三者皆非所以爲壽，而智者不爲，故壽是非人所得與乎？然予又聞之王元之曰：「民之壽與否，繫君之政教。」君德尚儉，民心返醇，則不罹乎法；我國無外，斯民不争，則不戕乎鬬；調律曆，正節候，五氣斯順，兆民克寧，則不傷乎疢。三者皆所以爲壽。由是言之，則壽者君爲之也。今以簞食壺酒與人，則終身不能忘，惟天德帝力廣大莫測，故有終身囿之而不知者。苟能知之，則所以靈承而順受者，必有其道矣。

一庵生明盛時，居畿甸地，目不識敲扑之具，耳不聞金革之聲，榮名顯秩，安居腆養於山林之下，而又恬雅康靖，吉修而慶積，以饗其所謂壽。是得乎天者也，亦得乎君者也，養其壽而無害焉者也。若元獻之奇才妙質，取甲第、躋顯榮者，沛乎莫禦，則一庵之所當得者，豈獨壽哉？元獻之所請者以壽，故予之祝一庵也亦以壽，且附論之，而推其所當得者如此。

送憲副李君提學浙江序

今年，天下提學憲臣闕者五六人，吏部以次簡擬可任者，例以二人上奏，請親擇焉。最後擬二人爲浙江憲副，則兵部郎中劉君時雍，刑部郎中李君若虚，而受命者則李君也。浙江，天下首藩，憲副視僉佐秩加重，故簡之尤嚴。命既下，朝論翕然，稱爲得人。蓋雖未命而士望之屬君也久矣。

夫國家置提學之官，兩畿則任御史，諸藩則任按察，皆以憲臣爲之，蓋教誨有師儒，統領有郡縣，猶懼其或弛也。而是官設焉，倫理名教欲其惇明，風氣習俗欲其陶鑄，綱紀法令欲其振舉，文章學藝欲其程校，進賢黜惡，勵勤懲惰，恬退有獎，奔競有罰，責之周而任之重矣。苟專事課試章程而句校，則侵師儒之職；務法力，尚刑罰，毛吹而濕束，又偏於刑獄之官。本末鉅細，兼舉而就任之，然後善於其職，又必本諸身而爲之。有德矣而後可以爲表率，有藝矣而後可以爲硎範。私不我出，而後可以杜人之干謁；過不我蹈，而後可以懲人之罪咎。凡天下之事皆然，而責周任重者之爲急也。

君識見超絶，學問宏邁，練政務，精律例，於凡曲直利弊，皆燭照數計乎其間。而又清謹廉静，重名節，忘勢利，底裏洞徹，久而不變。是其中之所存，既足以教令乎人矣。然則領大藩，膺峻秩，當天下之所謂重任者，非君之宜而誰宜哉？今之論是官者，或謂其爲剩員泛秩，無與乎學校之務。此雖過論，或亦使之然者。君其竭志致力，以彰朝廷簡命之明，符銓曹擬擢之當，愜士大夫屬望之厚，使天下益信是官之不可無，而任之者不可不得其人也。則君之行，豈特爲兩浙重哉！

予君知己也，因君諸寮佐以言見屬，故爲公論道之。若契分之深、情誼之篤，則形諸詠歌，載諸卷帙，與凡所與遊者共之，以畢吾私云。

賀諭德程先生長子廕武序

春坊左諭德程先生克勤既以尚書公之喪歸休寧，朝廷特贈公爲太子少保，謚襄毅，遣官賜祭營葬。葬既畢，克勤入謝。朝廷念公舊勳，復許官其長孫壎爲錦衣衛百户，得世世代。壎，克勤長子，生六年矣，刑部員外郎謝君文安及同鄉大夫士謂不可無辭爲克勤賀，屬予序之。

夫古者文武一道，居廟堂則訏謨於內，臨戎授鉞則折衝於外，惟功所在而致報焉。故諸侯世國、卿大夫世家，父子相繼，不絕其禄。歷代以來，世殊而制或異。我國家定亂以武，致治以文。文臣則禄其身，而大者廕其子孫。惟軍旅之功無小大，皆得世代，不徒世禄，而又世其官，其念兵革之艱而録戰伐之功甚重。然武臣不得以與文治，文臣則內有兵部，而外有總督參贊，皆得以兼戎務焉。故勳績顯著者，或與於五等之爵，而其子弟與勞勩者皆得補武秩，比甲胄之士，功益多而報亦重矣。若録舊臣既没之功，蓋先朝已行之賞，以廕再世而傳無窮者，又豈恒常恩數之所及哉？

尚書公始以經學取進士，居諫垣，歷內寺外藩，出領風憲，入位臺輔。其在正統末，捍虜都城；景泰中，督餉廣寧，破松藩夷寇；天順初，巡撫遼東；成化初，督四川、貴州軍務，平山都掌叛夷，而最後參贊南京留務。謀謨獻納，宣威力，平暴亂者，實兼文武之功。生有寵，没有恤，朝廷之報其身者至矣。

克勤舉奇童，登甲第，官國史，直講經帷，兼侍儲極。其弟克儉，以公廕國子生。詩書禮義之澤，亦可謂盛矣。而公之子孫亦未有以軍功廕者，固有待壎乎？鄭桓公之子武公繼爲司徒，善於其職，於是乎有緇衣之風；召康公之孫虎克平淮夷，於是乎有江漢之雅。古之所謂世國世家者蓋如此。今克勤材望兼隆，廟堂臺鼎恢乎其有餘地，而壎也又將有事於帷幄閫鎮之間，其爲程氏之武與虎也可冀矣。予又聞太公治齊，舉賢而上功，其後乃失之强；周公治魯，尊尊而親親，其後乃流於弱。是豈貽謀者之過哉？家之有訓，猶國之有憲也。今克勤父子相承，文武并繼，以延先世之澤，而壎又將向學聞禮，以文事飭武功，如古所謂矢文德洽王國者，則公之業寧有偏而不舉者耶？

予與克勤同舉京闈，又同在史局甚厚，嘗拜其先公於堂，又喜其子之獲命，不可以不書也。且克勤娶於少保李文達公之女，壎所自出，今文達公之子士欽廕秩尚寶，而仲子士敬又以武功特拜錦衣百户，與程氏略相似。予於是仰歎聖天子之殊恩、名臣世家之盛事，皆世之所僅有者，而適於二氏見焉，故并書之。

滄洲詩集序

詩之體與文異，故有長於紀述，短於吟諷，終其身而不能變者，其難如此。而或庸言諺語，老婦稚子之所通解，以爲絶妙，又若易然。何哉？若詩之才，復有遲速精粗之異者，而亦無所與繫。杜子美以死徇癖，語必驚人，斗酒百篇者方嘲其太苦；而秦少遊之揮毫對客，乃不若閉户覓句者之爲工也。是又將以爲易耶，以爲難耶？蓋其所謂有異於文者，以其有聲律風韻，能使人反覆諷詠，以暢達情思，感發志氣，取類於鳥獸草木之微，而有益於名教政事之大。必其識足以知其深奧，而才足以發之，然後爲得。及天機物理之相感觸，則有不煩繩墨而合者。詩非難作，而亦不易作也。

滄洲張先生於文無所不能，而尤工詩，縱手迅筆，衆莫能及。及其凝神注思，窮深鶩遠，一字一句，寧闕焉而不苟用。晚乃益爲沉着高簡之辭，而盡斂其峭拔奔洶之勢，蓋將極於古人，而不意其遽止也。蘇之詩在國朝必稱高太史季迪，合天下而言，亦未見決然有以過之者。使先生生同時，居同地，與相馳逐，殆未知其稅駕之所。而皆不壽以死，寧不爲天下惜之哉？先生尚論古人，雖唐以上猶有所擇，予以一時一郡論之，殆非其志，亦姑就其所至者云爾。若其恬澹寡欲之心、端居自守之操，官雖久而不究於用，天下之所爲惜者，豈止是哉？

予與先生同年進士，又同官甚厚。先生之卒，其孤璉尚在繦褓，求其遺詩不可得。後静逸陸先生取諸其從子瓛以留予家，而静逸亦卒。因與謝方石、吴匏庵二先生録其若干篇爲十卷，文太僕宗儒以付其所部成府判桂刻於淮安。書成，屬予序，因爲題其編之首。先生名泰，字亨父，别號滄洲，累官翰林修撰，卒時年四十有五。

李東陽全集卷二十六

懷麓堂文稿卷之六

序

會合聯句詩序

成化庚子二月朔，劉君時雍以職方郎中起家艱，待次京師，會同年明仲洗馬，鳴治、孟陽、師召三侍講，曰川、汝賢、鼎儀三修撰，亨父檢討及予於城東僦館，予預爲速客。是日大風，寒甚，惟敷五侍講在告，客無弗赴者。觴再匝，予幼子病，得報亟歸。諸君即席聯句，得四首。明日時雍次韻答客，客亦次第和之，予以子殤不及和。時鳴治以家艱去，明仲之和也，敷五、亨父相繼物故，皆感而形之乎詩。及舜咨侍讀起家艱至，又和之。凡若干首，爲一卷。時雍以予實主約，乃不終會，又不與聯句，罰爲序，曰川爲助罰，予不得辭。因憶與時雍同舉禮部，入翰林，朝夕聚處，及分曹限秩，十八年來，少者既壯，黔者或化而頒矣。中間以使命去，以省覲去，以憂去，聚散忻戚之不齊者，蓋有感焉，而況有大於此者乎？

故君子之交也，及年之壯可與進學，及國家之閒暇可與修職，及朋友之聚處可與輔善規過，相其所不及。則所以節勞養志、宣幽導和者，雖一言一話，亦足以相感發。況言不足而詠，詠不足而賡和之，其多且富若此哉？他日學成功遂，隨厥小大，皆足以自見乎世。乃或優遊田里，感念疇昔，皆於是詩乎觀之，亦可以考見其一二矣。若忻戚聚散，人事之不齊者，固情之所不忘，亦豈君子之所屑屑焉者哉？而或者以爲嬉遊豫樂之具，則過矣。

蕭温州輓詩序

海陽蕭君伯鉉守温州，以疾乞歸。巡按御史及布政按察二司留弗得，乃白於吏部而許之。歸無何，卒。温人思之，致賻於其家。越三年，君舊寮山東按察僉事劉君叔亮及其鄉人行人陳君某念君無子以死，悼惜不置，倡諸大夫士爲輓詩若干篇，而屬序於予。

予，蕭君同年進士也。君在官賢，予知之。爲工部主事，總遵化鐵冶事，盡革宿弊，完舊所逋課若干。改户部主事，進員外郎。督德州軍餉，明出納，嚴禁令，庫廪門垣，百廢具舉。使江西、福建，督諸官賦，廪食外饋遺無所受。其在温州雖未閲歲，而施設措置，民飲其惠者亦多矣。二君復爲予言，君未第時，尚義氣，輕施予。居遠泉水，出家貲爲井，鄉鄰利之。偕計北上，有夫婦同附車者。其夫間後至，則車已發，婦頗少艾，倉皇無依。君視若己女，居起食飲，悉置以禮，遂使同行者皆敬憚，不敢少褻焉。及抵京，夫始至。婦泣告曰：「微蕭公，妾死久矣。」酧以金帛，謝不受。蓋其平居所養已如此，而予不能知也。

嗚呼！人之善必有所憑藉而後顯，或以時，或以地以人，或以文字歌詠，其無所藉而傳者，蓋未有也。如蕭君未遇時事，非託於鄉黨寮寀之舊，則雖聯科第同朝著如予者，且不及知，而況其他乎？知之而不使其傳，則予之愧二君也蓋多矣，故特書之。若善而不壽且無子，此道路者之所同悼。加以交遊知識之厚、歌辭詠歎之屢，予之悼君何以異於諸君哉？君名鼎，伯鉉其字，卒年四十有二，有女三人，以弟鼐次子爲後，主其祀。

黄氏族譜序

黄巖之黄氏自昭武鎮都監緒兄弟爲三族，惟都監所居洞黄族有譜，至十四世孫松塢處士公尚修之，其子職方主事彦俊又修之，其孫文選郎中世顯又增義益例，考其居址、墳墓、婚姻甚備，附以誥敕詩文，徵諸大夫士爲序跋，合若干卷，而復屬予序。

黄氏自宋太史庭堅自序已不得其詳，元文獻公溍益加考據，亦竟莫知所定，今諸公所據者是也。蓋漢、唐以來，黄氏自江夏爲八郡，在閩爲晉安，宋以後黄氏自金華分五大族，而在越爲剡。今洞黄在五代時由閩邵武徙越黄巖，黄巖去剡數百里，且都監之居，實先宋世，則於金華無涉焉。邵武去晉安亦數百里，謂其同望江夏，意雖近之，然不可必也。夫自宋歷元纔二代，已有不可知者，昔五帝之世，顓頊、軒轅、金天之傳，可盡論乎？爲洞黄者苟存其所自出，無忘都監，足矣。

譜系之學，自五代之衰，朝廷始不以定流品，士大夫始不以通婚姻，官局私書一切盡廢，而洞黄之徙，實當其際，宗派之不詳也固宜。時在天下，若黄氏比者亦多矣。然自是以來，黄氏之統繼支續，以至於婚姻卒葬，纖悉備具，若指諸掌，亦可謂難矣。國法不備，則天下之氏族皆莫知其宗。家法存，則雖至於十餘世之久、數千百人之多而不亂，豈非存乎人而然歟？家之爲業，必創焉而後能啓，守焉而後能繼，維持振舉焉而後能久。自德業規模之大，及乎譜牒條教之細皆然。都監公避亂世，得善地，可謂能創，十四世之傳，其守亦善矣。松塢職方重修累積，至文選君而益盛，其子進士倜又起而承之，兹譜之修，其兆可徵也。況其孝友清白之澤，有重於所謂譜者乎？譜之法尚親而舉重，以其簡而易傳也。夫苟得其人以傳，則雖詳不厭。然旁合諸族，外及羣黨，兼備衆義，若兹譜也者，以黄巖傳之，奚患其不能也耶？吾固曰：爲洞黄者無忘都監，是矣。洞黄云者，山深廣若洞，黄族既望，邑人因以姓稱其地云。

送廣西按察副使林君詩序

吴人林君朝信以監察御史擢廣西按察副使，兵科給事陳君玉汝置酒蘇州巷官邸，會諸蘇人爲君贈，予與洗馬羅先生明仲與焉[一]。與者二十人，玉汝摘杜子美餞裴端公詩四句爲韻。其詩曰：「羣公餞南伯，肅肅秩初筵。鄙人奉末眷，佩服自蚤年。」蓋玉汝與君同里閈，爲髫丱交，雖科第先後，而遊處不絶者二十餘歲，所謂蚤年佩服者也。玉汝仲子鑰實聘君長女，同家於官，歲在辛丑，醮於季冬之月，所謂卷也。是日之會，客未至而筆札已具，一觴而韻分，再酢而詩就，所謂初筵也。廣西爲國南服，按察與布政并置，官聯禮敵，爲一方之長，雖稱南伯可也。然則是詩也，其殆爲今日設乎？

夫君子之志未嘗不欲行乎時，故其交也，亦必以德義勳業相期勵，非苟爲慕悦而已。今君起布衣，官至四品，横金衣緋，乘驄馬出巡萬里外，而又奉官檄還鄉里，揚厲光寵，拜家慶於二親之側，此行路者之所嗟羨，無俟乎交際之好、姻戚之厚也。若地方千里，屬吏數百，其衆至數十百萬，操法律號令而臨之，揚清激濁，善有賞，惡有罰，惟所欲爲而莫吾掣，此窮居之士撫膺扼腕莫能以自遂者而爲之，又非同志者之所樂哉！夫苟不以貴富榮寵相慕悦，則吾之所望彼之所以副吾之願者，誠在此而不在彼也。

予觀君與玉汝，文章義氣爲好，至忘形迹。及爲婚姻，禮不過書幣，羞不過榛栗，敦樸守儉，皆流俗所不能及，是豈徒慕悦於外，而無所望乎其大者哉？君之行，能如杜詩所稱「盛名富業」、「減兵甲」、「安井田」者〔二〕，庶不爲玉汝負，而吾輩之餞亦與有寵矣。故予既賦所分韻，復爲玉汝序之，爲君贈云。

【校勘記】

〔一〕「先生」，原作「先三」，顯以形近而訛，今據文義與抄本正之。

〔二〕「減」，原作「城」。杜甫詩「上請減兵甲，下請安井田。」（杜詩詳注卷二十二湘江宴餞裴二端公赴道州，中華書局，一九七九年十月）此處顯以形近而訛，抄本即作「減」，今據正。

應天府鄉試録序

成化十六年庚子秋八月癸酉，應天府鄉試録成。蓋自奉詔以來，凡二十有六日而試，越三日再試，又三日三試，既試之十有一日而畢，録諸中外臣名在執事者三十有六人、士之中選者百三十有五人、文之尤粹者二十篇而成。臣璟既序於前矣，臣東陽謹再拜序其後曰：

昔人有言，大哉中國，五帝三王所自立，衣冠禮義所自出也。王畿者，中國之中，尤教化所由始。堯始百姓，舜始五服，文王始周南者，地之近也。近必先，久則益以深，故天下莫加焉。臣嘗以爲西北之人才，京畿爲盛，東南之人才，南畿爲盛。蓋嘗觀於南矣，仰惟我太祖高皇帝盛德大業之所興，一時雄才傑士建功立名之所起，靈氣在山川、風霆雨露在萬物、仁聲義烈之在遺民故老者，昭然如一日。太宗文皇帝定都於北，宮闕臺署，兩存而並置，以爲億萬載太平之業。故人物之魁傑、文章之深厚、議論之宏偉，其視沛、豐、汾、晉，弓矢甲胄之雄者相萬也。於戲休哉！士之才猷德器，必造而後成。今國監在兩京，府州縣學遍天下，冠裳絃誦者彬彬輩出。非孔孟之學不講，非堯舜之道不求，非皋、夔、伊、傅之功業不言，志乎氣感，上求而下應，取之乎筆札文字之間，而得其精神心術之妙，有不謀而合者，觀於近而天下可知也。是又非累朝列聖偃武修文之化，暨我聖天子甄陶樂育之明效哉？然益以見皇祖之澤遠矣。

自科舉之法行，天下之願仕者挾經而抱藝，雖遐陬僻壤，衡鑒所在，皆起而趨之，況教化所始王畿之近地哉？況天子所命左右侍從之臣以莅乎其事者哉？大則公卿輔相經邦弘化之功，小則諸司百執事稱德宣力之寄，天下所厚望焉者也。蓋必保名檢，樹功業，而後可稱盛世之才；奮志倍力以率先天下，而後可稱王畿之秀；不徒爲富貴利達以爲身羞，以貽爲國者之憂，而後可以稱學校科目之士。然則士之負於天下亦重矣，故相與勖之，以觀其成。

送邵文敬知思南序

宜興邵君文敬，與予交殆十年。語笑款洽，辭翰往復，議論相出入，久而益親。遊必聯騎，燕必接几席，動窮日夜。每一過門，僕不俟命，馬不待勒，以爲常。當其情興交洽，雖有他故，不復顧憶。及夫戰酣角俊，惟意所得，一時之樂，殆無以相易也。

今年秋，君被擢知貴州思南府。報者至，人皆歎且惜之，曰：「邵君奈何作郡？縱使作郡，奈何置此數千里外？」蓋無間疏戚邇遠、識不識皆然，而況久且親如予者哉？然予恒謂士之自養，必一窮達，齊得失，而後可以爲士。故凡事有不當意者，未嘗不自制，不以動其心。君不以予爲可棄，若深有契乎此者，蓋其所養之定乎中久矣。今官至四品，地方千里，有民社之寄，是亦何歉於君，而顧以之動其心乎？獨人才之在天下，小大繁簡，各有攸宜。柱不可以摘齒，馬不可以守閭，千金之劍不可以錐履，徑寸之珠不可以彈爵，必處之得其宜，用之盡其量，則物不費，而事各有濟。是故天下之才，當爲天下惜之。予於君雖不爲私惜，亦難乎其爲情也。

且今天下之藉口於文士者，非以其長於辭藻而短於政事乎？思南雖僻且簡，所謂民與社者固在，君其悉志殫力，化椎卉爲冠組，治要荒爲侯甸，又以其餘者待用於天下，使天下之人信文士之可有爲，而用之者之有未盡，則予言之於君，亦驗矣。若君能詩工書，通經史，多材藝，則天下固多知之，奚待於予言哉？

忠安録後序

忠安録者，我胡忠安公子錦衣君爲公録也。始録誥命諭祭及御製歌詩若干篇，次録碑誌銘狀及哀輓之詩又若干篇，而公所著律身規鑑及歷官歲月皆附焉。嗚呼！觀是録而公之履歷眷遇、福壽德業之盛可見矣。

蓋公履歷之盛，爲在朝幾六十年，位尚書者三十餘年，累奉密命，轍迹遍四方，十知禮部貢舉，天下之士皆其所進。眷遇之盛，爲賜坐便殿，天子呼爲先生而不名，賜田賜第，賜叛人家屬，賜白金圖書印。及告老而去，又賜敕給驛，官其長子一人。福壽之盛，爲八十三而致仕，八十九而考終，兄弟偕老，子孫蕃碩，有出乎五福之外，而凡人之所恒有者不與焉。合數者論之，殆國朝所僅見，前古之所罕聞者。嗚呼！其可謂極盛也已矣。

夫福之在天下，必其人之功德足以自致，然後能饗乎其身。故食而怠事、能薄而受上賞者，必有人非鬼責，爲造物所厭棄，斷乎不可誣也。若公以宏才偉望爲一代元臣，永樂間保衛儲輔，宣德間決策討賊，正統間留守京師，景泰間請許虜和，以圖迎復，其功尤大。其餘咨諏獻納，斷大政，決大疑，勳業在朝廷，陰德在天下者，蓋不可數而計也。則量公之功，校公之德，豈泛賞常直所能報哉？然公之自處也，謙懷儉執，蹈實而守恒，檢其身常若或怠，教其子弟惟恐其或肆，雖窶生窮士未必能之，而志滿意極者之所忽也。公之福盛於身以及其子若孫者，不又在兹乎？嗚呼！觀是録，而公之所自致及其所自保者皆可見矣。

東陽晚進，嘗一見公賜第。時在童稚，未能仰測公德於萬一。今繼娶於公之外孫，從錦衣君觀其所謂録者，謹序述其概於後。公長子名長寧，錦衣鎮撫，後公數年卒。今錦衣君名䃼，公次子，官至指揮僉事，賢而通經，世其家。

青巖詩集序

夫世之有文獻，大者關天下，次者關一鄉，而小者關一家，其政行風教可考而知也。故國有史册，鄉有傳記，家有譜乘，又往往見諸制作著述之間。史傳及譜挈綱而舉要，勢不能以概天下，獨其人之所自述作，則凡志操功業之詳，皆得備見而無所遺焉。然以天下之大、古今先後之邈且久，則其詳者勢亦不得以盡存，必辭暢理達，然後可以自見乎世。故古之君子有立德、立功、立言，言雖細，亦世之所不能廢也。説者又謂必爲之先，則其美彰；必爲之後，則其盛傳。故所謂文與獻皆繼世者之責。及其至也，則雖門生故吏不得以佞其官長，鄉黨之子弟不得以諛其先達，而況子之於父、孫之於祖哉？故文獻者可以觀世矣。

予於青巖王先生之詩竊有感焉。先生待制忠文公之孫，博士公諱紳之子。博士嘗從宋太史遊，與方遜志爲友。先生爲遜志所教，見許以女。暨其難之及也，實嘗周旋其間。文皇帝念忠文死國，宥先生於逮繫，且欲用之，而先生以疾歸。所編有皇朝文纂、金華賢達傳、續真西山文章正宗，而所著詩尤多。君子謂國朝文獻，金華爲盛，王氏於金華爲尤盛。蓋忠文之文章節操，關天下休明之治，而繼志閎業如博士公者，非適爲鄉里之望也。若先生孝義清白，不失世守，而所爲詩，又和雅沖泊，粹然不戾乎正，亦豈獨一家之範而止哉？然則雖其詩亦不可以不傳也。

先生之子中書舍人汶輯其詩數千篇，鄭義門諸老間爲選訂，中書君在南雍，又屬今太史吳君原博擇其尤粹者，此集是也。中書君既謝病歸，將鋟梓以傳。予慕王氏文獻之盛，又信中書之賢，非誣其親者也，故序而歸之。先生諱稌，字叔豐，別號青巖瞶樵〔一〕，曰孝莊者，門人私謚也。

【校勘記】

〔一〕「别」，原作「列」，顯以形近而訛，今據文義與抄本正之。

送户部尚書翁公致政序

君臣之際亦重矣。委質而任之，盡瘁而爲之，左右服事，不敢愛毫髮之力。及諫有所不行，義有所不合，雖得罪以出，而不敢避。至於年高力倦，奉身而退，雖其君留之而不可得。蓋未嘗從諛以爲忠，貪位戀禄以爲勤，進退之義，有不得不然者。若君之於臣，徵求簡擢，如恐不及，雖在謫遠，不忘甄録。及其老而去也，固不欲强心志，勞筋骨，惟其願之從，而又有加其資秩、給其俸禄、優禮而寵異之者，於是始終之義盡。然相得之難，而相失之易，從古爲然。求其進退始終兼盡而兩得者，蓋間世而一再見也。

户部尚書翁公以先朝進士爲部屬，已赫赫有時名。勘災南甸，蠲公税，發官廪。及爲工部侍郎，請蠲蘇、松歲織綵幣。出知衡州府，代民輸賦若干。今天子嗣位，遷江西左布政使，禦流賊，通邊餉。擢都御史，巡撫山東，救荒之政爲多。入爲户部侍郎，以至尚書，總京儲，掌部事，夙夜籌畫，凡朝廷財賦大計，皆倚重焉。比歲以疾乞歸，疏再上，天子勉留不許。今年公六十有九，則歎曰：「年至矣！」復具疏備述宜去，狀辭愈切。疏入三日，乃許之〔一〕。而猶難其去，特加太子少保，賜敕給驛，令有司月給米二石，歲給輿隸四人，以爲常。近時以大臣致政，雖間被恩數，未有若是盛者也。

公發登科，仕四十餘年，攄志竭力，固已自效於天下，其間得罪而出，不少顧避，年至而去，又無幾微眷戀乎其間，揆厥進退，無愧乎大臣之義矣。若選擢於筮仕之時，徵召於既謫之後，體貌之典，又加隆焉，則朝廷之所以待公者亦豈尋常格例可擬於萬一哉！夫爵賞之典，始自朝廷，而大臣者以其身爲百僚式者也。聖天子獎恬優老於上，賢大臣守禮秉義於下，皆天下之盛事，而並於今日見之。於乎難哉！

竊聞富丞相弼居洛，朝廷有大利害，知無不言；趙參政概居睢陽，集古今諫諍爲書以獻。公之歸，雖遠在南服，而其愛君憂國之心宜未能一日忘於懷也。若屣脱軒冕，不復關天下事，此逸民隱士之所爲賢，豈大臣所以自處者哉？故欲知公者，求之富、趙二公可也。

【校勘記】

〔一〕「許」，原作「詩」，顯以形近而訛，今據文義與抄本正之。

送邵國賢詩序

進士邵國賢之知許州也，朝之士大夫無問識不識，皆歎且惜之，曰：「國賢奈何作郡？」國賢刻意經史，工文翰，不習書簿，不宜作；性沖簡好静，不與世故相涉，不宜作；體質臞弱，殆不勝衣，不耐居起，不任於跋涉奔走之事，不宜作。然則國賢之不免於郡者，其固以是邪？今明習律例，不泥於章句篇翰之藝，則謂之才；諳人情，達事變，不限於小廉曲謹之節，則謂之通；披豁軒舉，不爲跼縮拘滯之態，則謂之奇偉强力。是三者，要可臺諫，華可曹省，無所嚮而不得，此今日之輿論莫有能易焉者也。若翰林以制作爲職，中書以揮染爲事，行人以奉使宣令爲務，則今之所謂閒官散地，不必是三者而後得，如國賢者而亦弗得焉，何哉？予嘗言天下之才，當爲天下惜之。梓人之用木，必曰此可以梁，此可以桷；玉人之製器，必曰此可以瑚璉，此可以珩琚。以此易彼，雖才且美，不適於用，而況指擿之，訾議之，蔑其有餘，幸其所不足，以自棄其才而不恤者，獨何爲其情也？然亦有説焉。勞者愛之方也，詘者信之勢也。操矢者必戢而收之，然後可以致其遠；治劍者必揉而晦之，然後可以發其耀。造就成全之術，抑或有當然者邪？然則今日所以處國賢者，固將爲天下惜之也。若匡衡之文學，不以緣飾吏事，不過爲書生；陶侃之才略，不施力於兵革，不過爲豢養之子弟。士之自處，亦烏肯耽嗜暇逸，屑屑於文字間哉？

州之職，縣之所仰，藩府之所責成，其政甚劇。許當道衝，方困於旱暵，居者□殘〔一〕，而流者尚未復，殆所謂盤根錯節者也。國賢勉哉！拯菑恤患，鋤强植弱，遍於一郡，而浹於齊民，俾人知文士之適於用如此，政之不繫乎貌與力如此，亦以見予之言非私於國賢也如此。國賢勉哉！予在場屋以文字知國賢，久而得之益深，予之惜之，有甚於人人者，故輯諸君所賦之詩，序以贈之。

【校勘記】

〔一〕「□」，底本漫漶，抄本作「相」。

京闈同年會詩序

天順壬午，予同舉順天鄉試者百三十有五人。越數年，或舉進士，列官中外，或業太學，或各歸其鄉，升沉聚散，蓋有不能同焉者矣。乃成化丙申冬至日，兵科都給事中四明章君元益合同舉之在京師者，會於武學之署，得四十有一人焉。會既成，謂不可以無記，因析邵康節冬至詩爲韻，各賦一詩，而畸其一以爲序。予時助祭園陵，不及與，實當畸數，故諸君以序屬予，詩未悉成，予亦未有以復也。又八年甲辰，翰林學士錢唐倪君舜咨始輯諸詩及趣其未就者成卷，謂予曰：「序不可以不成也。」

今科舉之制，由鄉以至於禮部。禮部之舉，必同籍於朝，而後散處，故同年之會往往有之。舉於鄉者，一聚散，至有不識其面者，既其久而聚也，或已忘其爲同年，而況會乎？且天下之士分藩而舉，故凡郡縣之統於一藩者，其勢皆可以爲同。若京闈之舉，則不啻都邑京校之士，而四方之遊國學及諸司之有官籍者皆與焉，故舉雖同而勢不易合。京闈同年之會，殆自今日始也。苟有所限，則雖一藩之士亦有郡邑之殊，不待如所謂京闈者；苟有所通，則雖天下之士之會於禮部者，亦不害其爲同，而況於一京闈之間乎？蓋所限者勢也，其所通者義也。同年者同時而出，同途而進，實兼朋友兄弟之義而有之。有事則相與以成，有過則相規以正，漸磨淬厲，各求無負於用世之志與用我者之意而已。若交際之勤厚、禮文之繁縟，皆情之所不可無。然亦其細事末節，無足以深論者，而況并此而失之者乎？而況有甚於失焉者乎？

夫言者心之聲也，君子必於是而觀人。觀人者不於所勉而於所忽，故凡學於家而陳於有司者，固未嘗不以正進也。及其志滿而意得，物逐而氣移，舞蹈歌詠之際，蓋有不自覺者。而是詩也，皆不戾乎正，則吾同舉之士亦可以觀，而所謂相與以成、相規以正者，宜無負焉耳矣。始序其詩而藏之。

送福建參政劉君詩序

才之難，其信然哉！餘於材，或歉於量；確於自立，或未可與權；取給於事功，或離道背德而莫之顧。事事而求之，時時而驗之，内外之相符、終始之不少變者，蓋千百中一二見而已。

吾友劉君時雍爲職方二十年，凡將士勇怯、名籍多寡、地勢利弗利，皆極諳熟。

内具章奏，外馳簿檄，頃刻數千言，皆援古義，酌時宜，既不失正，亦期於濟用，此固人之所難能也。自授官以來，官長屢易，知君者或移牒改除，或奏請增置，殊好異尚者雖時有牴牾，亦卒不能舍君。而他若位嫌地逼，或不相容，君以雅度弘量，避名讓善之不暇。及其久也，嫉者消，忿者釋，競稱其爲賢無異辭，此又難也。然猶有甚難者，當賢勞時，物論騰播，於是有挾勢假義，以尊官重位餌而致於其門者，君遜謝却避，惴惴焉惟墮坑落塹是懼。及循次擢福建參政，人皆惜君，而君躍然若釋重負以去，此非人之所甚難哉？故予於君雖不敢爲佞，未嘗不私歎竊慕以爲不可及也。

夫古之人知才之難也，必處之以難荷之任，責之以難爲之事。職方之地，亦盡君才矣。今雖以福建大藩、參政高秩，亦不過一方事，君之行，顧亦有不盡其用者乎？抑予所謂難也，世固有知其一而不知其二，得之淺而遺其深者乎？然制患於將然者易，圖事於未形者難。今福、莆、泉、漳之地，外接倭夷，内雜海盜，而兵備久弛，政弊尚未除，非得藩臬之良，雖有賢守令、强將士，宜無所用其力。夫使一方靖則一藩皆安，一藩安則東南諸保障皆賴以無事矣。是其地非不重，而其事亦不可謂不難，非君之才，其望之誰也？天下事尤有難於此者，請於君之行試之，惡可遽爲君惜哉？同年進士在翰林者皆賦詩爲君贈，而予於君尤深，故序之。

李東陽全集卷二十七

懷麓堂文稿卷之七

序

贈右諭德謝君序

儲宫之有左右春坊，猶朝廷之有翰林，以講説道德、制作文章爲職，地位清秘，聯華并峙。其有遷轉，則視其班級高下，或相出入，或相兼攝，以爲恒制。而臺閣之選，皆於是須焉。其在春坊爲大學士，爲庶子，爲諭德，皆秩五品，階大夫，與翰林諸學士相埒，必累考屢遷而後得與。惟以狀元及第爲修撰者，九載一陟，輒遷諭德，最爲超擢。然狀元名地榮峻，多不俟滿考而陟，近歲始稍稍有之。故雖一陟五品，人猶若以爲滯，於是知春坊之職固重，狀元之選爲尤重也。

餘姚謝君于喬以成化乙未狀元在翰林爲修撰，甫九載，陟右春坊右諭德。初，君廷對時，所獻策明白正大，得告君之體。臚傳陛引之際，儀觀修潔，氣宇凝重，公卿以下莫不目屬，以爲遠大器。故其陟也，亦莫不宜之。臺閣臺鼎之望，蓋不謀而合也。宋王沂公賦詩，未遇時人已知其爲狀元宰相。世固有以文章占器業者，君之陟寧直爲今日賀邪？

夫春坊之官，固以輔翼儲德，亦以基太平輔相之業於天下者也。故必德純學正，發諸文章，形之議論，皆仁義禮樂之宣著，則其朝夕左右必有所感格規正，以歸於道。雖未見於用，而所以輔天下之治本者亦厚矣。況由此而施焉，其所沾被於天下可勝道哉？說者謂治安之策言忠而道疏，教本之書言華而要寡，承華之箴言切而心詐。君之賢，宜擇之審矣，安知其經綸密勿之業不兆於今日一諭德時邪？初，君在翰林，有乞文爲達官贈者。君辭曰：「是人方不爲公議所予，惡可以諛言說之？」竟不作。推是以往，則其他日必能持節秉義，不爲諛說骫行以負天下，豈獨以文章占之哉？

予在翰林久，知君爲詳。既喜儲宮之得人，又將爲國家天下賀，將有言於君。

君同年進士通政參議毛君秉彝實倡於六科諸給事、六部諸郎官爲君賀，而屬予以辭，因次第所欲言者爲君贈。

林氏族譜序

福州林氏出光之固始，五代時從王氏入閩，代有令聞。有諱比者仕元爲福建鎮撫，守南關。元末寇臨城，守義不屈，闔門就戮。遺一子陽，依祖母郭於外氏，故得免。陽二子：信任、信美。信任三子：秀、康、壽。信美一子，文表。諸孫至十有餘人。秀子玭、玠、瑭，康子瑨、璛，皆舉鄉貢，而玭及瑭皆舉進士，瑭爲行人，玭爲南京刑部主事。恒念其先世之湮没，危其家之中微，幸其所可傳者，而惴惴焉惟宗族散失是懼。乃自比以下著爲譜，系以世傳，附以家規，以傳於家。刑部君以予同年進士，請爲序。

嗚呼，承傳之際重矣！族有氏，宗有祀，家有業，得其人而傳之，乃可以久而不絶。故聖人以有後爲孝，示重也。然天下之事有常有變，小而扎瘥夭閼之患，大而兵革鋒鏑之厄，有不能保其必無者。君子之心蓋曰：吾之所不得與者，莫能强也；吾之所得爲者，吾不敢忽也。吾之德足以貽吾後，吾之孝足以承吾前，吾之法足以維持保護，使之久而不墜，如是而已矣。

林氏之先不可得而知矣，及其遭變世，罹奇禍，以一人之身承累世就盡之緒，岌岌乎千鈞之一髮，可謂危矣。及其傳世數百指，貴顯五六人，蔓延波衍，愈長而未艾，則亦可謂盛矣。是雖傳與繼之各得其道，要亦有得於天者乎？夫以數百指之族存於一人之身，則其恩不可忘，而其名字不可不識。識其名，念其所自存，則所以保其業者不容以不謹矣。是故子孫之所賴以傳，寧獨非祖考之望於子孫者乎？夫吾之兄弟皆知爲吾父之所出，則其情必親；吾之伯叔兄弟皆知爲吾祖之所出，則其義不至於散。由是而推焉，則雖親盡服窮，而喜慶憂吊之義有不能已者。譜之作，其亦重矣乎？

刑部君兄弟飫經學，慎官操，並聞於時。而敬宗收族，惓惓不置，此可以繼而亦可以傳矣。嗣其後者，欲引而勿替，尚於譜乎觀之。

賓山樓詩序

試御史閩人陳君文用，世居城南大義鄉。其面有山曰煙臺平山，左曰袋頂，右曰文峰，環拱起伏。文用之父抑庵翁欲作樓對之，未就而卒。文用既舉進士，拜潮州推官，便道歸，乃爲樓五間，適與山對，若禮迓之者，其從兄江西按察使文耀名之曰賓山。

文用曰：「夫山者無情之物也，而賓與主禮之所寓也，禮施於無情可乎？」文耀曰：「可也。夫山峨其巔若高冠然，豐其址若褒衣然。其竦也若拱而立，其安也若尸而坐，其邇也若鄉而語，於斯樓有賓道焉。蓋其風采修潔，如司馬長卿之一坐盡傾；意度直率，如王子猷之徑造竹所；氣岸軒揭，如汲長孺之長揖不拜；草樹芬郁，如荀令君之馨香累日而不去。於此必有以處之，勢疏而情親，交簡而意盡，要久而誼不忘，如是而已矣。若絲竹以遊，則近於褻；拄笏以觀，則過於傲；袍笏以拜，則失於諂。又可如陳元龍之於許汜，卧之於百尺之下哉？今之人冠屨以交，樽俎以歡，高門大厦，朝可容駟馬，而暮可張雀羅者多矣。而吾山固在也，孰謂有情者之不若哉？然則禮而接之可也，且可以儆夫世之不足禮者也。」

文用聞而撫然，乃作肅賓之歌曰：「層樓兮兩扉，君之來兮委蛇。潔吾席兮修我儀，我延君兮君勿辭。迎君兮朝霏，送君兮夕暉。君不我兮遐棄，澹終日兮忘歸。」又代賓答曰：「風簷兮露闥，晝筵兮夜榻。我之來兮莫予或遏，禮我兮燕我，樓之中兮席之左。朝榮兮夕悴，誰定其交兮，其寧以我爲可？」大夫士聞而和者若干篇。

文耀既捐館，文用自潮以徵上京師，念父兄所與禮者而修好焉，以其所得詩請予序。文用方登高科，爲能官，無暇乎所謂賓山者。予亦居都城，門第湫隘，無容客地。山不負吾，而吾負山久矣。姑序是詩而歸之。

送畢驗封充淮府册封副使詩序

吏部驗封員外郎畢君嘉會奉命充淮府册封副使，朝士大夫謂其與重禮，沾榮命，莫不宜之，而能詩者贈之以言。

予惟古者先王以禮樂治天下，爲諸侯者或封於國都，或仕於王朝，封建爵命，皆由上出。若世子繼位，必入而受命，童子當嗣，則使大夫就其國命之，凡侯國皆然。而同姓之國，封則有金路之儀，貢則有寶玉之賚，郊則有脤膰之賜，尤其所厚者也。今之王府即古侯國，必宗室而後得封。雖内不通朝籍，外不涉民事，然恩逮小宗。王之再世，專之以制詔之書，備之以册寶之物，可謂重矣。爲之使者必以文武大臣，而副之者非曹省之大夫，則郎官之侍從，具名而後命，御殿而後遣，亦可謂榮矣。則與於兹命者，惡可以恒典視之哉！

夫所貴乎使者，必其威儀足以聳瞻視，辭令足以宣德意，文學足以考據理道，才略足以酬應事變。而其大者，則忠信節義足以持其身而不辱其君。所謂重者，不可不盡；而所謂榮者，不徒以自幸也。故曰：「君使臣以禮，臣事君以忠。」賢如嘉會，信宜乎所謂使矣。且嘉會之舉鄉貢，登進士也，以禮經進，其於禮無所不學，而職在郎署，邦國王朝之禮，尤究習焉。溯厥所自，遠有端緒。嘉會之父朴庵先生以禮舉鄉貢，歷教四學，更訓導、教諭二秩，棄官就封，予所及見。嘉會之師佩之馮先生以禮舉進士，自翰林庶吉士累官按察副使，提學江西，又予之所嘗締交者也。今嘉會奉使地，實提學所按，而濟南故廬密邇畿甸，還朝取道又得歸省其父母於家，質舊聞，告成事，禮之教於是乎徵，而禮之業亦於是乎成矣。

民生於三事之如一，嘉會一行而三事舉焉，又可不謂之賢乎？顧程期職務，緩急先後，尤禮之不可紊者。故予於嘉會先序其所以行，而諸君之贈言者皆互見云。

順天府鄉試録序

皇上臨御之二十有二年，爲成化丙午，戒諭廷臣，用懲弗恪。維時諸司百執事夙夜檢飭，惟不職是懼。乃秋八月，實天下鄉試之期，順天府請如故事。上命臣東陽、臣瀚爲考試官，臣等受命惟謹。既入院，與提調官臣玘，同考官臣欽、臣昌、臣守經、臣鈇、臣浚、臣華、臣景元、臣寅，監試官臣澄、臣庠，暨凡執事，胥誓於庭曰：「今日之事，各滌厥心，勤厥務，務得賢俊，以稱聖心。其有恣情以撓法者、假公事以售私利者，視爲恒事細故苟焉以塞責者，惟典法與鬼神在。」於是内外就列，合赴試之士二千三百人，試而中者百三十有五人，遵制額所定，弗敢過也。

臣東陽竊惟：天下之政，若禮樂、兵刑、錢穀，各有攸司，獨賢才乃致治之器，庶政所由出，古帝王未始不以求賢爲第一事。自鄉舉里選之後，代殊制異，弊與法隨。議者謂孝廉失之謬，辟舉失之詭，限年失之同，九品失之僞，勢不得不歸之科舉。顧其爲法，亦自不同。我國朝稽古定制，敷言之義、賓興之禮取諸虞周，勸駕之意取諸漢，圍棘之制取諸唐，糊名易書之法取諸宋。而又主經義，參論策，罷黜詩賦，因革損益，萃爲宏規。故雖求賢路廣，必出乎是者，乃正且貴，蓋天下第一途也。鄉之試分境校藝，定額録名。兩畿則國監所在，戎衛所籍，里社所肆，諸司庶府所隸，皆出乎郡縣學之外，其額獨多於諸藩。順天尤密近輦轂，題必封奏，録必廷獻，宴必請於朝，士必見於闕，又南畿所無者。由今日觀之，蓋天下第一地也。況乎號於上，惕厲於下。矢心滌慮，所以奉其職者加嚴；核名考實，所以會入試之籍者加簡；藏事庀物，申著品式，凡所以給於有司者加備。安知無卓犖奇偉、恢閎博大之士先天下而興乎？

然士之生斯時，由斯地以出，豈徒以自幸也，於此有道焉。念遭際則思作我者之恩，視名籍則思薦我者之意，縻爵受禄則思所以用我者之責。必砥礪名節，卓然爲第一流人，以無負乎畿甸科目之士。則今日之選，所謂萃以正者也，類聚而吉者也，觀國而利於用者也。若怠弛縱逸，壞名檢，耽爵禄，以自後於天下之士，亦安所望於諸生哉？夫策名受職，以圖自效於世，固凡爲士者事也。臣特爲畿士言之，以爲天下倡云。

送户部郎中鄭君督糧宣府序

閩人鄭君叔亮以户部員外郎督糧德州，召還爲郎中。予與談秦、晉、河、洛饑荒死徙之狀，因及今歲畿郡之豐熟以爲賀。君愀然曰：「人皆知豐之爲利，而不知其爲害也。當秋成時，穀粟委藉，率數石而得銀一兩。田賦力役，或累歲年。而大同、宣府邊儲告闕，又方有轉運之令。官所給餘粟，不能給道里費，則又取足於民。數者並困，不得已而鬻，一飽之外，殆無贏畜，則不待閱歲而已不知其爲豐矣。」乃憶古人所謂穀賤傷農者，相與太息不能置。

時君將有宣府之行，予因告之曰：「邊鎮之地，將有餫，卒有餉，不可一日而無食。屯積弗繼，則取之轉運，固有不能已於民者。苟納有經，出有制，使民之力皆足以充國之用，則其勞也亦可以無憾矣。而或過取妄費，民愈勞而國用愈不給，其爲弊又可道哉？故司出納者，必其心常在於民，而不在其身。在於民則爲之經畫謀度，利則存，病則去；不在其身則侵漁之利不以及妻子，請託之惠不以易聲譽，凡吾之所得爲者皆得以自盡，而莫之撓，則亦庶乎其可也。今宣府之儲，畿郡之所給在焉。君之所得爲，固其所爲慨焉者也。而君又清慎幹固，憂乎民而不利其身，則其興利去弊，有益於人之家國也可冀矣。」君起曰：「吾敢不於斯言是圖？」越數日，君同官陶君廷用輩請予言，遂以是爲贈。

送伍廣州詩序

知廣州府安成伍君孟賢，考績還自京師。翰林修撰傅君曰川以同年之好，輯凡與遊者爲詩。詩有題，題自越秀山至大通橋凡二十，人賦一篇，爲鉅卷。予既得滕王閣，又獲睹諸君詩，而并序之。

廣之去京師，其遠則數千里也。或航於波，或騎於原，或輿於山，其久則數月也。乾維所覆，地絡所至，其間名山勝地，遺迹巨浸，固未易以枚舉。若匡廬、大庾、閣皂之爲高，彭蠡、龍江、射陽之爲深，鷺洲、牛渚之爲清。高潔則孺子之亭，神俊則謫仙之樓。井則有彭祖之空誕，祠則有黄石之奇秘，閣則有滕王之富貴。蓋天下之大觀備矣。夫奇勝之在天下，凡征夫賈客、樵童漁叟，由之而不知；道流釋徒，雄據獨占，而無所有事。雖騷人墨士，操鉛槧而攜壺觴者，亦不過流連放浪，同歸於無用之地。若長安之日、太行之雲、魏子牟宫闕之心、范文正廟堂之憂，隨所感寓，皆足以寄君親之念。以至於司馬遷之探禹穴，杜子美之觀巫峽，蘇子瞻之泛南海，其發諸文章、見諸歌詠者，皆足以寓彝倫，繫風化，爲天下重，豈徒爲耳目之快、情欲之樂而已哉？故觀其所歷，與其所擇，則其人可知已。

京師者天下之聚也，而廣州者東南之大都會也。君以春秋舉進士高第，爲刑曹正郎，見稱爲才。爲貳守，爲大郡，而名績茂著，今之賢大夫也。入則有觀國之美，出則有銜命之榮，布德施惠，揚威力而騰聲光者，其於山川景物之際得之必深而感之亦大矣。春秋之義，送出使者必有詩，使於大國者必觀樂，而登高能賦，亦大夫之所有事也。然則君之行，其有取於是詩也，夫其亦有和於是詩也夫？

送荆庭春之雲南按察副使序

荆君庭春之以御史按浙江也，有僞造布政牒竄名胥吏者，爲所按，因盡發僞吏，多至八百人，褫巾服、加桎梏者道相屬，傳聞京師，流播遠邇，以爲奇績。蓋庭春在浙，改定糧稅，計郡縣地里，定圖與籍，以祛吏弊；在廣東，刻武臣貪墨，察夷酋私饋贈。而釋冤脱死，嚴科舉以得士，則二藩皆然。其在内臺，總獻納，司考核，皆籍籍有稱譽。而按吏事以奇故，尤著在人口。

予嘗因之而有感焉。國家熙洽既久，法存而弊生，宏綱闊制之中，不能無孽牙鏬隙之患。就一事言之，則其日累月積，起於微鮮，而極於蕃熾。蟠據郡邑，公行藩省，歷銓曹而布天下，非有精勤嚴正之士力掃除之，其患之所極，有不可勝言者矣。夫以江浙近藩、官吏重務尚如此，況要荒之地，耳目之所不及，而庶政萬事尤有繫於此者乎？此先天下之憂者所宜慮也。

今年庭春擢雲南按察副使，督屯田事。朝大夫士多以爲庭春之賢，而置遠地，領偏任，俾不獲大施所藴，爲庭春惜。予則以爲雲南雖在要荒，而壤地最要，華夷錯處，疆場之所關甚重，居安思危之圖，有不可後者。而民之所賴以生，兵之所藉以爲用，皆於食資焉。趙充國之屯田湟中，諸葛亮之屯田漢中，皆出於一時攻守之計，猶能以此爲務。則專官特任，爲久安長治之策，尤今日所急，而賢如庭春者所宜任也。況官爲按察，以法爲名，則官吏之臧否、民庶之利害皆所得聞，亦其所得行者，惡在其爲遠且偏乎？

予在場屋知庭春於文字間，考言徵行，若合符契。而庭春亦過以予爲可信，非徒世俗以禮貌相際、書牘相往復，爲旦夕之好者也。故予雖不獲從諸卿士大夫餞之，而獨爲之辭，以附予私焉。

汪氏家乘序

予同年進士福建按察副使汪君希顔以家乘視予，曰：「此吾汪氏所藏，而進之所修也，請爲序。」

按：汪氏出黄帝之後，至后稷爲姬姓。伯禽封於魯，傳至成公黑肱之子名汪，食采平陽，卒葬潁川，孫誦以王父名爲氏。後有曰錡者，死于郎之戰，謚烈侯。曰文和，漢獻帝時爲龍驤將軍，渡江南，居會稽。曰旭，晉成帝時封淮安侯。曰叔舉，爲齊司馬，以兵鎮歙，乃遷新安。子勳名，梁成帝時封戴國公〔一〕。曰華，當隋亂，保歙、宣、杭、睦、婺、饒六州，後歸唐，封越國公，血食兹土，宋、元間累封昭忠廣仁武烈靈顯王。第七子爽，爲王府兵曹。曰師全，累官國子祭酒、殿中侍御史。曰道安，爲唐兵馬使都虞侯，鎮婺源。仲子瀆，累官御史大夫，都知兵馬使，戍婺之三吾鎮，世以御史故，稱爲端公。曰中元，始即鎮之上流鱅溪之大畈家焉。後有曰絨者，通春秋。子敦詩，世其業。曰廷桂，舉進士，廣德軍司户參軍。其在國朝，爲希顔曾大父，諱文亮，兩舉茂才，奉使應天諸郡，出冤獄，蠲荒税，以功顯。大父諱濡，有隱德。考諱棻，封承德郎、刑部山西司主事，行義重於鄉。三子：長炷；次爇；希顔其季，初名熠，後改名進。蓋自得姓以來至於希顔，凡七十有七代矣。

古者世國世家，代有譜諜。晉咸康二年，詔索天下諸譜，淮安侯實表奏之。唐貞觀二年，復下詔，越國公又奏之。自餘若棻、若延之、若仔、若瑜、若斌、若德馨、若叡，累世修葺，并以累朝誥敕及碑志序記詩歌附之，先世之遺詩文亦附之，此家乘之所以名也。既益衍，不復修續者四世。希顔乃與其族子大理寺副堅、按察僉事舜民，從子貢士儼、璽、星、嵩輩參考舊譜，會祁門、休寧、歙縣諸族，惟同出越國者乃書，出兵曹者詳之，出端公者又詳之，居大畈者其詳尤甚，而誥敕以下亦以例續附焉。

吾於是譜得六始、四疑、一異。六始者，謂魯汪爲受氏之始，文和爲居江南之始，叔舉爲歙之始，道安爲婺源之始，中元爲鏞溪大畈之始，紱及敦詩爲學春秋之始。四疑者，謂汪非氏於汪芒，非國於汪野；平陽爲魯平陽，非晉地；潁川爲魯潁川，而非豫州。其説蓋出於松壽。一異者，謂坑口諸汪非越國之族，其説則出於德馨，而成於斌。夫譜之法莫大於知本，尤莫要於究實。故予所謂始者，知本之論也；所謂疑與異者，究實之義也。汪氏之乘，其備於此乎？孔子稱先代必徵諸後裔，文與獻之謂也。汪氏之文臣武士、宏才碩德，載簡册、刻金石者不可殫紀，而希顔經學宦迹，不失其世守，於是有所徵其前，而後來者不可以不慎也。

予族高祖布蘧府君嘗同知婺源，爲汪氏序記各一，皆予家集所載，亦徵之一事。故予因希顔請附著於遺文之末，亦庶幾所謂世講者云。

【校勘記】

〔一〕「成帝」，南朝梁無成帝，或以形近而訛，抄本作「武帝」。

瓊臺吟稿序

昔人謂必行萬里道，讀萬卷書，乃能讀杜詩。蓋杜之爲詩也，悉人情，該物理，以極乎政事風俗之大，無所不備，故能成一代之制作，以傳後世，非惟不易學，亦不易讀也。禮部尚書瓊臺先生丘公蚤能詩，信口縱筆，若不經意，而思味雋永，援據該博。平生所得近萬篇，往往爲好事者取去。晚乃掇其存者，分類爲編，殆二十之一而已。東陽在翰林，從公久，近見其所編者，如探寶藏，入武庫，心悸目眩，應接不暇，蓋於此得大觀焉。公自嶺海逾江淮，以入京師，其遠則萬里也；自稗官野録以至金縢玉局、縹囊汗簡之書，未始不讀，其多殆不下萬卷也。故出其所得爲劇談高論，如繅絲炙轂，竟日不竭；議古今成敗、天下之地里風俗夷險美惡，如畫圖指掌，歷歷可概見。著而爲文，如鰲負山，鵬運海，氣勢軒揭，莫之與抗，而不獨詩也。然公之學亦於詩焉見之。

夫去古既遠，至唐以詩賦取士。士專門而久業，旬鍛而月煉，乃有以一句合格、篇未成而傳誦人口者。此詩之盛，亦詩之弊也。公之學於詩固有所不屑專，而實專門者所不逮。彼膚見謭識，管窺蠡測，豈復能盡其妙哉！論詩者以氣運爲主，亦或以江山爲助。國朝熙平百年，禮樂方作，氣運之盛，固有攸徵。而嶺海之靈秀，又水銀丹砂、靈芝赤箭所不能當者。是詩之成，固公學力所就，抑亦豈偶然之故哉？公雖欲辭一代制作之名，以靳於後世，有不可得者矣。

公所著有大學衍義補，已上進；世史正綱、朱子學的諸書，多梓行於世。而雜文尤多，則別刻以傳，兹特其詩集云。

兩畿録刑詩序

今天子御極之四年，稽據舊典，當五年一録囚之期。既遣官會録於兩法司，復命刑部簡官屬分録兩畿，諸御史録天下州縣。於是郎中陳君一夔往北畿，何君商臣往南畿。

二君者入而辭於朝，賜之敕曰：「朕慮天下之有疑獄，有司或弗能直，致有屈抑，以干陰陽之和，心甚憂之。今特命爾章、爾説，分歷畿輔，檢閲簿籍，貌稽辭察。毋惑於浮言，毋狃於成案。其有情可矜、事可疑，徒以下減論開釋罪死者，具録以聞。欽哉！」二君皆拜手稽首，奉命惟謹。

退而參於庭，尚書乃進而戒之曰：「刑重事，死大罪，吾方慎簡吾屬以屬郎中也。郎中其殫志竭力，服念而審察之。勿重嫌以避事，勿諉命以自解，勿恃聰明以爲人莫我欺，勿倦於道路以爲事可遥辯。務期有所平反，以答宵旰之勤。勉乎哉！」二君皆拜手，奉令惟謹。

又出而舍於國門之外，諸曹大夫士從而餞之，乃胥揖而告曰：「賢哉二大夫！其荷天子之簡命、賢大臣之推薦，以有此行也。獨念夫民之屈抑者聞朝廷之有命大夫也，孰不翹首跂立，以徯其至哉？孰不望其引手投足以求旦夕之命哉？儻至而弗獲伸焉則亦已矣，不可以復望矣。是其曲直生死皆繫於二人，決於一時。其必有所自致，以慰此民也。」二君皆揖而别，曰：「某某敢不於諸公言是圖。」於是各以其意爲詩若干首，録爲卷，以分贈二君。

時予亦在列，因誦其詩而歎曰：詩之用於刑亦寡矣！蓋以謳歌倡歎之聲，施之乎箠扑鈇鑕之事，固已甚難。然其恩德之所感動、聲譽之所流播，有不能已於人者。故召伯之聽訟見諸風，皋陶之淑問見諸頌，是詩也宜有所取焉。而況四牡之使、蒸民之餞，概之以大雅之義，又有不可已者。然則聖諭之諄複、官箴之詳備，亦孰謂餞贈規益無助於萬一乎哉？二君同署又同官，同以廉慎著聲績，而審録之命、畿甸之地無弗同者，予故總序所以行之故，各冠乎其詩之首。若託物起興，因地論事，則存乎詩，惡能以盡同哉？

李東陽全集卷二十八

懷麓堂文稿卷之八

序

送蕭海釣詩序

士之出處，必視時與義以爲節。時之利鈍，不與乎人，不可得而强。苟富貴而合義，未嘗不屑爲之，而合者恒鮮。凡瘝官以保位、趨捷徑以媒進取者，皆害吾義。爲之得之者多厚顔，不免於失，則終其身而有餘愧，故於此有擇焉。彼甘寂寞者，一遷而失，其身不求温飽者，亦不能不嬰情於既失之後。後之君子，曾不逮夫十一，而望其脱然於此，詎不難哉？

海釣蕭文明先生爲給事，以直言被謫，出爲鎮寧州佐者數年。更化之初，謫者多以薦次第遷陟，先生獨不見録。久之，稍遷衢州，佐一府。又久而遷福建，爲僉事。未一年以公事入朝，遂上疏致政以去。方爲州時，已無意進取，獨以引慝故不敢言歸。爲府，將求去，而爲知者所留，不獲自遂。及爲按察，則慨然曰：「吾以方面官歸，不猶愈於以州縣吏歸乎？」時朝士大夫留者益多，而其意愈決不可奪，上請之。明日，不待報而遂行焉。

夫以先生之才行聲望，使少自緘括，保侍從出入之榮，積以資格，不爲曹省，必爲藩牧，屈指可立待。使其優遊恬嬉，更假以時月之久，雖在外服，亦豈獨如是止哉？今之論仕進者爭能競巧，惟恐其弗工。凡守分待次者，皆其所嗤笑、所訾議者也。然則以當得之理乘不可遏之勢，而幾決義斷如先生者，亦可謂之難，非邪？且士之舍富貴而事恬退者，必其中有可樂而後能無悔於心。抑而强之，則可以暫，不可以久；可使其并力於碎璧之時，而不能使其忘情於破甑之後。先生見義知命，固不待言。若其有屋以蔽風雨，有田以共衣食，有子孫以承箕裘、終構獲，又不必論。顧尤有可樂者，謂山川之形勝、地里之幽僻，可以頤志氣，陶情性，而清詞妙墨又足以發之，則以其夙夜匪懈之憂，易而爲俯仰不愧之樂，又何意欲之累而形骸之勞乎？使天下稱敢諫如前日、勇退如今日、而優遊無累如後日者，惟先生是與？則其所得亦多矣，他不足校也。

諸舊故知先生者多爲詩，不及贈，則寓其子鳴鳳以歸。予於先生厚且久，既不忍釋，又從而解之，於是乎序。

嘉興府志序〔一〕

先王之政，隨世文質以爲簡繁。蓋自天下之有書契，有墳典以明理道，紀政事，有丘索以象風氣，名土物。世久事繁，國有史，地有志，至周大備。史之在朝廷者固不俟論，天下圖志尤詳而不殺，職方所司，外史所掌，皆是物也。春秋列國各置史官，秦罷侯置守，廢經書，而圖籍未盡去。漢高定天下，始收得之。雖郡國并置，制亦未備。東漢以降，紀載日益繁，而放逸磨滅不可勝計。守令之賢者，未嘗不致意於斯。凡制度、名物、人材、風俗、工作之事，前有繼，後有據，而國家之史亦有資焉。然視爲細事末務，而不加之意者亦多矣。

嘉興府古揚州域，歷代之爲縣爲州爲郡，沿革不同。五季以前未有圖志，宋袁似衢爲郡治，中家多書，江浙圖志惟此焉闕。真宗時，詔諸道修圖經，僅得海鹽一志而已。理宗時，郡守張元成始延聞人伯紀爲志。後守岳珂命關表卿重修，未成而去。元某宗時，經歷單慶命學官徐碩復修之。入國朝爲府，領嘉興、海鹽、崇德三縣。宣宗朝始析嘉興爲秀水，爲嘉善，析海鹽爲平湖，析崇德爲桐鄉，爲縣七。今天子御極之二年，吾友儀真柳君邦用來知府事，得宋元舊志，病其簡略，乃博采羣籍，下諸屬縣諏訪耆宿，屬平湖教諭林緝熙大修之，爲卷十有三，於是秩然爲完書焉。

予聞爲政之道必準諸古，而因革損益亦惟其時。今文運熙洽，疆域之廣、人物之富，殆過前代。浙江首藩，嘉興大郡，非上古之荆蠻偏安之畿輔可比。凡天下之號令制度，皆累朝德澤所在，正修典章、隆文獻之日，而況地之尤盛如兹郡者乎？然世所謂政，若教化，若户口，若賦税詞訟，往往取辦乎書簿文字間，而究其實，不及其半。此則文勝之弊，分保邦制治之慮者所宜加意也。若志以文尚，其勝質尤易，志而不質，亦孰若勿志之爲愈哉？觀是志者，苟取其序述之詳、紀録之實，則文質之際，兩無遺憾。由是而傳之，可以久而不墜矣。

君名琰，世爲儀真人，成化丙戌進士，以户部主事歷佐四府，至今官。廉慎而文，其所爲志，特其一事耳。

【校勘記】

〔一〕明羅炌(崇禎)嘉興縣志卷之二十一收有此序,文末署「弘治壬子冬十二月朔中順大夫太常寺少卿兼翰林院侍講學士經筵講讀官兼修國史長沙李東陽序」。

會試録序

弘治六年春二月,禮部當會試天下士。尚書臣耿裕、左侍郎臣倪岳、右侍郎臣費誾以考試官請上命少卿臣李東陽、少詹事臣陸簡輟講事以往,同考則侍讀臣江瀾,侍講臣武衛、臣張天瑞,修撰臣錢福、臣楊時暢、臣涂瑞,編修臣白鉞、臣羅玘、臣靳貴,左給事中臣夏昂,右給事中臣季源,郎中臣談詔,主事臣唐弼、臣周東,監試御史臣王璟、臣周南。若提調印卷諸執事,推擇惟謹。圍棘鎖院,糊名易書,百凡之務,以次舉行。合士之與試者幾四千,經分地析,取其醇者三百人;文七萬有奇,刻其尤者二十二篇,而彙書爲録: 皆如制。惟士之額兩具,以請得命而後定,亦制也。

臣東陽竊惟: 聖王統天下,均教化,以一德成俗,天下之士輯志協力,以效於世,然後盡其才而用之。以天下之才理天下之事,故不勞而治。唐虞世遠,萬國共臣之舉、敷言之制莫傳焉。周自比長累升於司馬，於是有進士之名。及科舉法行，雖制與古異，然所謂進士，固天下選也。我國家疆域過前代，而文教隨之。自都甸以及藩臬，雖荒陬絶徼，皆有學，垂髫總丱者亦遊乎其間。當代之聖謨，古聖賢之經傳義論詔誥表判策之文，百餘年來，教不易道，業不改習，而士之籍益加於舊，有不可勝計者。舉士之法博求而慎擇，簡於部使，羣試於藩，然後會於京師而大試之。舉禮部者積千百而得一，繇此以策大廷，名進士，則有殿最而無去取焉。蓋天下之文於是乎同，所謂才者至於是而後盡。及就列受事，分曹累秩，以極乎公卿輔相，佐理承化，參天地贊化育之功，未有不由是出者。其關於天下之治豈小哉！

且士之仕亦猶國之求士也。儒先謂宇宙間事皆吾分内，民物之責有身則有之。凡瘥札疵癘，天下有一焉，義不可以坐視。顧非吾力之所得與，而上之人亦有待乎我者。故出而應之，言必踐，力必效，以求與乎天下之治，則吾之責與求我者之意皆塞矣。故古之士不以獲天下之選爲榮，而以成天下之功爲慊。若羣超萃拔於人人中，乃旅逐旅進，取一第占一職以自饜，而實無益乎民與物，甚者又從而戕之，積歲而教，盡法而取，國之求之者如何而顧以是應？然則奚貴乎文，而必以科舉稱進士於天下爲哉？爲國求士，有司職也。求什一於千百之餘，勢有所不盡，蓋不敢有遺力焉。求而得之，爲士者或不克終效，則非有司所敢知，而亦與有責也。臣用是懼，故於士之始進也，既録其名，又辭以勵之。

葉文莊公集序

葉文莊公集若干卷，帙同而名異。其曰水東稿者，爲諸生及爲給事中參政、爲都御史巡撫宣府而作；曰開封紀行稿者，爲給事奉使河南而作；曰菉竹堂稿者，在廣東、西巡撫而作；曰涇東稿者，爲禮、吏二部侍郎而作。詩則以次彙録，文則計體而分，皆公手自編定。而總之曰文莊集者，則其子貢士晨所名。蓋將爲天下道，而不敢以私集視也。

予嘗讀而論之曰：公之文博取深詣，而得諸歐陽文忠公者爲多。公雖未嘗自言，然觀其紆餘委備，詳而不厭，要知爲歐學也。夫歐之學，蘇文忠公謂其學者皆知以通經學古爲高，救時行道爲賢，犯顏敢諫爲忠，蓋其在天下，不徒以文重也。後之爲歐文者，未得其紆餘，而先陷於緩弱，未得其委備，而已失之覼縷，以爲恒患，文之難亦如此。苟得其文而不得其所以重，天下且猶輕之，而況乎兩失之者哉？

公學勤好古，而志切濟時。其在朝廷，敷陳獻替，多見采納；在藩鎮，威惠並行；在部曹，清鑒雅操，始終不貳。其或違志咈意，不克自盡，則欷歔顰蹙，若有已而不能已者。然則得於歐學也顧不已多，而況文哉？今論者無問可不可，文必歸之翰林，政必推之法家。執議如此，則其勢不容以不判若持法守律，又能以經籍爲根柢，以文章爲藻飾，爲天下重者，獨非人之所難哉？

國朝文臣得謚爲文者，翰林之外，近時惟吴文恪公訥、魏文靖公驥、姚文敏公夔及公。要諸當世，誠不可易得。予生也晚，所接見者不過一二人。公於我蒙翁岳公爲知己，故雖不敢知公〔一〕，而獲接言論，得其大者。凡所以爲公計，不止爲當世道也，因以貢士之請爲序。公諱盛，字與中，別號及庵。所著有奏諭録及水東日記，則其家所藏，故不載云。

【校勘記】

〔一〕「知」，底本漫漶，據文義與抄本補。

徐中書輓詩序

君之於臣，父之於子，一也。君於臣之賢且勞者，必優其身，及其子孫；父於其子之孝者，必鍾愛焉，終其身而愈不忘。此情也，亦理也。夫臣之誠賢，天下蓋莫不羡之曰：「其賢與勞如是，是可優也。」而况於君乎？子之孝，天下莫不稱之曰：「其孝如是，是誠可愛也。」不幸而没，則曰：「是可哀也。」而况爲之親者乎？今有孝子出於賢臣之門，寵沐於上，愛鍾於内，而不幸以至於没，則其親之情可知。而凡賢士大夫之辭，其容以或已乎？此中書舍人徐弘量輓詩所由作也。

弘量名元概，常之宜興人，禮部尚書兼文淵閣大學士謙齋先生季子也。先生在天順間以翰林編修侍講春官，成化間官至侍郎，兼學士，憲廟嘉其舊勞，而録弘量以官。今上即阼，先生入秘閣預機務，命弘量歸娶於家，未幾以疾卒。先生念其平居謹順無違志，至每候公退於門，風雨不易者二十年，非世家子弟習驕成惰者比，哭之甚慟。又追憶先皇帝優禮儒臣之恩出於恒品，而弗獲俾其子圖報於後，其哀益深。乃以仲子元相子文熺爲弘量後，且自爲銘以葬之。大夫士聞者，思有以泄先生之哀，而是詩作焉。昔中書王悦爲其父丞相導所愛，凡出入臺省，必送至車後，悦亡，導哭於常所送處。今徐氏父子事與此正同。且悦以從子混爲嗣，累世之仕者不絶，天所以續弘量之嗣而昌徐氏者，於此亦可以占矣。

予在翰林從先生久，自朝廷優禮之盛，而於家教之懿，亦與有聞焉。惟詩之用與史通，而昔之人或有所謂詩史者，故於是詩之作引前史以證之，亦庶幾其有傳也夫！

定興王墓瑞芝詩序

太傅兼太子太師英國張公既葬其先定興忠烈王於城西南連三岡之原，越四十年，今皇上紀元弘治，禮部尚書丘公撰王勳績爲平定交南録，勒石墓祠。乃有靈芝産於神道，爛如朵雲，紫英黄跗，狀極奇偉。流播邇遠，蔚爲殊觀，咸謂盛美，不可無述，賦而和者前後凡若干篇。按唐河中王之連理木、北平王之猫相乳，昌黎韓愈皆有頌述，傳之至今。矧芝者天下之上瑞，古瑞命記所謂「王者慈仁則芝草生」，神農論所謂山川雲雨，四時五行，陰陽得晝夜之精，爲聖王休祥者。嗟乎尚矣！甘泉函德之産弗論，其或生於他州，産於民間，皆以貢闕廷，書簡策。若輔國定難，分茅列爵，功在社稷，誓同山河者，其所繇致，豈一家之瑞哉？

惟王起世胄，從文皇帝定大業，以功封信安伯，進封新城侯。又以平交阯功，建國稱公，食禄三千石。仁廟時加太師，預軍國機務，知經筵事，監修三朝實録。逮事英廟，累號爲奉天靖難推誠宣力輔運佐理武臣階，特進光禄大夫，勳左柱國。扈從北狩，死於王事。景泰初封王賜謚，上及三代，益耀於無窮焉。方王之存，長子忠爲錦衣勳衛，女弟及女繼册爲兩妃。既其薨也，仲弟輗嘗封文安侯，季弟軏爲裕國公，而今公懋嗣有名爵，得世世代。蓋王之豐功偉烈，顯朝廷，著天下，而褒寵之隆、癊覆之厚，自本朝以來，不能以一二數也。故休徵慶積，薰爲至和，根託於賜葬之地，兆協於建石之日。天之錫報，不亦明甚矣乎？且古者定亂以武，飾治以文，故武功之盛，亦必藉文章以傳後世。

今公遭世重熙，坐鎮閫幄，戢武不用，又以經筵國史趾美于王，從容論道之職，委蛇自公之詠。故臺閣館局之耆儒碩士，皆形爲文章，播爲歌詩，非未同而言、無稽而述者。然則考物論瑞，其固以家視耶，抑將爲天下賀也。東陽謬職史事，綴名公後，謹闡其義而序之。

送石邦彦檢討序

今之所謂先後進者，有父執、有座主之爲先，通家子及門生之爲後。父執云者，或同科第，或同官署，或同遊處而相契，信有兄弟之義焉。則爲之子者，固不敢以禮抗而勢軋。若東西南北之人，偶會暫聚，情未孚，迹未密，而欲責望於再世，則已難矣。座主之義，自有科舉以來有之。蓋凡出於其門者，或登堂而拜，或分屏而坐，有不同於塗之人者。既其甚也，乃至於徇私而忘公。故宋之初嘗革之以爲弊，其亦矯枉而過者哉！

藁城石邦彦，吾同年雲南按察副使大器公之子也。其於予始未通問，及予典試京闈，得易卷佳甚，遂以魁學易者。既揭榜，詢而知其人。後被簡入翰林，爲庶吉士。凡預閣試，輒在優等，予用是愛且重之。及受秩爲檢討，朝夕相與處，義加密。而邦彦視予若弟子之於師，坐立稱謂，匪惟不爲抗，又若有過焉者。徐而察之，非獨以前所云也，此古之所謂知己者，而於今見之，予安可負哉？

予嘗患世之君子或挾長以爲驕，或任情以爲智，雖有美才妙質，卒歸於無所用之地。及夫曠百世而相感，遠千里而相信者，或間有之，奚可以多得哉？邦彦蘊才飭行，必欲企古之人，而欲然若不足觀，其勢不但於今日止也。於文章必能鳴一代之盛，於功名必有益乎一世之人，於道義必能全所賦之天，而不爲庸衆人所汩，乃可以言至。苟可以言至，則夫所以相與、所以相信者不誣耳矣。邦彦勉乎哉！

今之存者，寡規而多頌。邦彦之歸省於其鄉也，謂予曰：「何以教珤？」予方感於邦彦之知，又重其以規請，故以後所云者贈之，且望其來重相與講焉。

鏡川先生詩集序

詩與諸經同名而體異，蓋兼比興，協音律，言志厲俗，乃其所尚。後之文皆出諸經。而所謂詩者，其名固未改也，但限以聲韻，例以格式，名雖同而體尚亦各異。漢唐及宋，代與格殊，逮乎元季，則愈雜矣。今之爲詩者，能軼宋窺唐，已爲極致，兩漢之體已不復講。而或者又曰必爲唐，必爲宋，規規焉俯首蹜步，至不敢易一辭，出一語。縱使似之，亦不足貴矣，況未必似乎？說者謂詩有别才，非關乎書；詩有别趣，非關乎理。然非讀書之多，識理之至，則不能作。必博學以聚乎理，取物以廣夫才，而比之以聲韻，和之以節奏，則其爲辭高可諷，長可詠，近可以播，而遠亦可以傳矣。豈必模某家，效某代，然後謂之詩哉？顧惟其異於文也，故雖以文章名者，或有憾焉。兼之者蓋間世而始一見。韓昌黎之詩，或譏其爲文；蘇東坡之詩，或亦有不逮古人之歎。今觀其宏才遠趣，拔時代而超人羣也，惡可與不知者道哉？

鏡川楊先生夙抱古學，以文名一世，而復深於詩。自入翰林，三十餘年，積晉庵、東觀、桂坊、金坡諸稿若干卷。某得而觀之，竊以爲先生之詩，博采深詣，典則深厚，成一家言。當意所得，雜體及七言古似宋，五七言律似唐，五言古似漢。然於其時猶當擇以爲對，非苟同時代稱名字者比。而愛君憂國，感事寫物，則得諸三百篇之旨爲深。元之盛時，稱范德機善作，劉會孟善評。先生生聖世，稱大家，殆於范有所不屑，某之愚，不知於會孟何如也。獨自髫丱蒙奬識，至於今不改評，且益加厚。某雖愚，不敢以是私於先生。蓋其名在天下，不待知詩者然後知其爲重也。

先生歷編修、洗馬、侍講、學士、少詹事，以至吏部侍郎，天下之望方隆未艾，於是疑少達多窮之説爲未必然，又以見先生之學非於詩焉止也。稿以文類者若干，視詩尤多，則別爲卷云。

馬石田文集序

天地氣化，流行而不息，故凡運乎上者，非獨和風麗日之爲美，而陰晨曀夕，風雲之變態、雷電之光烈，亦時有之。列乎下者，高山大川之流峙固也。雖窮崖絶谷，亦必有草樹之爲奇、羽毛鱗介之爲瑞，欲泯之而不可得。惟人亦然，雖其時與地有治亂美惡之殊，而文章功業隨所寓以自見。是果曷爲其然哉？氣化爲之也。當其機緘之操縱、橐籥之啓閉，鳴而爲聲，絢而爲色，凝聚而爲實，揚播而爲芬，彼所謂物皆囿乎其間，亦不自知其所以然者。惟人之靈，小者變氣質，而大者斡化機，其所以立身垂訓、揚聲光於不朽者，固亦有道矣。而代不數見，地不多産，其澌盡而泯滅者何限？故論者卒以歸之氣化之間，豈得已哉？於其泯滅之易而不朽之難，隨時與地，必取其文章功業之著者表而傳之，使之不溷於物，固君子之所有事也。

元之入主中國，蓋有氣化以來所未見。八九十年涵養生息，以旃裘爲冠履，以干楯爲鉛槧，以胥譯爲吟誦，製爲文章，播爲歌詠，鳴一代而傳四方者，亦不誣。蓋不獨生中原，出南國，代傳而世習者然後爲能也。於以見人之良能無有不具，而文章功業之在天下者無所不可教而入也。

馬文貞公出西裔，居光州，所著有石田集若干卷。公没之後，淮東廉訪使蘇伯修請於朝，刻梓以傳。元季散佚，不行於世久矣。今山西按察使熊君騰霄，光人也，嘗爲監察御史，出按甘肅，有鄉先生以録本屬之，謂已闕漏無所質，聞公有裔孫在肅，請往訪之。君遍歷諸郡，久乃得馬鐵牛者，遣人詢之，果於壁上得公所撰母夫人墓銘石刻一紙，他無所得也。既爲按察久，政事之暇，手自翻校，重刻以傳。而伯修及陳編修衆仲之舊序皆在焉，其稱公甚備。考諸元史，又稱其文章精贍，尤致力於詩，圓密清麗，無不可傳者，信一代之傑作也。若其議典禮，興政事，摧奸劾惡，屢黜而不悔，蓋亦有風節焉。識者因其文以求之，可見矣。

公名祖常，字伯庸，官至樞密副使，歸還陜西行臺中丞，不赴，卒贈河南行省右丞、上護軍、魏郡公，謚文貞。石田其别號，集是以名，今因其舊云。

桃溪雜稿序

予與方石先生同試禮部，時已聞其有能詩名。及舉進士，同爲翰林庶吉士，又同舍，見所作京都十景律詩，精刻有法，爲保齋劉公、松巖柯公所甄獎。又見其經史之隙，口未始絶吟，分體刻日，各得其肯綮乃已。予少且劣，心竊愧畏之。同官十有餘年，先生學愈高，詩亦益古，日追之而不可及。然先生愛我日至，每有所規益，必盡肝膈。見所撰述，亦指摘瑕垢，不少匿。及先生以憂去，謝病幾十年。每恨不及亟見，見所寄古樂府諸篇，奇古深到，不能釋手。比以史事就召，盡見其桃溪雜稿若干卷，乃起而歎曰：「詩之妙一至此哉！」

夫詩有二要〔一〕，學與識而已矣。學而無識，譬之失道，兼程終老不能至；有識矣而學力弗繼，雖復知道，其與不知者均也。漢、唐以來，作者特起，必其識與學皆起乎一代，乃足以稱名家，傳後世，肩差而踵接者，代亦不過數人。其餘冥行窘步，卒歸於泯滅澌盡之地者，不知其幾也。世豈患無詩哉？患不得其要耳。

先生蚤負絶識，雖古人詩，鮮或意滿，而自視亦嚴甚，命志帥氣，顧劣者所不及。則其屣脱塵靡，力起頹廢以至於此也，豈非世之所必傳哉？或乃謂古今文章局時代，關氣運，斷不相及，遂不復致力其間，亦自棄之甚矣。然此猶以體格言之。又嘗觀三百篇之旨，根理道，本情性，非體與格之可盡。先生好古力踐，深猷遠計，發而爲言者，固其所自立也，又可獨歸之時代也乎？然於此見今日之盛，有古之所謂獻者，非徒文也，亦以見先生之賢，斷有以立乎世者，而非徒言也。

予無似，懼終不能自振，以名託交遊爲幸，因序論之。先生姓謝氏，名鐸，字鳴治，台之太平人，累官翰林侍講，號方山，後更號方石，桃溪其所居地也。

【校勘記】

〔一〕「詩」，原作「學」，據文義與謝鐸桃溪浄稿卷首所載是序正之。

李東陽全集卷二十九

懷麓堂文稿卷之九

序

賀陳君朝用遷福建左布政司序

古者命官必專其長，而衆其佐。湯始並相，右伊左虺。漢初亦置二相，右相陳平位第一，而周勃居其次。武帝以劉屈氂爲左相，而虚其右，以待四方之選。皆先右而後左。其後以左爲尚，蓋歷唐以來皆然。宋多並置，而王曾罷相復入，不可得左，而僅得右，則左之爲重可知已。國朝因勝國行省之制而損益之，布政使而下及參政、參議，皆有左右。夫謂之使，即古所謂牧伯者，而猶並置，其慎且重可知也。

顧今之官必秉章綰鑰，乃足以展布心力而莫之抗。雖所謂右使位均勢敵者，不免猶有所遜，故使而至於左則極矣。

無錫陳公朝用爲福建右布政使時，與左布政使戴公廷珍同年并位，皆以賢能著聲譽。閩之人蓋兩宜之，猶謂公居右使，不足以展其用。適戴公擢都御史以去，公即繼之。時公賀萬壽聖節於朝，中道而得命，入朝而後謝。大夫士之出閩産者既預相賀，而又以賀公曰：「吾閩方失一賢牧，又進一賢牧也。」又曰：「公之賢也，而始得以自遂也。」

予亦公同年，故預聞之，乃歎曰：夫士起布衣，官至二品，領一藩之寄，至是而極。然寮佐之所咨聽、官屬之所仰承、士民之所倚賴以爲命者，惟賢而已。苟非其人，雖在其位，猶將指而議之。若未任而願，既得而幸，有不能已者，是孰强之然哉？公官兩曹閱二紀，慎守勤莅，始終一致，殆養之素矣。於是而施焉，其志力所至可據以爲效者，亦可冀矣。且官至布政，則内而公卿臺省，皆發軔之地，公雖斂退謙抑之不暇，亦獨知天下民士之望之無窮乎？夫爲天下言之，則閩之地有不得專者，是方憂其位之極，而不徒以賀爲也。因以諗諸閩士，以爲如何？

送南京國子祭酒謝公詩序

董子稱王者以教化爲大務，蓋天下之人才風俗皆於是關焉。州庠黨序，多收并畜，不能當百一之選。選而出者，大則科，小則貢，皆於國監乎教之，而天下皆視以爲式，是國監者教化之原也。祭酒雖不與政，而政由以出，非百司庶府分一職、領一務者比。必其人足以作人厲俗，以成教化，然後爲稱。中世以後，世每視爲閒官，漫不加意，而爲之者亦或不知所以爲重。天下固未嘗無美才善俗，顧未必出於薰陶作育之間，治之不古，若無惑矣。或以爲名籍所隸，格令所及，人多而日寡，雖有善者，宜無所用其力。夫所謂教，必躬行實踐，不專在乎言語文字之粗。若講授稽核，不過諸博士職，而整肅懲戒之具，一監丞足矣，亦惡以祭酒爲哉？

國朝肇置監學，宋公訥創制立法，爲聖祖所知，著之敕諭，載在史册，非後生晚進所得而測也。在英宗，若李公時勉清直不阿，恩義所激，士或以身代難，不爲避；陳公敬宗嚴重有體，士之裹糧負笈，由北方而南學者亦或有之。其他名師碩士，踵高躅而延餘光者，蓋亦多矣。

比南監告闕，吏部簡於館局，謀於臺閣，以請於朝，得黄巖謝公鳴治。公在翰林歷編修、侍講二十有七年，病謝家居者三之一。及以史事被召，書將成而有是命。於是朝野交賀，稱爲得人，無異辭焉。蓋公之學必本六籍，動必循軌度，雖藏修退學，違遠功利，未嘗不以人才風俗爲意，其取諸身而見諸所爲教者可知已。聖天子建極之初，謁廟幸學，示所尚於天下，其所以獎恬厲直於教化本原之地者，於公之升，豈不足以窺聖治於萬一哉！今日之命，非爲公賀，殆將爲世道慶也。然則仰承休命，遠駕前哲，上進於昔之人，躋國家教化於隆古之盛，公之行，寧不思所以爲天下重哉！

諸老先生而下，以翰林故事，皆賦詩贈之。謂某爲同年進士，命爲序其事如此。

陸孝子詩序

有傳金陵陸孝子事者。國子生仁甫之子鳳，其母葉病否甚，鳳憂懼莫知所出，間隱几夜卧，夢一老翁謂之曰：「非人肉不可愈。」鳳識其言，翼日焚香籲天，置刀碗上，忽躍然有聲，乃手刲左臂肉一臠，爲羹以進。母食而甘之，否浸豁，旬日而差。昔予南行，館仁甫，時尚未有子，聞其子之孝心，喜且異之。未幾，仁甫以貢上禮部，詰之，得其事加詳。諸卿士聞者多爲賦詩，不逾月而成卷。

嗟乎！刲股之事，昔人論之詳矣。大抵善之者謂以身報德爲孝，疑之者謂毁體輕生爲非孝。予則以爲當原其心，苟其心誠且迫，譬之救焚拯溺，寧赴湯蹈火以求益於事，不得與以死傷生者比，君子於此固當有取焉。且天下之語誶色忤、食稻衣錦者何限，不彼之責而責此，無亦自比于不孝，設淫辭而助之攻乎？故鄠人之對，説者以爲非韓昌黎所作。或曰彼見其時習而成俗，故矯而爲之辭。其言聖人所未先爲，不可以立法垂訓，則雖非韓出，亦理之不可易者也。顧爲天下計者，不必使人皆有是行，而願人之皆有是心。苟有是心，擴而行之，無所往而不爲孝也。此詩之所以作也。若神異之迹，不必深求，然揆之動天地、感鬼神之義，亦有不可得而誣者。

鳳之祖庭玉君履善貽福，而仁甫績學弗試，猶有待於後。今則有美才至性若鳳也者，天寧不諒其心，佑助其身以成其孝之大哉？詩稱是事，雖不必據以爲訓，而亦足以爲事之證也。姑爲采其義而并序之。

壽舅氏參將劉公七十詩序

我舅氏劉公自甘肅參將請老歸京師，越五年，當弘治癸丑，壽七十，渥顔皤髮，如初歸日，而若又過之。至當筵對客，論兵老壯、地勢險易、夷狄之情僞，歷歷如指掌，竟日夕不少倦。蓋其同里而居、同時而仕、並峙而俱存者，十不能一見也。

當公爲參將，承制握兵柄，上埒元帥，下統羣屬，攻守操縱，無所不得志。乃幡然思歸，有留之者，則曰：「吾承世職，爲羽林一千户。南北征伐，觸寒暑，冒矢石，取尺功寸級，至都指揮同知，官累二品，歲禄數百石，不爲不足矣。身在天西南，去家萬里，重關險道，車敝馬憊而不得至。不及身之强力挈家東歸，爲菟裘之圖，以終吾年，他尚何俟乎？」既至，買屋城東北隅，析諸子各占一第。有勸止之者，則又曰：「吾五子七孫，少長不一，聚則相恃以逸，散則各奮以勤，旦夕之愛，固不若終身計也。」此二事，皆公所藉以有今日，且將引於無窮焉。

昔班定遠立功西域，乃上疏乞入玉關，遂還東都；陸太中既得免，解使裝分五子爲生産，常乘安車駟馬，從賓客往過，十日而更。二人者皆以壽稱，書之史册，爲後來故事。公功成勇退，無纖髮顧戀意，而又深憂遠計，安其家以及其子孫，其近之哉！且人之志氣多以蚤暮爲强弱，精明優裕、愈老愈壯如公者，雖無意乎南越之使，而任尚之戒猶可爲後生法。頌功祝壽，固君子所不能已也。

公子雄代爲羽林指揮使，唯準雉集孫格皆被恩例賜冠服，將以公七十初度，拜壽於堂。東陽念先學士公絲蘿之好、先宜人栝棬之澤，無以爲報德地，敢不率婦子，執觴斝，祝百千歲壽於几席間哉？大夫士能歌頌者多賦而相之，凡若干什。東陽謹再拜爲獻，并書於其首。

可閒堂詩序

有稱可閒翁者，華亭顧君良玉，居城西瑁湖之南。自厥考遺善翁授簡任事，以髫丱應門户，晨夕劬勩，不遺餘力。生業既給，有丈夫子三人、孫四人，今年五十有八矣。而伯子清領鄉解，連得進士，爲庶吉士。與君友者皆羨而謂曰：「君之志遂矣，其亦可以閒矣。」因稱爲可閒翁。君亦以名其堂，且自號云。君仲子慎上京師以告清，清之友同遊翰林者皆慕君爲人，又喜其得嘉號也，相率爲可閒之詩，以質於予。

予惟人之志氣必有所用，亦必爲之節而後可恒。禮曰「老而傳」，端木叔氣幹將衰，棄其家事；鄭康成告子以老〔一〕，歸以家政；閒居以安性，子史稱之。故士大夫委質於朝，苟非繫安危關休戚者，尚以時致政而去，況於家乎？今見金日攫，執籌夜計，雖有子孫，不能自逸，曾馬少遊、向子平之不逮，亦何怪乎勇退之難也？君年近指使，氣幹彊力，未可以言老。而孤超遠脱，無遲徊係累，意其識見之所到、志趣之所寄，蓋加乎人一等矣。使君家未裕，而遽自求逸，固不克成幹父之譽。非其子之才，服王事，承世業，引於不墜，則雖欲棲遲而處，偃仰而樂，奚可哉？且於君之可閒而知有未可以言逸者，出必有陳力輸悃之勤，居必有几杖之選、車牛之服，乃足以代終而成業。臣之於君，猶子之於父也，然則愛之以勞，亦獨非遺以安哉？

清以奇才脱穎場屋，聲動館閣，間方有事乎世用，而仲季之養亦有資焉。君當是時，優遊伴奐，居山林之高，而詠國家之盛，天下之樂，殆無以相易者矣。彼羨與慕者，雖其居之不同，而情惡有弗同者哉！

予以文字知清，又相與周旋鉛槧之事，而規厲期待有大乎此者，爲取是詩而序之。詩作於弘治癸丑冬十二月，計以明年春正月二十六日及君初度，寓慎歸，與季子勤延壽，則不專祝頌，而義亦備矣。

【校勘記】

〔一〕「鄭康成」，原作「鄭事成」，顯以形近而訛，今據文義與抄本正之。

送體齋傅先生省墓詩序〔一〕

體齋傅先生之省墓臨江也〔二〕，天子眷其誠，曹省羨其才，儒紳墨士歌其盛，而友朋兄弟之私不與焉。蓋先生在憲宗朝舉進士，入翰林，歷檢討、修撰、諭德，掌司經事，二十年不敢歸。耿之懷將發復止。及一更化以來，進侍日講，分纂先朝實録，寅入未出，寢食不暇。又四五年，累遷至太常卿，兼侍讀學士，進掌翰林事。惟時書既奏功，講事亦暫輟，乃上疏請告歸，省其先公墳墓於鄉，言累數百，意甚懇。天子崇古好儒，方隆聽納，而敦尚孝理，重違其情，乃命有司給驛傳，亟令還任，且賜金幣爲道里費。其視具寮常制，限年而後許，勘實而後覆，一切付諸有司之手，而朝廷若不與焉者，異矣！

於是公卿以下咸謂先生爲主司，精鑒擇，能得賢俊；爲講官，敷對明暢，能陳説仁義，以開聖聰，益治化；爲史臣，筆削嚴謹，能闡功德，誅奸諛，以昭示來世，成一代之典。其文學足以華邦國，論議足以裨政事，亦非常材恒品、近之不爲益、遠之不爲損者所能髣髴也。故凡操觚秉翰者多發爲長歌，演爲鉅篇。言去留則有皇華、杕杜之興，論遇合則有鳳凰梧桐之比。至於友聲神聽，舉德補缺，以相贈遺、相勸戒，其爲賦益詳焉。用諸鄉閭，播諸天下，信一時之盛也。今之所謂餞贈者，未始不託於文章歌詠之際。先生之所謂贈，亦嘗有若是其盛乎哉？

東陽少且劣，獲以名姓從先生後。自科第官署及凡職務，無一不同。晨朝夕燕，日相遊處，亦未始有時月之間。德義之所薰，肝膽之所照，情意之所漸浹，不啻非所謂東西南北之人而止。既與館閣諸先生賦之，及先生之弟中書舍人曰會以畫圖請，又賦焉。然猶有不可已者，故於曹署臺諫諸君發之，因得以盡其詳如此云。

【校勘記】

〔一〕「先生省墓詩序」，底本漫漶，據卷前目録補。

〔二〕「江也」，底本漫漶，據抄本補之。

送傅工部曰會督税荆州序

朝廷之制，財用商賈之税，分領於户、工二部，户主財穀，工主材木。材木出於東南，其務雖簡，而利亦饒。出川蜀者税於荆州，出徽歙者税於蕪湖，皆置局設吏，以司出納。第吏卑而弊積，乃檄部屬一人分司而税，逾年而代，所以示專也。及其既久，責愈專而事愈難，此其故何哉？蓋國所以理民，而亦有取給於民者。低昂盈縮，交送於銖兩寸尺之間，不在於此則在於彼，欲兩全之而卒不可得。今材木之産有限，而工役之費無窮，故雖月累地積而行，商之贏息未聞歲計籍報，而有司之出納不備，下上之際不惟不相濟，而又若有相病者，何怪乎其難也！

夫在易之卦，損下益上謂之損，損上益下謂之益。語有之：「百姓足，君孰與不足？百姓不足，君孰與足？」於此二者酌而處之，則寧少羨餘之利，而不可使商賈有失業之憾；寧負稽緩之咎，而不可使朝廷受厚斂之名。此實設官分職之本意，而所好之善，常寓於所令之中者也。若偏見私意，如函矢之不相謀，旁觀坐視，如秦越之不相恤，亦何貴乎責之專如此哉？然猶有甚者，苟漁獵之巧歸於權勢之家，狗鼠之奸入於吏胥之手，則其爲弊寧不益甚矣乎？故以税事爲簡且易，而不加之意，非通於政者也。

新喻傅君曰會爲工部都水員外郎，出督荆州之税，有難色焉。或者謂曰會爲進士，以文學繼家業，爲中書，以詞翰名侍從，其於財穀經理之細，非惟其所不習，且不屑焉，其所爲難者，殆以此也。及過而别予，論及兹事，言累數百不休。蓋曰會博涉史籍，歷居曹署，飫經乎山川道路之遠、財貨出納之弊，盤結乎胸中，欲一劃理之而慮未有以遂其志也。予固知曰會之賢有出乎流俗者，不必如或者之所謂而止也。且天下之税皆出於民，商者四民之一耳。使凡司税者皆知國用之不可闕而不敢虧，知民力之不可窮而不敢竭，至於不得已而處，則權其緩急，而不妄行以逆施，又推而至於天下之政皆然，其於治也不難矣！曰會之行，予安得不有所感哉？曰會之伯兄體齋先生，予知己友也，故曰會於予必盡其辭。而予於其同鄉大夫士之請，亦不能已於贈云。

送吏部侍郎周先生使秦詩序

吏部右侍郎太原周先生有秦府郡王妃册封之命，翰林舊寮咸以爲秉嘉禮，封長藩，出首曹而稱正使，關於朝廷天下甚重，相與賦爲歌詩以送旌節。而東陽獲接先生最久，乃得而序之。

國朝册封之制，凡衆子皆爲王，王之衆子皆爲郡王，而其元配皆爲妃。降制之日，天子衮冕御正殿，百官朝服以侍，是之謂嘉禮。高皇帝封子二十餘人，秦在晉上，文皇帝所兄視者，故封在大國，形勝物産天下莫加焉，是之謂長藩。凡遣使，武具勳戚，文具卿佐，以俟簡命。文臣之中，部屬官比吏以下各一人，又必有侍從郎署，以爲之貳。節必躬捧，班必前拜，燕必先坐，是之謂首曹，謂正使。而先生兼得預之，豈非天下之具美哉？古之所謂使必其辭令行操皆足以不辱，然後爲賢，春秋戰國尤此焉重。今天下一家，九族一體，分藩胙土者皆秉魯從周，麟趾之化，采蘋之教，治於遠邇，爲之使者，雖有子産之辯、晏嬰之智，無所用之。

先生碩學清操，卓爲名流。其在翰林，勸講經幄，惓惓以孝弟爲説。載筆史局，分掌禮館，朝廷大典式多其所書。及佐禮部，封册賀慶之事又其手出。此既試而已效者，自足以宣德意，陳典章。繇是以往，非特所謂不辱君命者，而言語儀度殆不必論也。且先生之少親迎於陝，韓侯之蹶里在焉。太原乃其先尚書莊懿公嶽降之地，先生及其子弟發解之鄉，宗族耆壯，尚林林其盛，使節所至，風聲所動，榮顯不足論。其所以敦孝興義，爲天下觀者，蓋亦多矣。若察州縣以衡鑒天下之才，諏間閻以黼黻廟堂之治，皆使之所有事。而遠遊之篇、登高之賦，取之乎山川風物之勝者，則先生之餘，亦豈惜爲諸公和哉？

倪文僖公集序

文一也，而所施異地，故體裁亦隨之。館閣之文鋪典章，裨道化，其體蓋典則正大，明而不晦，達而不滯，而惟適於用；山林之文尚志節，遠聲利，其體則清聳奇峻，滌陳剃冗，以成一家之論。二者固皆天下所不可無，而要其極，有不能合者。故君子觀人之文，不必識其面，聞其論議，親見其所施爲，而其器識材用之稱乎此或宜乎彼，斷斷乎其可別已。是雖殊世異代，操吾説以求之，無所不得，矧耳目所接，風聲義概之在天下方盛而不可泯者哉？

東陽辱青谿倪先生舜咨爲同年，交最深，獲見其先文僖公，樂與天下士誦公所爲文舊矣。公居南京，有火厄，手掇舊稿數帙以出。青谿復力檢得之，雖頗散佚，尚多不能盡録。公既没，青谿乃取公所自編訂者爲三十二卷，刻梓以傳。東陽始得而備見之，作而歎曰：

我國朝用夏變夷，奄有六合，光嶽之氣，全得於天。自高皇時宋學士景濂諸公首任制作，而猶未得位。文皇更化，楊文貞諸公亟起而振之。天下之休養涵育，以暨英廟之初，富庶之效，可謂極盛矣，而劉文安諸公出焉。逮於憲廟，其用猶未已也。時則有若文僖公相與先後揚厲，其名大著。其在景泰間，應制賦詩，中官常立俟以進。自餘碑板金石之文，雲涌川溢，沛不可禦。嘗奉使朝鮮，即席命筆，略不構思。國人皆縮頸吐舌，駭歎不能已。及歸，梓其作爲編，至於今存焉。蓋公之雄才絶識，學充其身，而形之乎言，典正明達，卓然館閣之體，非巖棲穴處者所能到也。故雖中歷巇險，晚登通要，不得盡見於用，而其於典章道化，關一代之盛，以爲後觀者如此，豈非不朽之事哉！

昔孫盛作晉春秋，傳之外國，後有購者於遼東得之；宋孫甫作唐書，甚自珍惜，嘗火後歸問其書，他不復顧。斯文出處，與此正同。然二氏之書，卒不見於世者，謂其子孫不足以繼之也。公修英廟實録未及終，青谿繼入翰林，以成事告。校諸前代，其班、馬氏之風乎？且青谿爲學士，爲禮部侍郎、尚書，跐美承閥，當代所僅見。行業之著，其於公益有光焉。後世稱江東倪氏之盛者，殆不獨文之爲重，而文其徵也，是固不可以不傳已。

公諱謙，字克讓，學者稱爲静存先生。己未進士及第，官至南京禮部尚書致仕，卒贈太子少保，文僖其賜謚也。文有玉堂稿百卷、上谷稿八卷、歸田稿十二卷、南宫稿二十卷，通爲卷百七十，則裒爲家集，青谿與其弟工部主事阜輩共藏之，而遼海編別行於世云。

雙瑞詩序

太子太傅户部尚書兼武英殿大學士宜興徐公爲少詹事兼侍講學士時，以太夫人喪，廬墓於瑞雲山側，朝夕號慟，悲不能勝。乃有二白鳩棲隴樹，未幾，復有二白雁遊洑溪之上，徊翔哀鳴，若感若慕，累數月不去，鄉人異之。今少詹事陸君廉伯目爲雙瑞，流聞縉紳，能詩賦者皆與有作，久而益富，比得而盡觀之。

竊惟人之身與天地同體，故心正氣順，感而成祥，小者關一家，大者繫天下，不可誣也。若鳩雁之色，以白爲奇，其數皆偶又奇，二物并集，馴久而不去，其奇尤甚。古稱禽鳥得氣之先，而孝爲行之首，感召符合，豈偶然之故哉？公氣和德粹，文足以華國，量足以容物，固天地所儲育爲天下用。而純誠至孝，又足以格高明，動幽遠，豐功偉烈，於此有徵焉。蓋自還朝以來，歷禮曹，階選部，荐著勳績，至入内閣，在天子左右，操造化之柄，以對時育物。二十年間功澤所被，和氣所召，將使簫韶之鳳儀於虞廷，越裳之雉貢於周郊。所謂家國一機，忠孝同理，益於是乎驗矣。夫徐憲之白鳩以孝稱，張九齡并以忠著，其爲應固有小大，而公瑞實倍之。移忠之孝，固一代所具瞻者也。况晚生後學蒙陶鑄之德，得於觀感之餘者，其可不攘袂開口爲天下先哉？

弘治癸丑進士之爲庶吉士者二十人，各擬爲詩，篇成而未敢獻，間以質予。予方奉命領教事，諭之曰：「凡朝廷所造就、諸老先生所教育者，惟忠與孝也。體諸身，形之言，取之乎繩轍模範之間，固而輩所得爲者，又何讓？」乃序諸卷端，以遺公之子元楷輩，請相與藏之，而公亦不得而與云。

李東陽全集卷三十
懷麓堂文稿卷之十

記

遊西山記

西山自太行聯亘，起伏數百里，東入於海，而都城中受其朝。靈秀之所會，屹爲層峰，匯爲西湖。湖方十餘里，有山趾其涯曰瓮山。其寺曰圓静寺，左田右湖，近山之境，於是始勝。又三里爲功德寺，洪波衍其東，幽林出其南，路盡叢薄，始達於野。乃有玉泉出於山，噴薄轉激，散爲溪池。池上有亭，宣廟巡幸所駐蹕處也。又一里爲華嚴寺，有洞三。其南爲吕公洞，一竅深黑，投之石，有水聲，數步不可下，竟莫有窮之者。又二十里爲香山，樓宇臺殿，與石高下，其絶頂勝瓮山，其泉勝玉泉。又二十里爲平坡寺，俗所謂大小青龍居之，迥絶孤僻，其勝始極，而山之大觀備矣。

成化庚寅四月之望，刑部郎中陸君孟昭與客十人遊之。晨至於功德寺，有寇生者亦載酒從，勸客數行，僧食客蔬食。已復上馬，南至於玉泉，求觴斝不得，又不可掬飲，相顧爽然，良久方别。道取餚者瓦杯，還飲之。又南至於華嚴，有俗客數輩，不顧徑去。又西南至於香山，坐而樂之曰：「美哉山乎！而不得在西湖之旁，造物者亦有遺技乎？」或曰其將靳於是，或曰物固然爾，造物者何容心哉？因相與大笑。望平坡遠，弗至，乃循故道歸。

過瓮山，登之。孟昭復大饗客，飯僕芻馬，日昃乃返。進士奚元啓預號於衆曰：「至一所須一詩成，不者且有罰，罰依桃李園故事。」然竟無罰者。孟昭曰：「維西山實勝都邑，不可闕好事者之迹，然官有守，士有習，不得巖探窟到。於旬月之頃，取適而止，無留心於兹，蓋有合於弛張之義者，不可以不記。」乃起揖客，請授簡於執筆者。

惺惺齋記

聖人之道，邈乎不易入也，其入必以敬，敬豈易言哉？謝上蔡常惺惺法，蓋其近者也。夫惺惺者，欲人不死其心，心不死則可以入道矣。夫心本虛靈，而理斯具，而事斯應。其具無不善，應無不可，實同厥初。既而貿貿焉，昧昧焉，如醉之灑，如夢之魘，如疾之眩，顛倒錯逆，罔知其極者，其心死也。於死不死之間，不能以髪。故古之聖人有盤之銘、丹書之戒，以警其心，懼其死於一髪也。不死則聖，死則狂，一髪之生死甚微，而聖狂之相去遠甚。人可以不常惺惺乎？

予之志於道久矣，恒内顧曰：「吾存也一不善焉，行也一不可焉，吾何爲者？」於時蓋翻然而興，泠然而省，灑者若滌而醒，魘者若警而悟，疾者若藥而釋，有人之所不與知者，吾之心固不死也。及其因於所應，而守之不力，則不能無湎而魘而眩而不自知者，此予之所病也。

嗚呼！予其有感於惺惺之言。夫有以名齋者，泰和陳處士善敬甫。其子給事中鶴請記於予。予曰：處士之志，予同也，其顧者省，病者懼也。然亦有與予異者，處士隱者也，其於事不多接，或者其無所擴之也。嗚呼！惟理無所不存，惟事亦然，固有所當爲者也，其不得爲者，固其所得知也者。董五經者近乎知矣，然不能擴其心於萬變，或與予之所謂知者不同。苟不能擴其心，而局於小明也，而曰我惺惺，我惺惺，則禪者亦惺惺也，其於道益遠矣。吁，其誠可懼也，夫其重有所惑也夫！

半村記

半村湯原静居於蘇之楓橋橋東，距州城數里許，廛闠相比，至是而極。極則爲平田方湖，曼衍映帶，彌望無際。而其居適當其交，因自號曰半村。半村昔嘗遊尚書晞顔楊公之門，工琴解詩，旁及醫術。用是往來江湖淮泗間，而極於京師。雅好文事，凡名大夫士鮮不識者。予曩見於奚進士元啓家，其於元啓蓋中表之黨也。元啓卒，其孤不能舉，半村爲治後事，殫財與力。予謂其好義者，心愛重之。既又因刑部主事顧天錫來詣予，請記其所謂半村者。

去年，予南經蘇，夜泊橋下，憶張繼題詩處，徘徊久之。時半村又客於外，求其居不可得也。既還京師，宿負未釋。半村以詩來者再，足及門者多至不可數，予甚愧之。癸巳之夏，持卷告别。予不得置也，笑而問曰：「夫仕與隱殊塗而異尚，二者不惟不能合，或據其地以相訾謷。故擊磬之音，昔人所惑，招隱之詩，後世反之，其勢然也。又有在吏爲隱，居山中以宰相稱者，是將安所取衷哉？子之居村郭之交也，出則爲士爲官，處則爲農爲圃。有所慕，斯進之矣；有所歛，斯晦之矣。今子以半村自名而不著其志，將爲河内之老，自處於可否之間乎？將爲漆園之吏，置其身於才不才之間乎？不然，則將用則行，舍則藏，所謂學顔氏之所學如吾徒者乎？」半村憮然作曰：「噫！澂將去矣。」書予言以遺之。

冰玉齋記

泰和羅先生明仲嘗作冰玉之齋，其名實因其曾大父德安府君。君平生以清白著，東里傳稱其有冰玉操者也。明仲少有志於古孔孟之學，近慕先世之賢，乃摹濂溪、明道、伊川、横渠、涑水、康節、晦庵像於圖，别録前人所爲七賢行實於帙，揭之於齋，而名之曰冰玉。每仰而思曰：「不如是不足爲此祖之孫，況古人乎？」齋既成，以告其友李東陽者，使爲記。

予乃言曰：天下之德莫大乎無妄，德而無妄，可以言至矣。夫冰淆於水則離，玉間於石則疵，寒暖不相入，瑕瑜不相掩，故中貞而外潔，凝聚爲形質，而發越爲光輝。今持玉以示人，雖奴隸知其爲至寶；持冰以示人，雖嬰孺亦知其爲寒。彼所謂冰與玉者，亦將受之而無愧，此無妄之至也。君子之學積中而盎外，蘊之爲道德，發之爲文章，措之爲事業，皆明對天地，幽通鬼神，仰質前聖，俯俟來哲，中無留情，外無靦顔。縱不能無疑於一人，而必信於天下；縱不能無疑於當時，而必信於後世。彼小人者，掩覆藏匿，惟恐其不深；鋪張夸耀，惟恐其不彰。及其計窮智極、幾微倉卒之際，蓋有頳面泚顙而不能自已者。故可以欺天下而不能欺吾之一心，可肆意於四海之外，而不能自安於閨庭之内。故人能無疑於嬰孺奴隸，而自免於頳與泚也，則可以言至矣。書稱「惟幾」，易贊「退藏於密」，孔氏之徒皆稱慎獨，自古聖賢未有舍此以有成者，冰玉之義，其盡於是乎？

若明仲者，雄談博辯而人不以爲狂，高志遠慮而人不以爲迂，孤履危行而人不以爲異。自是以往，精義以約之，定力以持之，何所不至哉？雖然，中人之志，苟有所感激，或可當大事，處大難；而精粗外内終始不變者，雖聖賢亦以爲難。故君子貴乎重且遠也。故以明仲爲有餘力而易焉者，吾不敢也。

予辱從明仲久，所恃以爲冰玉者甚至〔二〕，凡予所執論固皆其緒餘，而於其名齋重有感焉。蓋學必有所入而後成，然非相與警策砥礪之，或至於委靡沉溺而不自覺。此明仲之名齋與予之記，皆不可闕也。請書於其齋，與同志者共覽焉。

【校勘記】

〔一〕「甚」，原作「吾」，顯以形近而訛，今據文義與抄本正之。

聽雨亭記

静觀子既闢北軒，作亭其南，綴於後堂之桷，其高可仰也。亭之前雜植羣卉，而性獨愛荷，置二盆池，種者常滿。尤愛雨，雨至衆葉交錯，有聲浪浪然，徐疾疏密，若中節會。静觀子閒居獨坐，或酒醒夢覺，凭几而聽之，其心冥然以思，蕭然以遊，若居舟中，若臨水涯，不知天壤間塵鞅之累爲何物也。因自題曰聽雨亭。

客有過者，問之曰：「天下之物有聲者皆可聽，何子聽之專也？」静觀子曰：「夫聲，物皆有之。然其矯揉而爲之者，弗貴其爲聲也。今夫風雷雨雪、禽蟲草木皆自然而成聲，吾則適之。然取之也無窮，遭之也不恒。以不恒之遭應無窮之取，雖日僕僕且不給，吾何適於聽？故吾於所遭者取之。其所弗遭、遭焉而不吾適者，吾弗暇也。」

客曰：「夫雨，人固知聽之。荷之爲物，其華可玩，其馨則可臭也。今子必盡舍之，舍之而取其聲，敢問何擇？」静觀子曰：「人在目爲視，在耳爲聽，在鼻爲臭，皆殊遭而異用。以其所用應其所遭，苟不爲之節，其爲煩且困抑甚焉。故君以適吾聽而已，安能效人之目以爲視，效人之鼻以爲臭哉？」

客曰：「視聽與臭均也，今子以静觀自名，而顧動於聽，吾恐子之目太逸，而耳似勞，其何以均之？」静觀子曰：「君子有主乎其中，無累乎其外。故恒以物適情，而不以情徇物。則吾之静，未始廢觀，而聽亦未嘗勞也。」

客爽然自失曰：「善哉！子之聽也，可以觀德矣。予不佞，不能爲臧三耳之辯。今當登子之亭，玩其華，采其馨，且食其實。子如不暇，則願以假我。」静觀子不能拒，乃笑而許之，因書於亭壁以爲記。

静觀子吴姓，字汝賢，翰林修撰，莆人也。

守貞堂記

守貞堂者，安福張敷賢氏所作也。敷賢之先處士淵洌娶於吴，數年而疾，疾且革，屬敷賢於吴曰：「我病且死，乃不終殄於天。于今有孤焉，我即死，汝其無愛一日之力，以爲我張氏保此孤也。」吴泣曰：「天矜君而予之孤，其將有成乎？君之言實與孤俱存，吾何敢死之？惟終身焉夙夜是圖，君無患焉。」處士卒，吴竭力治葬。

葬既，躬績織以食其孤。及敷賢壯，娶而生子，吴猶未衰，蓋二十有二年於今矣。敷賢念母之德，輒流涕曰：「某不幸，不及父事，賴母而後行，煢煢昵昵，以至於有今日。有婦與子以永宗祀，幸不於先君之遺業是墜，皆母之德、天之報也。」乃作堂奉母而居，名之曰守貞，以識不忘。既又曰：「吾能識母之德，不能使暴於天下，無以稱爲子。」謀於其從兄鄉貢士公美，公美上春官告其兄車駕郎中公實，以請於予曰：「願有記。」

予歎曰：嗚呼！人疾痛愁思必呼天，其悃愊哀懇有不容僞者，然此非足以動天也。惟守之以正，則天必應之。坤之六三曰「貞」，曰「有終」，婦代夫，終正也。喪夫之道，非死則守之。觀吴孺人非不能死，即死無所益，乃能勤苦淬礪，歷寒暑饑饉之變，其難奚啻百死？卒終先君之志，成其子之身。若孺人之言，則哀且誠矣，其守則可謂貞矣。天之爲報昭乎在此，繇是以迓祉廷祚，垂休於後之人，寧有既也乎？若孺人者，表之以爲世則可也。

予與公實同舉進士，入翰林，甚厚，其所居地與予茶陵比境，甚邇且親，故知其家世甚詳。公實之先御史公寔死國事，今又有貞母者出乎其族，何其多賢也！予又聞孺人實學士與儉先生從女，禮義之教，固於是乎在。因并記之，以告其後之人。

東莊記

蘇之地多水，葑門之内，吴翁之東莊在焉。菱濠匯其東，西溪帶其西，兩港旁達，皆可舟而至也。由凳橋而入則爲稻畦，折而南爲果林，又南西爲菜圃，又東爲振衣岡，又南爲鶴峒。由艇子浜而入則爲麥丘，由竹田而入則爲折桂橋。區分絡貫，其廣六十畝，而作堂其中，曰續古之堂，庵曰拙修之庵，軒曰耕息之軒。又作亭於桃花池，曰知樂之亭。亭成，而莊之事始備，總名之曰東莊，因自號東莊翁。莊之爲吴氏居，數世矣。由元季逮於國初，鄰之死徙者什八九〔一〕，而吴巋然獨存。翁少喪其先君子，徙而西。既乃重念先業，不敢廢，歲拓時葺，謹其封浚，課其耕藝，而時作息焉。翁仲子原博以狀元及第，入翰林，爲修撰，獲以其官封翁。朝士與修撰君遊者聞翁賢，多爲東莊之詩，詩成而莊之名益著。修撰君以謂予曰：「幸吾子之識之也。」

夫人之業未有不勤成而侈廢者。翁之爲東莊也，承往敝而修之，懇悃劬瘁，歷數十年然後備，亦既艱矣。而翁又遵道畏法，雖處富貴，泊然與韋布者類，則所以保其業者，豈苟然哉？易曰：「幹父之蠱，有子考無咎，厲終吉。」由是觀之，翁之業雖百世可知也。吾又聞翁積而能散，衣寒食餓，汲汲若不暇，則兹莊也，寧直以自樂爲燕遊而已？

今修撰君科甲重朝廷，文章望天下，愛民憂國，恒存乎心而見乎眉睫，則推翁之心，以達之天下，又豈直足以保其私業爲兹莊山水之重而已邪？然君子論家業之艱，考世德之有歸，信文獻之不可無者，必自兹莊。始作東莊記。

【校勘記】

〔一〕「鄰」，原作「憐」，顯以形近而訛，今據文義與抄本正之。

祁陽縣學重修記

古之論學者有三，其上爲道德，其次則爲事功，又其次則爲文章。凡以爲世道計者，挾此以仕，雖其所施不同，然皆足以澤天下及後世。其弊也，則專事進取，不知其所以仕，乃或因而假之，若芻狗然，既有所得，則委置不復顧，而古之所謂學者，蕩乎無有矣。論學之政者亦三，其大則正倫理，厚風俗，其次或教其政事，或課其辭藝，皆能有所成就。然必羣之以館舍，養之以廩禄，齊之以號令條格，使有所繫而悦其心，有所據而致其力，有所警動感發而成其業，然後爲可。其弊也，則修節目而棄本根，或又茫然無所爲，坐視其委靡頽墜而莫之救，則其爲教亦蔑矣。人必賢聖，然後不待勸而爲善，不待懲而不爲惡。今學校遍天下，而賢聖不時出，則學之不修，豈非爲教者之責哉？

泰和蕭公自南京刑部主事爲湖廣按察僉事，慨然以風紀爲任。成化甲午，至永之祁陽，睹其學舍湫陋，集縣官、師儒而問焉。曰：「茲學也，肇宋歷元，復於國朝洪武之初，蓋百有餘年於今矣。公與吾徒二三子實任其責，其無所與讓。」乃命知縣吴謙董厥事，訓導熊威佐之，會籍程物，而後從事。伐木於林，鑿石於山，取財於官。丹堊髹采，不賦而集；工師役徒，弗相而邁。凡室以間計，爲明倫堂者七，爲二齋者各五，爲會講之堂、會饌之堂者皆如齋之數，爲號房者二十，爲庫者若干。凡門爲靈星門，爲戟門，爲學門者各一。凡費以銀計者若干，以穀計者又若干。始以十一月某日，終以十二月某日，月一匝而成。

蕭公乃臨而觀之，則告於羣屬曰：「學之政有廢有興。政有本末，事有先後。順理者爲善治，具舉者爲全功。爾諸君其黽勉倡厲，使爾政與茲學俱新也。」衆皆曰：「敢不夙夜惟公之命？」則又告於諸生曰：「仕不患無名，患學之不成；不患不能學，患不知所以學。爾諸生歸而求之，洗濯磨淬，入聖賢之域，庶幾爾業與茲學其俱新也。」衆皆曰：「敢不夙夜圖惟公之命？」退則相與議曰：「茲惟公之嘉志偉績，不可以無記。」於是教諭王冕具書牘，訓導楊玉上京師以請於予。

惟吾憲侯之盛舉，鄰邦之美政，與諸君之有志乎教與學也，皆可書，已爲之記而歸之，俾刻於學宫，以詔於後之人。公名禎，字彦祥，予同年進士也。

紹興府學鄉射圃記

射，藝類也，君子之所不可闕。故可以正心志，可以習容體，可以立德表行，其道大矣。賓主有分，比耦有數，終始有節，勝有孫，負有罰，其儀著矣。鄉射則以習禮樂，燕射則以通上下，賓射則以接往來，大射則以擇士，而與於祭，而其制重矣。降於後世，國典不立，學校之政不修，故儀文散闕，而其爲道漫然莫之究，其用之者，不過戰鬬争奪之資爾。噫！豈非職教化者之責哉？

我太祖高皇帝稽古建學，令諸生以暇日習射，其制甚密。歷歲既久，名存實廢。比年知建昌府謝侯士元始用古禮行時制，凡春秋朔望皆有射。其後知蘇州府丘侯霽繼之，提學御史戴君珊圖下南畿諸學，又繼之。成化乙未，戴君之從兄琥自南京御史知紹興府，初政之暇，實倡兹禮，遣諸生二人往習於蘇，既又與其寮佐蔣君誼輩參互考訂，無戾於古，乃闢圃作堂於府學之後，山陰、會稽二縣學皆會焉。將事之日，禮物咸備，笙鼓翕繹，降升有容。諸生在位，皆起肅興讓，薰爲至和。僉者作，肆者飭，彬彬蔚蔚，不知爲禮之至於此也。訓導孫君宏輩率諸生作而言曰：「惟侯克復古禮，茂昭文教，其功甚矣。第侯著美政，當顯擢。擢且去，其勢必弛，弛則沮後志，隳前功，某甚懼之。若礱石勒圖，建於兹石，爲文以紀歲月，庶幾不墜。」圖既成，蔣君適以公事至京師，則以諸君之意屬予記。

古之論禮者有本與文，文有因革損益，時異而代不同，然皆本乎心術，基乎德行。由是以教，則薰陶革易，不勞而化；由是以學，則涵濡浸漬，入乎善而不自知。其感動變化之機，不容以髮。故不有關雎、麟趾之意，則周官之法度亦不能行也。鄉射之禮，儀禮所載，其文甚備。戴侯博學雅操，施於有政，可謂知本矣。由是持循蹈履，以輔德成業，以不負國家建學立教之意，成賢侯之教者，其責必有所在。諸君勉乎哉！苟徒儀文度數而不求其實，則雖日執經史、談道義以爲美觀，無益乎世也，而況於射乎？若秉彝好德，人心所同，有倡乎其前，有和乎其後，來者之弗繼，非諸君患也。於是乎書。

成齋記

刑科都給事中長洲陳君名璚，字玉汝，自號曰成齋，蓋自諸生時已然。及官京師所寓，輒揭名于齋。予顧而問曰：「何義也？」玉汝曰：「此某之字，西銘之説也。」予曰：「有是哉！夫所謂玉汝於成者，貧賤憂戚之謂也。今子登巍科，爲顯官，遭天子明聖，諫行言聽，敷陳宣布之澤及乎天下，名揚而志遂，天下之事無所拂乎其中矣，是惡待此而後成邪？」玉汝曰：「某蚤失怙，家中艱，黽勉就學，學必窮日夜，磨砥刻厲，久而後有得焉。生不慕富貴，自叨官職以來，懼我責之不易稱，展轉刺促，求分寸之益而不可得。蓋未嘗一日安於心，將念成之艱，而卒思所以自玉之也。」

予曰：「嗟乎！成之義，其大矣哉。世之揚聲振華者，謂之成名；舉政事、樹勳業者，謂之成功；涵養培積得於心而不失者，謂之成德。其成也，亦惟其志力所至以爲等，若身之有窮達榮辱，吾所以成者，不繫焉。故富貴福澤，本天所以厚吾之生，而貧賤憂戚，乃所以玉我於成。厚我者不爲私，成我者不爲虐，惟無愧其所厚而不負乎其成也，斯可矣。記曰：『玉不琢，不成器；人不學，不知道。』成之義，其固在茲乎？傳又謂：『成己將以成物。』乃性之德，人之所有事也，非功與名之謂也，蓋至是而成之道盡。世之濫窮者每自棄於成，君子之達亦未必不益乎身，以爲成物之資也。所謂生憂患而死安樂，蓋爲恒人言之者，豈盡然哉？」

予始得玉汝場屋間，知其人不止文字之懿。及其律身奉職，危思遠計，以大賢君子自鑒，蓋其成亦不於功名止也。予固將相之，有未可以諛言贈者，因記於其齋。詩有之：「他山之石，可以攻玉。」予之言，未必非斯齋之助也。

春濡庵記

知衡州府徐君孚既謝事，居黄巖，始修墓事。墓在縣東三童鄉涼棚山西原，衡州之曾祖考提舉諱某、祖考諱某、考贈蒲州知州諱某，各以世葬，而其兄某、某皆祔焉。衡州結庵爲四楹，去墓南數十步，歲春秋率子姓合祭其中，名之曰春濡。

庵成，以書附吾同官謝君鳴治屬予記。其略曰：吾之爲茲庵者，凡以吾祖考也。登茲庵而不可得睹春雨之濡、秋霜之降，怵惕悽愴，其能已乎中邪？然秋陰之斂而歸者，其鬼不可求；春陽之發而伸者，其神或可得而接。吾之心有感焉，此庵之所以名也。鬼神之理，塞乎天地，而祖考之氣，通乎吾之身。陰而斂，陽而伸者，浩乎其無間也。然必有所自而感，亦必有所在而應，故君子七日戒、三日齋。或求諸陽，或求諸陰，祭之道也。人之終，體魄降而魂氣升，所謂發揚昭明、焄蒿悽愴者，神而已。故陰微而陽著，即其著而求之，蓋庶乎感之之易也。若以神爲陽，陽專在春也而求之，可乎？且人子之於親也，終身而慕。顧其感也有時，其祭也有節，亦豈特秋露春雨之間哉？祭義曰：「大孝尊親，其次不辱，其次能養。」死之祭，生之養也，是人子之報其親者，又豈特膻薌俎簋之間而止哉？

衡州舉賢科，牧大郡，有政事才，封秩命數，延於先世，不辱其親矣。又能敦典盡物，慎名與義，其亦不悖乎禮矣。後之登茲庵而祭者，非其子孫邪？使徇名而忘義，已愧於茲庵，而況其親邪？衡州於墓次預營一窆，爲歸全計，蓋亦孝之事也，子孫之所當知也。故并記之，以告其後云。

約齋記

應天府尹天台魯公懋功少時，其先都憲戒使常自檢束，以澹泊安静爲事，公拜而識之。既壯，成學，舉進士，授吏科給事，遷南京太僕少卿，以至京尹，出入中外幾三十年。懷念先訓，懼自放逸以陷於過，名其居曰約齋。間以告予曰：「幸爲我記之，以識不忘。」

比予校文南畿，公實主聘薦，周旋閲月，寅恭如一日。見其衣服輿乘，不事華飾，與之言，底裏先見[一]，而訥若不能出口。及觀所著堂壁記，皆憂民爲國、檢身奉職語，知公齪齪非竊禄苟位者，其名約也固宜。乃言曰：賢哉！公之能約也。夫約，放之反也。君子者心檢身，内必有所養，外必有所制，若規焉護焉，惟所在而莫敢或過。故貴則恐至於侈，富則恐至於驕，樂則恐至於縱，逸則恐至於惰。非惟富貴逸樂然也，雖貧且賤亦然。才太高則鋭，必養之以晦；意太廣則疏，必斂之以實；功太盛則危，必守之以謙。言則不躁，動則不迅，惟約之守，而不敢或肆。如是，則大可以至於道，而小亦可以免過。孔子曰：「以約失之者鮮矣。」故曾子守約，孟子求放心，程子所謂鞭辟近裏著己者，皆此道也。然人之情多玩於久，而官或怠於成。故雖强制於旦夕，已惰於持久之餘；素守於平居，已逸於倉卒不備之際。其難如此。若公之約，宜尤有甚難者。蓋士起於窶賤，幸而不爲居養所移易，則易以守。世禄之家鮮禮滅義者，雖古盛世亦不能無。今先公官大臣，都厚禄，能以是訓其子，而公承藉優裕，能以是承其父，此今世之所寡聞而僅見者也。而況持之於久，而守之於成者，又豈不甚難矣乎？賢哉！公之能約也。

公於是矍然起曰：「吾欲子之規予也，而反予譽，予曷敢以承？然亦曷敢不勉？使吾老而不愧於子之譽，則於先公之訓也無負耳矣。請書之。」遂書以爲約齋記。

【校勘記】

〔一〕「底」，原作「戎」，據抄本正之。